太陽的痕跡
4

愛呦文創
的痕跡4》도해늘（Dohaeneul）◎著、黃醇方 ◎譯、HIBIKI-響 ◎人物繪圖、Zorya ◎背景繪圖、愛呦文創 ◎出版

CONTENT 目錄

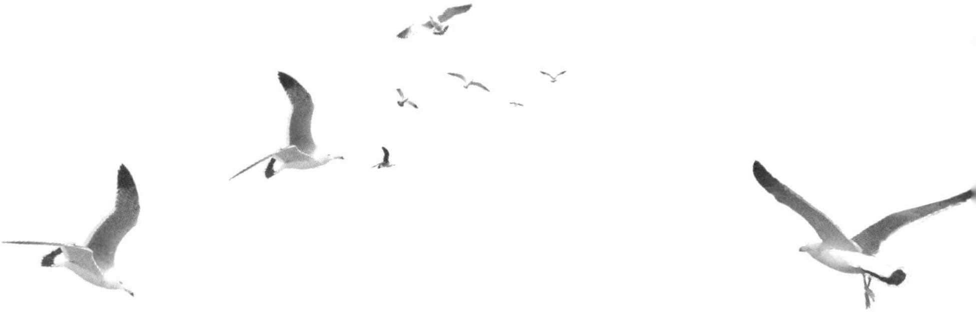

✦ 終章 ✦

痕跡

古代世界七大奇蹟突擊戰結束了。

這個以古代世界七大奇蹟作為主題的連續副本，是在世界各地目前已發生的突擊戰之中，副本規模最大，等級也極高的。不只是韓國，全世界都在關注，最後一輪副本的攻略甚至引起了幾近爆炸性的反應。

在這次突擊戰中，第一次有兩支進攻隊伍聯手進入副本，Chord和泰信互相配合，三位S級獵人在副本裡活躍得令人敬畏，最重要的是S級修復師百分之百完美修復的畫面，讓全世界都獻上稱讚。

因為連續三次攻略失敗而感到不安的人們也轉為喜悅，當終於處理掉魔王時，不只是網路，連社群伺服器都被癱瘓了。

各方聯繫如雪片般找上全程參與清除突擊戰的Chord 324，HN公會也接獲各式各樣的詢問。在突擊戰期間，被登錄為進攻隊伍的團隊會減少其他的活動或外出，因此很難聯繫到隊伍，但是現在結束了，各種邀約蜂擁而至，不只是全國各地，連國外都有人邀請，尤其是擁有古代世界七大奇蹟的各個國家都對Chord提出邀約。

在全世界鼓譟的情況下，被稱為下一任HN公會會長的人並沒有待在公會大樓裡，而是待在某人的家。

那就是這次突擊戰的主力成員，鄭利善的家。

「……」

鄭利善使用隱藏能力的隔天就臥病在床整整一星期，副作用期間高燒不退、渾身無力，他安靜在家休養的前兩天，幾乎是神智不清的程度，但是每當他睜眼的時候，史賢總在他的視線範圍內。

史賢直接把椅子拉來床邊，持續確認著鄭利善的狀態，通常是由看護來做的事情，這次由他親自負責，甚至二十四小時守在旁邊。鄭利善覺得史賢和看護這個詞彙相距甚遠，但是他也沒有力氣提出疑問，只能呆滯地躺在床上。

一直以來，因為副作用臥病在床的期間，都是鄭利善整理思緒的時候，最開始時他會回憶起，以前朋友們在家裡照料著生病的他，接著，他會想到還剩下幾位朋友要送走，同時整理目標。

在每次清除副本與副作用反覆的期間，鄭利善感受到自己整理混亂情緒時所需的時間越來越長，而這次史賢一直陪在身邊，他甚至更難去思考其他事情。

史賢對自己的動靜很敏感，每次自己醒來，他都會很快注意到，即使用平板電腦工作或看著什麼，但只要自己翻個身，他馬上就會看過來，就算在門外講電話，他也會立刻走進來待在自己身邊。

鄭利善知道史賢這些行為所代表的意涵，第七輪副本結束之後有一連串的騷動，他可能是擔心自己會在意，再加上史賢的副作用期間為兩天，這期間他無法對鄭利善進行標記，所以才會時時待在自己身邊，但是又過了三天、四天，他還是待在鄭利善的家裡。

「……公會，不忙嗎？」

第四天正午，鄭利善終於問出這個問題，用非常婉轉的方式表達出對史賢怎麼還在這裡的疑問。昨天進行過標記了，現在史賢去公會也沒有問題，而且自己病得不輕，連行動的力氣都沒有，如果史賢一直待在身邊，只會讓自己更在意他的存在。

怎麼想都知道ＨＮ公會現在一定很忙，即便以電子郵件處理業務，能處理的事情有限，這不該是以效率為第一考量的史賢會採取的行為。

面對這個問題，史賢靜靜地望向鄭利善，他的穿著非常整潔端莊，雖然一直以來都是如此，但是他直視自己的黑色瞳孔卻變得截然不同。

他就這麼靜靜地看著鄭利善，而後說道：「利善，我覺得你會死。」

「……」

「不管是用什麼方式，無論在哪裡，我都覺得你會再次試圖尋死。」

他用極度沉穩的神情平淡地說出自己的不安，如同史賢之於這件事給人的疏離感一樣鮮明。他說鄭利善似乎無論如何都能找到死去的方法，好像只要他一移開視線鄭利善就會尋死。這些話讓鄭利善有些慌張，只能呆滯地眨著眼。

「所以我去不了其他地方，不管我怎麼做，都無法確保利善你不會尋死。」

史賢理所當然地說，在這樣的情況下他無法去公會。這些話語都跟史賢的個性極度不搭，但很誠懇，完全不覺得他在說謊。看著史賢說出他無能為力的事實，讓鄭利善一下子不知道該做何反應。

鄭利善靠著床頭坐在床上，視線稍微下移卻又馬上看向旁邊，悄悄地摸了摸自己的脖子，不知道是因為還有一些不適，史賢平靜的語氣中所透露的不安情緒，讓一股難耐的熱癢漸漸攀升至頸部。

史賢已經知道鄭利善的能力條件，昨天也握住他的手標記了好一陣子都不放開，這些行為所傳達的情感都非常明確。

「……」

史賢說完那種話，再次安穩地確認著平板電腦，明明是他說出如同告白的這番話，但是陷入這個尷尬氣氛的只有鄭利善一個人。

是的，關於「那天」的事情，兩人到現在都還沒談過。

鄭利善曾經短暫想過自己那天看到的事情會不會都是假的，但是他知道自己是如何活著走出來，以及在這之後，看著史賢二十四小時的陪伴，他知道這些都是真的。不過即使史賢一直待在他身邊，他們卻沒有再次提及當時的對話，鄭利善用自己還在頭痛為藉口，不斷地延遲去想史賢為什麼不跟自己聊這件事。

鄭利善模糊地猜想，史賢應該正在「思考」如何解決目前面臨的問題，應該正盤算著在如今乾坤大挪移的情況裡，該如何行動、該做些什麼才能善後，因為史賢無論何時都是那個掌控全局的人，這對他來說是理所當然的事。

當時突發的狀況，似乎讓史賢受到了不小的衝擊，他現在看起來卻非常沉著，不過也只是沒有表現出當時精神上的動搖，他一直在旁邊觀察著鄭利善的狀態，這讓鄭利善感到非常陌生，最後，他忍不住微微動了嘴唇說道：「……走吧。」

只是輕聲細語地說出這句話，史賢卻馬上看向他。

鄭利善聽到早上申智按打給史賢，問他今天會不會進公會大樓，但史賢一直待在這裡，這讓鄭利善感到非常不自在。顯然他如果繼續待在這裡，史賢似乎也不會動彈，因此他必須採取行動。

「一起去公會吧，我只要每個小時喝藥水，坐著也可以……」

儘管史賢試圖反駁不用這麼做，鄭利善卻連這個反應都預料到了，直接抓住他的手下床。史賢的表情變得非常不滿意，但是又無法拒絕鄭利善的碰觸，就這麼跟著鄭利善離開。

時隔四天，公會看起來依然相當忙碌。

眼前的景象似乎比突擊戰期間還要忙亂，鄭利善有點，不對，是非常訝異。

連不大清楚公會事務的鄭利善，都覺得大家看起來兵荒馬亂，他認為史賢這麼多天沒來上班真是荒謬至極。原公會長被監禁在獵人協會，副公會長一直從缺，如果連史賢都不出面處理，公會業務也許就會立刻癱瘓。

當他們抵達四十二樓的 Chord 辦公室之後，史賢馬上就有事情要處理，他進公會大樓的消息立刻傳開，就連管理階層的人員都找來辦公室，因此他無法一直待在鄭利善身邊。

史賢離開鄭利善身邊之前一直面露不安，不過他最後得出一個結論，其他獵人們都在辦公室裡，應該不會有什麼事，於是轉身用力地握了一下鄭利善的手，雖然鄭利善知道他早就做好標記了，卻還是乖乖地伸出手，因為鄭利善認為如果不這麼做，史賢應該無法放心。

「……修復師？」

「……我、我可以進去嗎？」

鄭利善以為終於迎來獨處的時刻，結果奇株奕、羅建佑與韓峨璘進入他的個人辦公室裡。中智按則是剛才和史賢一同出去的時候，就和鄭利善打過招呼了。

他知道史賢覺得把自己放在人群裡，至少比他獨自一人還要安全，所以才主動提出要來公會，只是他沒想到，史賢一離開，大家就進來找他了，從來沒有這麼多人聚在他的個人辦公室裡，鄭利善有些尷尬地勸他們坐沙發。

羅建佑發出了不自然的笑聲說道：「哎唷，至、至少有逃出海裡，幸好……」

「就、就是說啊，到底是發生了什麼事……」韓峨璘尷尬地點頭以示同意。

雖然當時一半以上的人都已經退場，但是燈塔倒塌的動靜之大，讓尚未離開的人們都注意著燈塔的情況，然而距離太遠，無從得知裡面發生了什麼事。過了幾分鐘後，卻看見建築物再次被修復的景象，這只讓隊員們感到更加混亂。

協會的攝影機也無法好好捕捉到當下的畫面，騷動發生在攝影師退場的前一刻，突如其來的崩塌讓攝影師完全無法拍攝，而後燈塔立起時，建築物修復所發出的聲音又太吵雜，無法瞭解他們進行了怎樣的對話，再加上兩人的模樣被建築物殘骸微妙地擋住，所以沒有任何人知道實際情況。

只能從燈塔沉入水裡後就沒看到他們，以及兩人濕淋淋的模樣，推測史賢跟鄭利善可能墜入了海裡。

在有限的情報下，他們僅能猜測鄭利善的隱藏能力無法維持到最後，這讓燈塔中途倒塌了，只是隨後鄭利善再次修復了建築物。戰鬥系的魔力無法對那片大海產生作用，因此如果建築物沒有再次被修復，也許兩人將會就此消失在大海中。

所以羅建佑、韓峨璘不自然地說著幸好，並拍拍示意奇株奕說話，因為他最常講出一些好笑的話，他們希望他趕快補上一句，但是奇株奕低著頭保持沉默，最終和鄭利善對視的那一刻……

「嗚哇哇，修復師差點、差一點死掉。」

他的哭聲震耳欲聾，不只是羅建佑和韓峨璘，連鄭利善都感到慌張。

奇株奕不停說著，如果兩人沒有從大海裡逃出來就會死掉，Chord就會失去隊長、失去修復師，就此失去一切。

「大海，呃，連魔法都無法對那片大海產生作用！要是你們就這樣沉下去，就連屍體，呃！嗚嗚嗚，連屍體都找不回來！」

大海成為了人神共憤的對象，被奇株奕臭罵了一頓。鄭利善真的沒想到奇株奕會是這樣的反應，嚇得微微張大了嘴巴，身體也因此變得僵硬。

雖然奇株奕突然嚎啕大哭的行為讓鄭利善甚是慌張，不過比起那個……別人對自己差點死去而難過的反應，更讓他感到陌生。

鄭利善沒有想過自己死後的事，他認為會被掩蓋成副本內的意外，人們最終會忘記這件事，而且當時他想死的心非常強烈，根本沒有餘力去想其他事。但是現在他看著人們因為擔心他可能會死，對當時的情況感到害怕且難過的反應，有了一股異樣的心情，鄭利善不知道該怎麼稱呼這份情感。

「喂、喂……」

「呃嗚嗚嗚！」

「利善修復師現在人不舒服，你不要再大叫了。」

韓峨璘一邊慌張，一邊試著讓他冷靜下來，最終用殺氣凌人的聲音威脅奇株奕。她把鄭利善的呆滯表情當成頭痛所導致的症狀了，聽到她這麼說，奇株奕馬上發出「咳！」的一聲，忍住了哭泣。

奇株奕兩手摀住嘴巴，觀察著鄭利善的狀態。鄭利善在那樣的視線之下，好一陣子都說不出話來……

「……我沒關係，真的……」

鄭利善顫抖著說整件事只是意外，對有人會為自己的死亡感到難過，這個應當合理卻從來沒有認知到的事實，讓鄭利善稍微受到了衝擊，因為他曾經一夜之間失去了家人和朋友，一直以來，他認為所有人終將消失。

雖然鄭利善在Chord和這群人共事後有稍微改善，但是他始終把自己劃分在他們之外，即便想要有歸屬感，最終還是認為自己無法輕易走入這個世界，他厭惡連最後一刻都冀望著歸屬於這裡的自己。

如今再度踏入這個世界，這裡的人們都擔心著他，雖然只有奇株奕的反應比較大，但是韓峨璘和羅建佑看向自己的眼裡也裝載著類似的情感。

「真的幸好……」

奇株奕小心翼翼地伸出手，握住了鄭利善放在膝蓋上的其中一隻手，接著羅建佑也握住了另外一隻手，韓峨璘則是拍了拍他的肩。

因為碰觸而傳來的溫度，這種活生生的溫度讓鄭利善不知所措。

一連串的騷動讓羅建佑拖著奇株奕去辦公室外冷靜，奇株奕好不容易停止哭泣，結果回來看到鄭利善又再次引爆哭點，最後羅建佑提議出去吹吹風再回來，就帶著他出去了。

鄭利善表示不需要這麼做，但是奇株奕離開之後，頭痛的確減輕了許多，一股微妙的心情環繞著他。

韓峨璘仔細端詳鄭利善的狀態並說道：「不過利善修復師，你現在不是正處在副作用期間嗎？我聽說你的身體不大舒服，待在這裡……沒問題嗎？」

「啊，沒問題，只有前兩、三天比較嚴重，後面幾天會好很多。」

鄭利善回答，只要記得服用藥水就沒問題，他想起現在剛好就是服用藥水的時間，他為了來公會大樓，跟史賢約法三章，自己一定會乖乖喝藥水，所以必須按時服用。

韓峨璘看著鄭利善拿著小小的藥水瓶準備喝下，於是開口詢問：「你要睡了嗎？我出去是不是比較好？」

她小心翼翼地提問讓鄭利善看向她，當他們兩人一對視，韓峨璘連忙大聲解釋說，絕對不是因為待在這裡不自在才想出去，鄭利善也不是因此才看向她，他尷尬地摸著藥水空瓶……最終安靜地搖搖頭，其實不希望人聲離他遠去。

那樣的反應讓韓峨璘鬆一口氣地笑了出來。

「生病時自己一個人不是很難受嗎？喔，對了，我看你在喝藥水，等我一下。」

韓峨璘突然走出房外，幾分鐘後回來，雙手伸向鄭利善，韓峨璘說獵人們通常把體力恢復藥水當成中藥在喝，所以會隨身攜帶糖果，這是她跟外面的隊員們搜刮來的。

「我一說是要給利善修復師吃的，他們全部湧上來交出糖果，你就挑個想吃的吧。」

「啊……」

「我要跟沒有被選到的人說。」

韓峨璘笑著表示真有趣，鄭利善內心又出現了無比陌生的情緒，覺得她雙手捧滿糖果很神奇，鄭利善靜靜地低頭看著那些，韓峨璘偷偷鬆開了手。

糖果立刻從她的手指之間掉落，韓峨璘只留一顆糖果，剩下全都故意撒在桌上。

這個舉動的意圖很明顯，鄭利善抬頭看著站在他面前的韓峨璘，她泰然自若地攤出手心要鄭利善快點選，鄭利善微微地露出笑容並伸出了手。

「哇，利善修復師，太傷心了吧……我對你那麼好……」

鄭利善選擇的是掉落在桌上的糖果，他打開葡萄口味的糖果放入嘴裡，韓峨璘用充滿衝擊的眼神看著他。

鄭利善微微笑著，視線飄移得像是心虛，尷尬地說：「我……打算全部吃掉，我會一個一個慢慢吃，因為副作用時間還沒結束，還有很多藥水要喝……」

看見鄭利善的反應，韓峨璘的眼神變得驚訝，而後笑著點點頭，雖然她接著又嚷嚷著為什麼一個一個吃，卻不先吃她給的糖果，但是鄭利善一低頭，韓峨璘也就釋懷了。

「謝謝。」

「……我怎麼看都覺得你低頭是為了叫我安靜耶，是我的錯覺吧？對吧？」

鄭利善沒有回答，韓峨璘詫異地問著他怎麼能這樣，最終大聲地笑了出來。

韓峨璘是Chord之中最先聽聞鄭利善要加入的人，她和史賢都是S級獵人，也是一起站在前線的主要輸出型獵人，因此史賢為了和她討論往後的攻略方向，如果有需要引進新成員，史賢都會先告訴她。

當時史賢尚未採取動作，只有表示會去挖角鄭利善，不過從韓峨璘聽聞消息的那一刻起，她就覺得一個星期之內絕對會見到鄭利善。雖然是第二次大型副本之後就銷聲匿跡足足一年的修復師，但是既然是史賢做的決定，韓峨璘認為結果顯而易見，事實也如同她的預測，因為就在剛好一個星期後，鄭利善就和史賢一同走進Chord辦公室。

鄭利善是一位知名的覺醒者，不只是身為S級修復師而聞名全世界，他的往事也被廣為流傳，雖然大家都說副本會出現各種意外，但是鄭利善卻經歷了兩次如此殘忍的事。

韓峨璘自從知道鄭利善身為S級修復師，卻因為債務而被惡劣公會挾持工作後，就覺得鄭利善很可憐，得知第二次大型副本的意外時，也是真心地心疼鄭利善，他從小就失去了太多東西。

所以從鄭利善加入Chord開始，韓峨璘就加倍照顧他，非戰鬥系覺醒者要進入S級副本是很令人恐懼的事，韓峨璘還安慰鄭利善，要他相信被稱為韓國最精銳隊伍的Chord。

雖然由史賢全權管理鄭利善的精神狀態，這讓她覺得有點不對勁，但是她知道這個作法非常有效率，這部分她也無從插手，因為她無法干涉史賢的事情。也許是因為這樣，她才會私下更加照顧鄭利善。

回頭來看，韓峨璘早在不知不覺間就把鄭利善當作寶貴的弟弟看待。

而在一同面對突擊戰的期間所發生的各種事情，也讓Chord內部形成了一股保護鄭利善的風氣，他在副本裡受傷，在外頭也出事……韓峨璘更加下定決心，至少自己一定要好好對待鄭利善。

甚至在第七輪副本的最後，鄭利善還墜入海裡，雖然其他人都認為這只是意外，但是韓峨璘無法避免地感受到了一股微妙的心情，因為「那個」史賢居然會墜入海底，她覺得實在太不合理。

就算假設鄭利善是失足踩空才掉下去，史賢使用影痕能力絕對可以拯救他，不管是利用燈塔的影子，還是在影子內移動抓住他，無論用什麼方法，應該都能抓住鄭利善。

就算假設是因為建築物突然崩塌無法躲避才墜落，但是這個假設在史賢的能力面前並不成立，韓峨璘和史賢配合這麼久，她知道史賢多擅長使用他的能力。

因此韓峨璘自然而然、無可避免地想起史賢說過的，關於他隱藏能力的「副作用」，雖然她不知道史賢的隱藏能力是什麼，但是在公會長過世那天，史賢對韓峨璘說過他使用了隱藏能力，所以隔天進入副本時，自己尚處副作用期間，很難使用影痕，要她在攻略上多花點心思……

她清楚記得史賢提過的副作用，因此她很難把第七輪副本最後發生的事當作單純的意外，也許史賢使用了隱藏能力，進入了無法使用能力的副作用期間，才會和鄭利善一起墜入海裡。

而史賢不可能不小心從建築物摔落，因此墜入海裡的理由必定出在鄭利善身上。

「……」

但是韓峨璘無法向鄭利善仔細詢問事件的始末，在進入第七輪副本的前一刻，她看到鄭利善蒼白的臉龐，對於可能會再次看到那副神情而本能地感到不安，雖然當時鄭利善看起來很坦然，也笑得很燦爛，不過現在鄭利善的臉色看起來更好了。韓峨璘認為，如果要露出那種勉強的笑容，還不如不要笑。

鄭利善接著聽韓峨璘說起最近Chord接獲許多聯繫，但聲音卻越來越小，而後直接停止發言，鄭利善感到疑惑，歪頭詢問：「有什麼事嗎？」

「……不，什麼事都沒有。」韓峨璘只是搖搖頭微笑，沒有提及方才想的事情。

此時，剛好羅建佑和奇株奕回來了，他們似乎順便在公會大樓附近的糕點店買了甜食，把一大堆購物袋放在桌上，奇株奕頂著紅腫的眼睛，把裝有麵包的紙袋遞給鄭利善，還硬是擁抱了鄭利善一下。

「這些都給修復師吃，是剛烤好的麵包。」

「株奕完全就像是去鬧場的奧客，我還是第一次看到去人家店裡討麵包的愛哭鬼，店裡的人們應該會大肆宣揚Chord的獵人淚灑糕點店……」

羅建佑露出比剛才更有氣無力的神情，輕輕搖了搖頭，奇株奕嚎啕大哭著說一定要是剛烤好的麵包才行，店員慌張的表情還歷歷在目，羅建佑訴苦著自己有多頭痛，考慮到最近人們對Chord的關注度，明顯可見Chord的獵人引起的騷動會在瞬息之間傳遍全國。

韓峨璘嘆氣說這是隊伍的恥辱，奇株奕哭鬧著說自己很傷心，辯解著自己的情緒突然一湧而上，他也沒辦法。

「……」

與此同時，鄭利善靜靜地看著懷裡的紙袋，飄散至鼻尖的麵包香氣非常鮮甜而柔順，暖烘烘的溫度透過紙袋傳到手上，鄭利善僵硬地維持接過紙袋的姿勢好一陣子。

而此時，史賢回來了，看起來是一處理完急事就回來，看到鄭利善抱著紙袋，僵硬得像顆石頭一樣。他大致瞭解一下情況後，便走向前喊了鄭利善的名字。

「利善。」

鄭利善僵硬地轉移視線，就像是一個哪裡不對勁的人，史賢打量著整個空間，發現了桌子的一角放了糖果，各式各樣的糖果說明著自己不在的期間發生的事情。

「喔……事情都結束了嗎？」

「對。」

面對鄭利善的提問，史賢泰然自若地回答，而鄭利善當然不相信他的說法，他三天不在公會大樓裡，不可能在幾個小時之內就處理完所有事情。

鄭利善給出了微妙的懷疑眼神，史賢只用平穩的語調說道：「比較重要的事情都處理完了，我有警告大家不要拿其他事情來煩我，所以耳根可以清靜一陣子了。」

史賢自然而然地坐到鄭利善旁邊，把他懷裡的紙袋抽走，雖然奇株奕露出了有些失落的眼神，但是羅建佑迅速地把紙袋倒過來拿，麵包一個個散落在桌上。

韓峨璘呆滯地看著眼前的畫面，準確來說是凝視著那個擔心鄭利善會不會被麵包紙袋燙傷，抓著鄭利善的手仔細確認的史賢，紙袋裡裝滿剛烤好的麵包，也許會有點燙沒錯，但是做出這種行為的史賢實在過於陌生。而且他一坐到鄭利善旁邊，兩人的距離就自然而然地拉近，看上去就像是史賢把鄭利善抱在懷裡一樣……

那一刻，韓峨璘的腦海中有個非常驚人的想法像閃光燈般炸開。

三天沒來公會的史賢，第四天才和鄭利善一起來這裡，本來不想離開鄭利善的個人辦公室，最終只離開一、兩個小時就回來。

「……」

韓峨璘的神情漸漸變得凝重，她趁著史賢暫時回到對面他個人辦公室的空檔，靠近鄭利善，用非常真摯的聲音對鄭利善說悄悄話。

「利善修復師。」

「什麼？」

「如果有什麼問題……嗯……像是史賢威脅你，或是監禁你那種，知道嗎？你就搖一搖麵包[1]。」

「……」

「雖然我原本的立場，是盡量不站在史賢的對立面……」

欲言又止的韓峨璘有點，不對，是露出了非常茫然的神情，連想像都不願意的表情，與其說是懼怕，這個感覺更像是反胃，鄭利善看不懂這一連串的表情變化，韓峨璘突然壓低聲音對自己耳語，鄭利善認真地聽她在說什麼……

注釋① 搖一搖麵包：最初源於一位名為 Marina Joyce 的英國 YouTuber 疑似遭到綁架，粉絲為了確認她的安危，以贊助頻道的方式留言「如果妳遭遇危險就比個愛心」等等。有一位總是延遲連載的韓國 Webtoon 作家，某一天突然準時更新，讀者詢問「如果你被 Webtoon 平臺扣押在總公司，請畫一根紅蘿蔔」，而作家真的在下一話畫了紅蘿蔔，因此成為韓國廣為流傳的網路迷因，多被使用在關心連續幾天至幾週徹夜工作的人，特別是 Webtoon、唱片、演藝領域。

「不過如果利善修復師身處危險之中，無論如何……我都會幫你！」

韓峨璘像是破釜沉舟般，把溫暖的麵包放到鄭利善手裡，再三交代他如果需要幫助，一定要搖一搖麵包。

鄭利善看著韓峨璘悲壯的神情，不知道自己該做出什麼反應，於是保持沉默。

▲

鄭利善從那天之後，連續三天都來公會大樓報到，雖然還在副作用期間，不過也都是待在個人辦公室裡坐著休息，加上突擊戰已經結束，沒有需要閱讀修復圖或資料的必要。

但其實鄭利善根本不需要來公會，他會來完全是因為史賢。史賢覺得放鄭利善獨處，鄭利善就會馬上自尋短見，所以他只好主動提議移動到有人在的地方。

鄭利善跟其他人待在一起，史賢才能稍微放心離開。他看得出來，那是因為史賢認為如果自己想要自殺，身邊有人在就能夠攔住自己，但是鄭利善沒有特別說出這一點，只是對持續感到不安的史賢非常陌生，並有些尷尬。

「……你應該也知道了，我的能力條件是無法傷害同種的生命體以及人類，而那也適用於我自己。」

「對。」

「所以……只要不是被施以無效化導致能力消失，我無法出於本意動自己一根寒毛。」

「我知道。」

鄭利善故意用沉穩的語調說，而後聽見更加沉穩的回答，鄭利善有條不紊地說完自己的能力條件後，試圖讓史賢知道無須那麼在意，但得到的回答卻是他全都知道，鄭利善瞬間無話可說。

最後鄭利善安靜地撇過視線，史賢握住鄭利善的前臂，像是在測量他的腕圍。最近史賢常常握著鄭利善的手腕陷入沉思，每當這個時候，鄭利善都會從那雙黑色瞳孔中感受到異樣的感覺，鄭利善故作輕鬆地詢問：「你的眼神像是要把我綁起來一樣。」

「我真的有考慮這麼做。」

「……」

鄭利善心想自己哪壺不開提哪壺。

一個星期後的今天，史賢都沒有再次提及那天的告白，也沒有強迫鄭利善做任何事，只是不發一語地注視著鄭利善的時間越來越長，鄭利善認為史賢還沒結束他的「思考」。

史賢試圖多方思考，找出其中能達成最佳結果的選項，但是那個答案似乎不會輕易出現，最終，鄭利善和史賢微妙地度過一整週的沉默時光。

史賢今天也和鄭利善一起來公會，握著鄭利善的手好一陣子才離開，雖然一開始覺得這份沉默很陌生且不自在，但是過了幾天他也習慣了，他將另一隻手覆在被握過的那隻手上，感受殘留的溫度，度過史賢不在的時間。

儘管突擊戰結束已經過了一個星期，Chord 獵人們卻大部分都留在辦公室裡，突擊戰出現的道具放在辦公室一陣子後，獵人們最近各自忙著要拿去拍賣會處理，以及修理既有的道具，史賢告知大家近期沒有攻略副本的意願，儘管固定的訓練時間取消，獵人們還是保持著訓練的習慣。

Chord 身為代表韓國的獵人隊伍，自然收到了四面八方的聯繫，各界認為 Chord 成功全數清除古代世界七大奇蹟突擊戰，應該會舉辦慶祝派對，因此有企業詢問贊助事宜、宴會場地想要自薦提供空間……等等的聯繫，通常這些事情都是史賢在處理，但是現在史賢忙著打理公會，便改由韓峨璘代理負責。

因此辦公室十分吵雜，大家爭吵著要辦得比史允江主辦的活動還要更盛大，鄭利善的個人辦公室雖然和會議室有一段距離，但還是能聽見他們的騷動。

鄭利善以平穩的心情聽著那些變得熟悉的聲音，拾起依然堆在桌上的其中一顆糖果吃下，明明每天都有吃，糖果的數量卻不斷增加，甚至不只有糖果，還有堆疊整齊的其他甜點，鄭利善漸漸覺得自己的個人辦公室要變成茶水間了。

鄭利善靠坐在椅子上，靜靜地看向窗外，原本在副作用期間，他應該是坐在家裡軟綿綿的椅子上看著窗外發呆，不過最近幾天自己都看著個人辦公室外頭的風景。

老實說，鄭利善對於史賢尚未結束煩惱感到非常驚訝，自己依然處在副作用期間，所以才拿頭痛當藉口，一直推遲思考這件事，但是「那樣的」史賢居然還沒得出結論，這讓鄭利善覺得很神奇。

然而鄭利善也沒有對史賢的煩惱加諸任何言詞，不只是因為他不知道該說什麼，更多的是，他對自己依然還活著的現狀感到無比陌生。

鄭利善沒有想過第七輪副本結束之後的事，雖然進入副本之前有清晰地刻畫了一下未來，但是當時發生了一連串意外，讓鄭利善就此和那個未來完全分道揚鑣。

儘管史賢讓他抱著想活下去的希冀，儘管自己尋死的時候，最後心頭上的留戀指向了「他」……但是現在真的活了下來，鄭利善其實感到非常混亂，考慮到自己好一段時間是期待著死亡的到來，現在這樣似乎也是理所當然的事。

其實，鄭利善最終對自己做出第一次也是最後一次的試圖自殺，卻以失敗作結，這讓他感到有些空虛，當他進來Chord辦公室，看見奇株奕或其他獵人為他而哭的反應，這個感受和他的空虛感並不衝突。想到也許自己的死亡會對他們造成影響，讓鄭利善的內心變得沉重，但是空虛感並不會完全消失。

不過空虛感等同於可惜嗎？鄭利善還沒找到那個答案，也許自己的空虛感是來自於過去許久的期待，也就是對於還有時間的虛脫感。

那麼自己現在……真的是因為死不了而感到可惜嗎？

「……」

鄭利善忽然低頭看向自己的手，史賢已經離開好一陣子，但是他的溫度似乎還殘留在手上，不對，也許是「當時」他如同苦苦哀求般緊握自己雙手的行為，深刻且鮮明地烙印在腦海裡，所以鄭利善才會想起那一刻的觸感與溫度。

叩叩，鄭利善的思緒無法繼續下去，奇株奕和羅建佑走進了鄭利善的個人辦公室，他們說會議室裡的大家正在吃水果，端著碗進來請鄭利善一起吃。尚處副作用期間的鄭利善，並沒有一同參與會議，看來他們有些在意獨留在個人辦公室的鄭利善。

鄭利善剛才還在想著他們，所以心情有些微妙。

即使已經過了一個星期，奇株奕每次看到鄭利善還是有些哽咽，直到今天才稍微能平靜地對話，奇株奕談到自己差不多要回學校了。

「我現在真的要專注在畢業製作上，唉，昨天教授聯絡我，問我有沒有在想作品要怎麼做，我真的全身冒冷汗……」

「……你想好方向了嗎？」

「怎麼可能……我跟教授說當然有在準備，但是我一直想不出點子，想說等休假完再來思考，未來的我會比今天的我還要有創意！」

「未來的株奕應該會咒罵今天的株奕吧……」

坐在一旁吃水果的羅建佑漠不關心地說道。

奇株奕對此嚷嚷著怎麼能說出這麼殘忍的話，羅建佑說奇株奕以這種方式拖延作品構思已經不只一、兩次了，無奈地搖搖頭。

「之後你一定會哭著質問我，怎麼當初沒有在一旁勸你開工，絕對。」

「呃……再怎麼說，突擊戰期間那麼辛苦，應該要休息一下才會有靈感湧現吧？適當的休假是重要的。」

「對啊！我的腦袋裡現在都還在生動地重複播放突擊戰副本，古代世界七大奇蹟的建築物是很帥氣啦……暈，還是我主題就用這個？」奇株奕突然雙眼發光地說道：「哇，這不錯耶，我實際看見了修復師修復古代世界七大奇蹟建築物嘛！雖然也有看影片，不過在副本裡親眼目睹和事後看影片差距很大啊。」

雖然獵人協會的攝影師一同進入副本，有留下影片紀錄，但是攝影師只有一位，沒辦法帶著專業的設備進入副本，所以拍攝到的畫面也很有限，奇株奕認為自己是親身經歷的當事人，激動地說著自己一定有看到更多不同視角的畫面。

「找回當時的心情進行製作的話，一定能完全提升作品的稀有性，連作品製作動機都能行雲流水地想出來？太讚了！都是多虧有修復師！」

「我……什麼話都沒有說耶？」

「你光是待在這裡就能提供靈感了，教授中有一位很會挑毛病，不過只要我說作品是在表達，我在突擊戰裡看到修復後的建築物所感受到的感動，他應該就沒辦法指責了吧？畢竟突擊戰那麼偉大？」

奇株奕激動地點著頭說，污辱自己的感動就是污辱修復師的修復，奇株奕不停歇地輸出言語很難全然理解，鄭利善愣在當場。

坐在一旁的羅建佑大笑說道：「照株奕所說，美術系學生要有張三寸不爛之舌才能好好生存下去。」

「就是說啊……」

鄭利善抱著非常複雜的心情點了點頭，此時奇株奕說現在浮現的靈感必須馬上整理起來，把一大本筆記本攤在桌上，突然詢問鄭利善：「啊，修復師！如果我用這個做畢業製作，你會來看我的展覽吧！」

「……什麼？」

「我會想著要給修復師看這幅作品，傾灑我的靈魂來製作，咳，親眼看見建築物被修復，以此作畫舉辦展覽，然後修復師來看我的作品，完全就是一位成功的粉絲。」

奇株奕開心地說著，絕對不會有比自己還要成功的粉絲。鄭利善回想起奇株奕說過畢業製作展覽會辦在今年底，他稍微有點，不對，是產生了非常陌生的心情，以前自己也有聽過類似的話語……當時的自己表現出怎麼樣的反應？

鄭利善猶疑的時候，羅建佑拿著插有哈密瓜的叉子遞給鄭利善，理所當然地說道：「嗯，如果要去畢展的話，跟我們一起去就行了，株奕從之前就一直吵著要 Chord 的成員去看他的展覽了。」

「……」

鄭利善迷迷糊糊地接過叉子，微微點了頭，那是基於反正自己現在也死不了，而露出的反應，即使他知道如此輕鬆的對談並不是明確的約定，但是光是像這樣聊著未來的這件事，就讓一股奇怪的心情在他心中的某一角擴散。

在距離自己曾經想像的未來裡最遙遠的事情，現在卻最快確定下來，他依然對未來有著陌生的疏離感，但還是抱有一絲期待。鄭利善反芻著這個心情，咬下一口哈密瓜，因為比想像中還好吃，他用驚訝的神情注視著叉子，這個反應讓羅建佑欣慰地說，自己故意挑了一顆最熟的哈密瓜。

鄭利善停頓了一下，把手伸向放有水果的碗，正好奇株奕把剛才放在桌上的筆記本蓋了起來，奇株奕激動地說既然修復師答應來看，那麼他得更加努力製作，兩人的動作發生衝突，水果碗飛向空中，奇株奕驚訝地大叫的同時……

哐啷，空間裡響起銳利的聲音。

水果碗摔落地上碎裂，鄭利善和奇株奕同樣慌張，羅建佑說清理乾淨就行不用驚訝，沉著地安撫他們。

奇株奕率先行動，想要趕快拿開掉在鄭利善腳邊的碎片，鄭利善也想要一起清，但是似乎太心急了，他的手被碎片刮傷。

「天啊，修復師，你的手……流血了！」

「什麼？啊……」

鄭利善現在才確認自己的傷口，他沒有意識到碗的碎片有多銳利，就不小心被刮傷了，雖然血液開始從食指末端滴滴落下，但是那不過是一、兩天就會癒合的淺淺傷口，鄭利善站起身，告訴更加慌張的奇株奕他真的沒事，他打算先去找衛生紙把血擦掉。

不過站在前方的奇株奕與羅建佑突然發出倒吸一口氣的聲音，他們的反應遠比方才碗盤破碎時還要更激烈。

「啊……」

尤其是奇株奕驚恐得臉色蒼白，顫抖得像是隨風飄動的楊樹，甚至痙攣發作，鄭利善呆在原地，慢一拍察覺到動靜，轉過身去。

轉眼間，史賢站在他的後方。

只要做了標記，就能大約聽見周遭的騷亂，史賢似乎是一聽見碗盤碎裂的聲音，就馬上移動過來這裡，並立刻確認現場狀況，掌握問題，而後用冷冽的神情看向他們兩位。

「是、是我打破碗的，對不起！」

「是我不小心摸到碎片才受傷的……」

「我會負責治療……」

三人胡亂地說著近似自我認罪的話語，面對史賢突如其來的出現，以及他凶狠的表情，大家不苟言笑地迅速展開行動。

奇株奕連忙清理地板，擔心是否還有小碎片，召喚了水把地板拖了一遍；羅建佑在鄭利善的食指上施展治癒魔法；鄭利善則是……靜靜地想著，到底為什麼情況會變成現在這樣，其實是因為史賢握住了他的另一隻手，這是他唯一能做的事。

——這個小傷口有需要接受治癒魔法嗎……

雖然鄭利善推辭著對羅建佑說沒關係，但是史賢用更加冰冷的表情命令羅建佑治療，羅建佑無法抗命。

治療結束之後，奇株奕和羅建佑互相看著臉色離開辦公室，明明只是一件小事，卻似乎引起了一場大動盪。

鄭利善以為現在問題解決了，史賢就會馬上回去，結果史賢直接坐下來，表情凝重地緊握著鄭利善的手，直視著食指的傷口，彷彿要把消失的傷口都給看出來。

「你不是說你動不了自己一根寒毛嗎？」

「……嗯，我不是主動弄傷自己的。」

偏偏發生了與幾個小時前說的話相悖的情況，但是鄭利善當時明明有說到「出於本意」幾個字，因此他解釋，這次的事件是他沒有注意到的意外，雖然自己內心覺得這點小事沒必要被稱為意外，但是面對那雙直視著自己的目光，只好結結巴巴地補充。

史賢靜靜地聽著鄭利善的解釋，而後點出了一個關鍵字。

「……意外。」

「對，是意外。」

「這就是問題所在。」

「……啊？」

「如果不是出於本意地處於危險，利善你就無法避開那個情況。」

聽見史賢沉穩地說出這句話，鄭利善緩慢地眨了眼睛，史賢認為他雖然無法殺死自己，但是如果身處某種危險，他似乎就無法逃脫，這讓鄭利善聽起來非常陌生。

「那時候服下史允江給的毒藥，你保持沉默的原因也是因為這個吧？也許撐過幾個小時你死了，就會被當作『意外』致死。」

「……」

「你原本不相信自己服毒會有事，也是基於那個條件，對自己身上的傷口感到神奇也是因為那個原因。」

史賢平淡地說出並抬起頭與鄭利善對視，點出過去種種，掌握並梳理當時無法理解的那些原因，這的確很像史賢的作風，但是黑色瞳孔裡波動的情感，依然和他有著一股疏離感。

他說的都是事實，事到如今，鄭利善也無法辯解，因此閉口不談，雖然史賢面對鄭利善的沉默，表情變得更加冷淡僵硬，但這並不是對鄭利善感到憤怒。

史賢反倒像是對自己內心的複雜情緒感到無比煩悶，微微皺眉，而後嘆氣般地詢問：

「利善，我為什麼要擔心你？」

「……什麼？」

「你的食指被刮出那一點傷口，根本不是什麼大不了的事，但我為什麼如此惴惴不安？」

鄭利善感到有點，不對，是非常困惑，他不懂史賢為什麼反問自己想問的問題，他微微煩惱了一下，最終抬起頭，用贊同的神情說道：「對，這個傷口沒什麼。」

「沒錯，反正因為利善你的能力條件，無法出於本意地死去，過去一年來即使想要尋短也苦無辦法，現在應該也是如此，在這裡不可能發生攸關性命的嚴重情況……」

史賢不斷地說著，鄭利善則靜靜地看著時隔許久才見到的史賢的正常反應。從那天之後，史賢沒有說過這麼多話，都只是安靜地注視著鄭利善好一會兒後便離開，現在史賢的行為反而讓鄭利善覺得熟悉。

但是史賢似乎自己也全然無法理解，接著說了一句話。

「不過，為什麼我必須經歷這種不安到快要瘋掉的心情？」

「……」

「我不想這麼想，但總是終日惶惶不安，一下擔心你哪裡受傷，就算只是小意外，也一下擔心放著你不管而導致更大的意外，你會不會就這麼死去。」

史賢真的像是在自問自答一樣，不斷訴說著自己的委屈。鄭利善隱約猜測這些就是他過去一個星期以來苦苦思考的情感，他看著史賢臉上閃過混亂的神情，卻不知道該說些什麼，只好乾瞪著眼睛。史賢往斜下方看，低頭看著鄭利善的手。

「有句話說『理性終究贏不了感性』，我以前真的覺得這句話很奇怪，認為只要掌握所有情況與變數，把一切放在可控制的範圍內，就不可能為感情所動搖，就算出現問題也能夠馬上解決。」

史賢自言自語般的吟詠後，忽然環扣並包住鄭利善的手腕，用鐐銬般的動作用力握住並說道：「我還想過如果把利善你綁起來，放在我能夠全然掌控的環境裡會不會比較好，因為你一直脫離我的掌控，用那種方式吐血、墜入海裡，所以我想乾脆綁住你，讓你無法做出任何行動，如果你乖乖地被我關著，這令我不安的焦慮感是不是就會消失……」

「……什麼？」

「我不想感受這些情緒，我不想因為非本意的事情感到不安，我的情緒不照著我的想法走，這一切都讓我非常不高興。」

史賢冷靜地接著說下去，這理所當然的一番話讓鄭利善感到慌張，他切實感受到史賢以非常平淡的神情，說出的話不是假設，也不是威脅形式的謊言。

史賢說自己過度想像著根本沒有發生的情況，他不想再繼續感受到這些情緒，但是焦慮感持續存在，也許乾脆把鄭利善放在能夠控制所有危險的環境裡，杜絕所有變數反而比較好……史賢竟然說出這樣的話，鄭利善漸漸變得目瞪口呆。

雖然鄭利善很好奇史賢這個星期到底都在煩惱些什麼，但是他沒想到會如此直接地面對這一切。

不過最後，史賢停止說話並望向鄭利善，將視線從傷口早就消失的指尖上，移至他的淺褐色瞳孔並注視著。

鄭利善從那個眼神裡，看見有些生疏的情感，一種既悠遠又迷茫的情感……

「可是利善，如果我這樣把你關起來，你會活著嗎？」

「……」

「明明把你放在我能夠掌握一切情況的環境裡，以為一切就會沒事，我理當要這樣想的，但是我卻總覺得哪天、哪個瞬間，在某個我無法預料的時候，你又會想死，雖然你一年來都找不到尋短的方法，可是我一直覺得這次可能會不一樣，這次我可能看不到你想死的瞬間，而是直接看見你死後的模樣，為什麼？」

「……什麼？」

「我為什麼要……這麼恐懼？」

漆黑的瞳孔裡裝載著難以名狀的懼怕，鄭利善無法說出任何話語，有人茫然地擔心自己可能會死，因此感到慌張並恐懼，他一點也不熟悉這種情緒反應，不對，應該說那個人是史賢，這讓他非常陌生。

曾經硬是抓住想死的自己，威脅他不會放手的人，現在卻毫無氣力地感到茫然，鄭利善的內心有股怪異的蕩漾。

在史賢結束了持續一整個星期的煩惱之後，在不像是他會有的漫長思考之後，他靜靜地看向鄭利善，與那天的態度不同，雖然他沉穩且平淡地說著話，但是他瞳孔裡的情感和那天一樣澎湃。

「我並不想讓我的情感如此為你動搖，不想為了這一點情感而感到無力、茫然，可是……」他露出一如既往的泰然神情說著。

「我總是輸給你，利善。」

鄭利善緩緩地、慢慢地眨了眼睛，雖然只是一剎那，但是那瞬間的所有要素陌生卻又鮮明地湧上來，史賢的背後可以看見正午的太陽照亮著天空，遠遠地聽見人們的騷動，握著自己的鮮活溫度，與清晰聚焦的雙眼對視，史賢再次吐露著所謂「事實」的模樣。

他的臉龐、表情、眼神，一切都像是烙印在腦海裡，看上去這輩子沒輸過的人，如此平淡地宣布敗北，也許是這讓鄭利善感到衝擊且陌生，或者是自己聽著他說話的那一刻……

怦，像是劇烈滾動而墜落的心臟所帶來的衝擊，鄭利善無從得知這種心情是從何而來，他覺得現在的空氣悶到令人發癢。

「我不知道該怎麼做，我考慮過各種方向卻還是找不到答案，不管我怎麼努力，都無法從你可能會死的念頭中抽離。」

「……」

「那麼一來，我又會再次陷入不安的情緒裡，回到無力且害怕的狀態，我輸得無可奈何。」史賢喃喃說著，他不知道是因為不斷反覆的失敗讓他的思考發生故障，或者是真的找不出解答。

聽見史賢說他沒有自信、無法篤定地掌握情況，鄭利善稍微咬了一下自己的嘴唇。現在史賢吐露他無法控制自己的情感，鄭利善何嘗不是也感受著那樣的心情，剛才的心臟一沉，現在卻劇烈跳動得彷彿身體在震動。

這一切都是因為史賢所說出的極端事實，也是朝著自己而來的告白。

「利善。」

史賢用沉穩的聲音呼喚鄭利善，原先環握著鄭利善的手腕，緩緩地往下覆住手背，面對像是哀求般的動作，鄭利善無法避開，靜靜地俯視著手……而後緩緩地上移視線與史賢對視，他像是只要在鄭利善的視線面前就會變得茫然的人，稍微沉默之後開口：「其實我知道我會有這種心情，終究只有那一個原因。」

「……是什麼？」

「因為你跟我告白後，立刻在我的面前尋死。」

「……」

「因為我終究無法被排在你想死的心情之前。」

曾經的他總是位於掌握一切情況的高位，現在卻只能承認自己在這段關係中處於劣勢，在那樣的現實面前，史賢最終平淡地接受敗退，為了解決眼前的情況，無論他再怎麼思考，終究還是輸給了鄭利善。

面對這樣的結果，史賢能做的只有一件事，他握住鄭利善的手緩緩地舉起並低聲說道：「你說喜歡我，不是說謊吧？所以……請告訴我現在這個情況我該怎麼做，無論是什麼，我都會照辦。」

鄭利善突然想起與史賢的初次見面，當時也聽過與現在類似的話，史賢說過只要自己加入Chord，就會滿足所有他想要的條件，後來在邀請自己正式加入公會的時候，也說過類似的話。明明聽過了那麼多次，這次的感覺卻與先前不同，甚至有著鮮明的差距。

「利善，你的願望我都會盡力達成，你只要做到一件事就好……」

史賢把頭靠在鄭利善的手掌心上，就像當時一樣。

「請你愛我。」

比那份情感更多。

史賢短短的一句話像回音一樣，迴盪在鄭利善的耳邊，心臟緩慢又笨重地響起撲通、撲通的聲音，鄭利善瞬時連呼吸都很困難……而後才終於能夠回溯自己的情感。

面對自己的赴死以失敗收場的情況，就算覺得空虛，卻不確定自己是否感到可惜。

如果自己的虛脫感是來自於時間，那麼是什麼造就了他現在的感受，鄭利善終究必須接受這個答案。

在被愧疚淹沒的那場意外的終點，他還是抱持著一股留戀，面對必須死亡的強迫性心理，自己的內心最終還是有著像砂礫般滾動的情感。

就算慶幸史賢沒有對自己的告白作出回覆，在曾經是生命盡頭的最後一刻，還是出於留戀的心情而看著史賢，這就是他聽到的答案。

史賢跪在自己面前吐露並展現的情感……到底應該以怎樣的心情去感受？

鄭利善和史賢待在一起，總是驚險地走在矛盾的情感鋼索上，他把必須死去的自己拉到想活下去的世界，所以他終究對人生有了一些期待，卻又覺得抱著這種冀望的自己令人作嘔，再次試圖尋死，也許是提醒自己是個該死的人。

但是那些矛盾全都崩解的此時此刻，鄭利善抓住了那股溫暖。

那不是他強行握在手上的溫暖，而是哀求他抓住的溫暖。

鄭利善忽然想起那天史賢說過的話，雖然他是唯一能讓自己死去的人，但是他永遠都不會放開自己，所以要自己活著恨他。不過無論是當時還是現在，史賢最終都像是個只求能將頭靠在自己手上的人，苦苦哀求。

鄭利善看著他，看著那個在這輩子希望從自己這裡得到愛的人……

「……」

鄭利善變得想要把他的威脅當做活下去的藉口，也變得想要自私地愛他。

鄭利善撫摸著史賢臉龐的那隻手微微施力，將史賢拉起身，史賢乖乖地跟著鄭利善的動作，最終感受到了嘴唇相接的觸感。

史賢頓時放大的瞳孔緩緩地消失在眼皮底下，他抓住了對方，面對他似乎一點也不想放開的手勁，鄭利善欣然接受。

史賢的手掌中，那個活人的溫度一點一點且鮮明地蔓延開來。

▲

距離突擊戰結束那天，已經過了十天。

全世界依然熱烈討論著古代世界七大奇蹟，HN公會也持續處於混亂中，此時獵人協會終於發布了正式聲明。

有關史允江的處分已確定的聲明。

史允江因涉嫌毒害HN前公會長，被拘禁在獵人協會並持續接受調查，獵人協會表示，這次處分是審慎考慮到此案的嚴重性、相關爭議以及後續影響才做出的決定。

前公會長是韓國的S級獵人，四年前失去意識倒下後，就送至韓白醫院接受治療，因此基於獵人殺害獵人，以及讓失去意識無法反抗的人服下五、六種以上的毒物，再加上弒父，審酌以上所有因素……

獵人協會表示將永遠褫奪史允江的獵人資格。雖然獵人協會本來就會重罰獵人的殺人案件，但是很少對A級以上的獵人做出永久停止資格的處分，這也代表獵人協會認為此案極度嚴重，因為殺害前公會長後，遺囑隨之公開，史允江因而成為韓國第一公會HN的公會長，獵人協會判斷此毒害計畫有充分的犯案動機。

這個處分讓全世界為之騷動，從獵人協會長在正午親自發表聲明的那一刻起，電視臺就紛紛插播新聞快報，網路大型搜尋引擎清一色都是相關報導，即時搜尋詞排行榜上，也全都是和HN公會有關的關鍵字，而那些喧嘩的反應大部分都指向同樣一件事——

身為S級獵人的史賢，會成為HN的新任公會長嗎？

停止獵人資格就代表公會長的地位被剝奪，從獵人協會發布史允江處分的聲明那一刻起，史允江的資格就被停止了，HN公會的公會長位置立即空了出來。

儘管書面上還是記錄著史允江的名字，但是一、兩天後就會變成從缺，他的姓名也會直接從HN公會旗下獵人名單消失，如果並非暫時性地停止幾年資格，而是永久停止的話，也就沒有待在獵人公會的資格。

被拘禁在獵人協會的史允江，預計明天將在法院接受刑事宣告，獵人間的殺人案件由獵人協會咎責，並且已經下達停止資格處分，現在將交由一般司法機關判決弒親的部分，甚至發布了預計數小時後將移送法院的公告，再次引起新聞媒體的騷動。

史賢提前收到獵人協會的聯繫，所以正準備下午前往獵人協會。鄭利善表示自己也想一起去，他平淡地對感到詫異的史賢說明緣由，自己原本就想要去一趟獵人協會。

「因為我一直忽視獵人協會的傳喚令，現在應該去一趟了……」

「不去也沒關係，現在命令也沒有效力了。」

史賢泰然自若地說，其實獵人協會的傳喚令有強制性，在協會沒有收回該命令的前提下，命令就永久有效。不過上次史賢和協會長單獨談話，雙方已達成協議不再翻查該案，確實鄭利善沒必要再為這件事操煩。

鄭利善無從得知，史賢說協會無法強行帶走他去問話，代表協會真的不再出面調查，還是史賢會為他擋下，只好微微一笑，不過最後鄭利善將視線稍微下移，喃喃自語般地說道：

「因為我覺得無法一直隱瞞第二次大型副本的事。」

「……你想說出朋友們的事嗎？」

「不，除了那部分之外，只要是協會需要的資訊，我都打算說出來，像是副本內的地形、怪物的形態……等等。」

因為是韓國史上第一個生成的連續副本，獵人協會有義務瞭解狀況，再加上這次副本牽連了許多一般人導致傷亡慘重，事態更加重大，因此一年前協會雖然有對鄭利善下達傳喚令，鄭利善卻全然拒絕並從此銷聲匿跡，但是考慮到當時他失去一切的心痛，協會便沒有再次聯絡他。

不過現在鄭利善認為無法繼續隱瞞這一切，不只是對獵人協會，他也應該對受害者家屬說明副本裡發生的事情，鄭利善過去一年來都被困在那段記憶裡過活，所以對第二次大型副本的所有時刻都記憶鮮明，他有信心能回答獵人協會的各種問題。

聽到鄭利善這麼說，史賢的表情變得微妙，他稍微考慮了一下，表示要和鄭利善一同進入調查室，鄭利善默默地搖了搖頭。

「不，我要自己接受調查。」

「利善。」

「即使可能會被問到朋友們的事，或是我是怎麼活著走出來的……」鄭利善握住史賢的手說道。

「就算到時候我保持沉默，你也會幫我處理，對吧？」

史賢的視線悄悄下移看著手，最終不發一語地十指相扣、緊緊握住，鄭利善知道這個舉動代表的答案，小聲地笑了出來。

▲

兩人一起前往獵人協會，抵達後理應各自前往不同的樓層。

但史賢已經提前聯絡協會，因此當鄭利善一抵達，就在協會人員的指引和史賢的護送之下移動到五樓調查室。史賢叫住了正要走進調查室的協會人員進行協調，雖然不放心，他最後還是必須下樓前往他該去的三樓。

狹長走道迴響著節奏固定的皮鞋聲，最終史賢走進了一間狹小的房間，協會的審訊室只有一張桌子和數張椅子，是個沒有窗戶的灰色單調空間。

「你現在的樣子可真糟糕。」

史允江也在那裡面，史允江靠在椅子上坐著，像是萬念俱灰地發著呆，一看到史賢進來，瞪大眼睛嚇了一跳，混濁如死灰的瞳孔立刻浮現受到衝擊的情緒，他從座位上站了起來，哐啷的聲響讓空間裡變得吵鬧。

「你、你、你是怎樣！你……為什麼！」

「難道有我不能來的地方嗎？」

「如果知道你來會面，我當然不可能同意！明明、明明……跟我說是別人！」

「別人都比你聰明，至少現在都清楚知道該往哪個陣線靠攏。」

史賢微笑地說現在哪裡還有人會來找一無所有的人，這句一派輕鬆的話音一落，史允江的臉立刻變得蒼白，不是對於嘲諷感到憤怒，而是在這裡和史賢獨處，讓他感到懼怕。

史允江嚇得臉色蒼白、發青，拚命掙扎。

「出、出去！協會人員在哪裡！」

哐啷，發生了混亂，因為史允江在審訊室不斷後退，發瘋似地大吵大鬧，審訊室中央的桌子翻覆，椅子也在地上翻滾，儘管史允江不斷往壁面後退，史賢依然柔和地跟著他。

史賢如此悠哉的態度把史允江更推向恐懼，他叫破喉嚨地喊人並往角落逃，並開始把堆在那裡的椅子胡亂甩向史賢。

「出去，我叫你出去，這個瘋子！讓我就此一敗塗地不就達成你的目標了嗎？我已經身陷地獄了！」

砰、砰！椅子撞擊壁面滾向地板的聲響在審訊室吵雜地響起，接著某一瞬間，發出了一聲沉重的擊中聲響，史允江聽見與先前不大一樣的聲音稍微僵硬了一下，接著慢慢地往旁邊轉頭掌握情況。

「天啊……」

史賢似乎是被椅子擊中額頭，血液從他的臉龐兩側不斷流下，史賢稍微歪斜地低著頭……接著彷彿這沒什麼大不了一樣，用手背擦拭流至下巴的血，瞬間手就沾滿血液，可見傷口之嚴重。

「……這、這是怎麼回事！」

「請鎮定，史允江獵人！」

協會人員這時才進來審訊室，他們慌張地立刻將史允江的手向後彎折以壓制行動，其他人把手帕遞給史賢並觀察他的情況。

史賢來看史允江的消息在少數協會人員之間傳開，還有人猜測也許會發生流血衝突，但是沒有人料到受傷的人竟然會是史賢。

史允江同樣沒有料到，他上半身維持被鎮壓的姿勢，抬頭看向史賢，顯露出混雜著衝擊與慌張的害怕，他是因為厭惡和史賢待在同個空間才大鬧一場，但是他完全沒有想到史賢會被椅子擊中，其實應該說是無法想到更為正確。

史賢是S級獵人，絕對能避開椅子，而且還能使用影子能力輕易地阻擋自己，但是他流血了，這只能代表一件事，史賢是故意被砸的。

「為、為、為什麼不避開……」

「你砸東西不就是為了砸中我嗎？我的兄弟這麼生氣，我想說挨你一下，讓你宣洩。」

「你……瘋了嗎？」

「你這話說得太嚴重了，等你入獄之後我們就更難見面了，我只是想在這之前和你聊聊……」

史賢故意以難過的語調說著，但是史允江的表情變得更奇怪，審訊室裡的其他協會人員也不例外。

他們面面相覷，互相交換著尷尬的眼神，最終默默地整理審訊室，把被弄倒的桌子立起來，強制讓史允江坐在扶正的椅子上，史賢暫時去外面把身上的血擦乾，回來的路上拿著一個紙杯。

審訊室旁邊就有飲水機，看來是從那裡裝水回來，他也不管史允江怎麼看他，泰然自若地把兩個紙杯放在桌上，坐到了史允江對面的座位，先喝了一口水，而後悠哉地開口。

「你不用對我那麼警戒，我只是來找你聊聊往事。」

「……什麼？」

「外面還有協會人員在，我能在這裡對你做什麼？反正你都被取消獵人資格，也沒有機會在公會裡見面了。」

儘管講這些話是為了讓史允江鎮定下來，但史允江卻越聽越起疑，因為史賢不可能這麼好心。

Chord 進入第七輪副本之前，史允江故意向獵人協會散播了鄭利善和第二次大型副本的資訊，不只是想妨礙，讓修復師無法隨同 Chord 進入副本，也想要惹怒史賢，因為眼下自己失去了曾經擁有的一切，如果只有自己處在這種糟糕透頂的情況，那未免也太委屈了。

史允江知道只要是和史賢有關的事，獵人協會都不敢輕舉妄動，因此故意散播混亂的火苗，趁著焦點分散的空檔，以匿名方式將照片傳給外頭的記者，當時史允江是殺紅了眼，無論如何都要為難史賢。

但是史賢和協會長之間經過了某些交流，騷亂很快就平息了，自己還處於被拘禁的狀態，無法看 Chord 的攻略影片，不過他有聽說鄭利善不但一同進入副本，還進行了百分之百的完美修復，這讓史允江感到非常虛脫，他好不容易造成大型爭議，卻似乎對他們一點打擊都沒有。

在那樣的虛脫和荒唐感之後，史允江只好對一切死心，即使他事後試圖補充鄭利善對前公會長的屍體進行修復，但是協會人員已經不相信他說的話，甚至也不想聽。唯一罪證確鑿的，就是從前公會長的屍體驗出毒物，所以史允江必須在此面對自己的失敗。

其實史允江引起這些騷動的同時，也不是沒想過要面對史賢，但是他認為史賢不會來獵人協會的大樓，對自己使用暴力或試圖殺死自己。

幾個月前史賢和千亨源的戰鬥，讓獵人協會重新公告將會對獵人間的打鬥更加嚴格制裁，因此在獵人協會大樓裡滋事就等於無視協會，而且要是殺了自己，史賢的獵人資格也會被停止，史允江認為史賢不可能接受這種損失。

他判斷史賢不會吃力不討好地來找自己，畢竟自己的失勢木已成舟，一切就此結束，他感到非常虛脫，而史賢偏偏在這個時候找上門來。

不過史賢都來找自己了，卻突然說要聊往事……史允江真心覺得史賢瘋了。

「小時候我們不是住在同一個屋簷下嗎？雖然屋子很大，我們也沒什麼機會見面……但是每次見面你都很煩人，像是把圖釘丟在地板上，或是故意把盆栽往我頭上砸。」

「……」

「反正我從小就覺醒了，所以這點麻煩對我來說不算什麼，但是我一樣很努力。你有這些時間，怎麼不做一些有生產力的事情？現在回想起來，你從那時候就很陰險呢，難道這是天生的嗎……」

史賢背靠在椅子上，泰然自若地接著說下去，史允江聽見他真的開始談起幼時往事，不知道自己到底該表現出怎樣的反應，只好在原地吞吞吐吐。

史賢也不在乎史允江是不是保持沉默，嘴角揚起微笑繼續說道：「父親這個人才是最糟糕的垃圾吧？看著岳父母家那邊的臉色，又覺得失去S級獵人很可惜，所以把我帶來公會，其實我根本不想要進ＨＮ公會。」

「……什麼？你嗎？」

「對，反正二十歲以前也無法以獵人身分進行活動，有必要從小就加入ＨＮ公會嗎？我當時只覺得很麻煩。」

史賢八歲的時候就覺醒成為Ｓ級獵人，從那時候開始就一起住在前公會長的家，並在十歲時加入ＨＮ公會。

雖然韓國是以二十歲為基準，實施覺醒者能力檢查，但是偶爾也有在檢查前就發現能力，登錄成為覺醒者的案例，不過那種情況也只是註記為獵人，協會並不會輕易同意未成年進行活動，因此如果沒有太大的問題，都會由既有的成年獵人出面處理副本。

所以就算史賢早早就成為Ｓ級獵人，但是在二十歲之前都沒有進入過副本，因此史賢沒有加入公會的必要，即便要加入，也沒有必要在這麼幼小的年紀就隸屬某公會，之所以會提早加入工會，是因為前公會長考慮到Ｓ級獵人的影響力，提前讓史賢加入。

當時前公會長以史允江十七歲尚屬未成年為由，沒有讓他加入工會，卻登錄了史賢的名字，這讓史允江極度自卑。

史賢泰然自若地說著當年的故事，也表明自己有向前公會長說過，自己不想要從十歲就加入工會，雖然他從八歲就在協會接受訓練，當時的協會長也曾建議公會不要急著決定這件事。史允江聽著他說故事，稍早那場大亂導致自己喉嚨痛，因此聽著聽著，從某一刻開始覺得口渴。

他拿起面前的紙杯，一口氣把水喝光，但是口渴的感覺並沒有消失，正當他準備叫外面的協會人員時，史賢開口：「現在說起來……其實我對公會長的位置也沒有興趣。」

「……什麼？」

史允江臉色立刻變得僵硬，他們兩人數年來爭奪公會長的位置，現在對方竟然說自己對那個位置沒有興趣，史允江覺得很無言，他是為了譏笑自己才故意說這種話嗎？史允江的臉上因荒唐、衝擊與被侮辱感而浮上一層紅暈，史賢慢條斯理地打量著他的臉，不以為意地繼續說著。

「我覺得以公會長身分出面處理事情很麻煩，就算要當公會長，好像也沒必要是HN公會，也可以去其他公會，甚至另外建立新公會也沒差……對你來說HN公會就是唯一，但是對我來說可不是，對吧？」

史賢輕輕點頭並微笑，似乎是要尋求同意，那抹從容不迫的微笑讓史允江毫不掩飾地皺起眉頭。雖然HN公會在史賢正式開始活動之後，就成為韓國排名第一的公會，不過在那之前至少就是韓國三大大型公會了，史賢坦承自己不稀罕那樣的公會，史允江只覺得他在嘲笑自己。

「可是有個愚蠢的人一直煩我……我一點都不在乎，但是他一直在旁邊自卑意識過剩，漸漸地我覺得他很礙眼。」

「你……」

「所以我才認為我該擁有公會，只要你之前不招惹我，現在也不會發生這種事。能力不足情有可原，但是無法承認而且還陷入過度的自卑，那就太差勁了。」

史賢搖搖頭，似乎不懂為什麼自己的身邊淨是這種人，史允江氣得臉色漸漸發綠，而後從座位上站起，提出要離開審訊室，既然史賢看起來就是故意來這裡嘲諷自己，他也沒有必要坐在史賢面前接受所有的嘲笑，反正輸給史賢這件事就足夠悲慘了。

但是史允江邁開步伐之前，史賢柔和地說：「不過……至少你真的很擅長製作藥水，只要不進入副本，一直以藥水製作者的身分活躍的話，相信你應該能在社會上找到不錯的立足之地。」

「……什麼？你突然在說些什麼……」

面對史賢突如其來稱讚自己的藥水，史允江用荒唐的表情看向史賢，但是史賢似乎是真心的，點頭繼續說著，並和史允江相視而笑，那是令人起雞皮疙瘩的美麗微笑，「你的藥水甚至能瞞過製作者，完美地藏匿毒素成分……我還以為你喝了就會發現呢。」

「……什麼？」

史賢緩緩地從座位上起身走向史允江，他本能地後退並看向史賢，臉色開始變得蒼白。

「前公會長屍體中驗出的毒素，還有協會找到的魔力痕跡裡，都是我知道的成分，既然你都因為前公會長死不了而煩悶，應該也不會餵他吃下要等足足四十個小時的毒藥。」

四十個小時，一聽到這個單字，史允江的心臟便不祥地跳動，蕭瑟的空間裡響起了皮鞋鞋跟的聲音，聽起來就像執行死刑之前的秒針聲響。

「你剛才喝的，是當時你讓鄭利善喝的毒藥。」

史允江覺得此刻世界停止運轉，臉上漸漸浮現衝擊的同時，史賢平淡地接著把話說完，協會旗下的治癒師和 Chord 的治癒師水準相似，硬要比較的話，Chord 的治癒師較擅長感應魔力，但是鄭利善服毒的時候，他們無法查明原因，也無法找出魔力的痕跡。

因此當史賢接著說，即使他喝下藥水出了什麼問題，協會和醫院也完全找不出可疑之處，史允江只能左耳進右耳出地聽著。

「為了找出是什麼毒藥，花了我一些時間，翻遍你家、個人辦公室以及研究室，真是辛苦我了。」

史賢平靜地說著，為了找出能和先前從史允江手上拿到的解毒劑相互作用的毒藥，花了自己多少時間。

陷入衝擊的史允江渾身發抖地大喊，雖然這是他製作的毒藥，自己當然有辦法解毒，但是現在……

「我現在連魔力……都無法使用！而且接下來……還要配戴裝置！」

史允江慌忙地指向自己的手臂，他的手在第七輪副本裡斷掉，儘管接受協會的治療成功把手接回去，但是尚未恢復完全。

因此他難以使用魔力，這裡也沒有法杖，自己的法杖消失在副本裡，當然也無法從協會獵人那裡借到法杖，而且他幾個小時後，就要在雙手手腕上配戴限制運用魔力的裝置並被移送法院。

看見史允江慌張的模樣，史賢下移視線看向他的手腕，而後發出短暫的嘆息，像是完全不知情，他慢慢地眨了眼……緩緩地和史允江對視並歪頭。

「那又怎樣？」

「……什麼？」

「你還不懂為什麼是現在讓你喝下毒藥嗎？我也沒有打算要算準二十個小時、四十個小時威脅你，要從你身上獲得什麼，卻還是非得找出不會留下證據的毒藥讓你喝下，答案不是很明顯嗎？」

史賢極度溫柔地笑著說出無比冷冽的話語，那樣的溫度差距讓史允江瑟瑟發抖，甚至痙攣發作，他看向通往外面的門。

審訊室沒有窗戶，無法從外面看進來，也沒有錄音裝置，因此監視器有拍到且會構成問題的部分，只有史允江對史賢感到恐懼，並把椅子往他身上砸而造成混亂的畫面而已。

史賢知道史允江不斷瞥向門口是在期望什麼，因此他用和善的語調說：「只要沒有證據，協會就不大會採取行動，而且你和協會基本上也不會再碰頭了，他們有必要為你花費心力嗎？」

史賢覺得沒什麼好說的了，準備走出審訊室，但是當他要抓住門把的時候，史允江急忙地跑過來開始求自己放他一馬，他跪在史賢面前，抓住史賢的衣角苦苦哀求。

「拜、拜託，我不會再做讓你覺得礙眼的事……」

「你現在的行為就很礙眼。」

「什、什麼？」

「求我救你一命……」

史賢回想著剛才史允江說的話並垂下目光，有人即使服毒也一句求救都沒有說過，即使委屈地處在瀕死的危機裡，吐著鮮血卻緊閉雙唇直到最後，眼前這個人居然立刻求自己救他一命，這個差距讓史賢非常不適，他的瞳孔冷淡地暗了下來。

終於，史賢抬起史允江的下巴詢問：「你不是說，你已經身在地獄了嗎？」

當他一進到審訊室，史允江就大聲嚷嚷著這類的話，史賢對於史允江哭喪著說自己身處地獄不以為然，連自己犯下的錯都不記得，他覺得史允江陷入自我憐憫的模樣令人作嘔，所以那個當下，他煩惱過要不要殺了史允江，史賢通常不會殺人，但是他不想讓連人都不如的傢伙適用這個基準。

既然有辛辛苦苦準備的毒藥，他便故意讓史允江服下，史允江知道自己服毒後的行為與過去的某人形成極大的反差，這反而破壞了史賢的心情，甚至連史允江在死亡面前顫抖的模樣都令他不悅。

他說自己過著身在地獄的痛苦人生，史賢大發慈悲地想為他做個了結，他不但不感激，反而還不知天高地厚地哀求自己放他一馬……他的行為真的跟某人相距甚遠。

史賢不願再看他，把史允江的臉甩向一旁，離開了審訊室，在史賢打開門時，倒在地上的史允江，掙扎著說自己會想盡辦法使用魔力，雖然史賢有聽到這番話，但是他毫不在意地邁開腳步。

砰的一聲，關上的門隔絕了一切騷亂。

「……」

其實史賢並不覺得史允江會死，通常藥水製作者不可能無法為自己製作的毒藥解毒，但是史允江目前的情況，會把自己推向極度不安，而且他現在沒有法杖，手部也負傷，無法製作出完美的解毒劑，因此無論如何他都會吐血，就算苟延殘喘地活了下來，也一定不會是清醒的狀態，史賢希望他不要死得太輕鬆，只讓他流二十個小時的血，已經很便宜他了。

要是史允江因為無法解毒而死，那也是他的命運，但是史賢還是認為他一定會活下來，他在審訊室裡一看到自己就大鬧一場，害怕自己死掉而渾身顫抖，這種人一定會為了活下去而使勁掙扎。

史賢覺得人類真的很奇怪，一個作惡多端的人還是會為了生存而掙扎，但是另一個人怎麼連一點求生意志都沒有……

即使大聲嚷嚷著自己身處地獄，卻還是不想死，難道不能讓這種心態與他的肉身分離，單獨奪取過來嗎？史賢短暫地有了這種想法，嘲笑自己真是不切實際，便收起了念頭，為了某人，他還真的是什麼都想得出來。

協會人員就在審訊室的不遠處，他們一看到史賢走出來，一陣哆嗦並感到驚訝，史賢從容不迫地和他們打完招呼後便離開了。

其中一位協會人員跟上前去小心翼翼地詢問：「不好意思，史賢獵人，你要不要接受治療後再走？」

「那個」史賢在獵人協會受傷了，雖然是史允江惹的禍，但是協會人員對於該場騷動還是要負點責任，儘管他們完全沒料到兩人的會面中居然是史賢受傷。

協會人員看著史賢臉上的傷口，告訴他會馬上聯絡治療室，雖然目前已經停止流血，但是額頭上撕裂的傷口很深。

不過史賢聽完他說的話，稍微照了一下走道旁邊的鏡子，而後露出微笑並說道：「不用了，沒關係。」

「咦？但是傷口……」

協會人員慌張地再次勸他接受治療，不過史賢頭也不回地離開了，獨自留在走道上的協會人員有些傻眼，暗自希望史賢日後不要控訴協會待他不周。

▲

在三樓經歷騷動的同時，鄭利善在五樓調查室裡積極地回答協會人員的提問，即便真的考慮很久要不要來協會、即便他花了整整一年才有辦法坐在這裡，但他還是比想像中更平靜地談著整件事。

雖然擔心過自己會不會講到一半哭出來，但是這種事並沒有發生，第二次連續副本如何開啟入口、副本裡的地形和怪物分別是什麼形態、當時在副本裡的人們如何避難……等等，鄭利善非常平靜地描述著，反而是聽著那些故事的協會人員臉上染上了悲傷。

獨自從無數人身亡的現場活下來的感覺真的很淒涼，協會人員已經向史賢保證不會過問鄭利善朋友們的事情，不過就算沒有史賢事先提醒，他認為自己應該也不敢親口問鄭利善這方面的事。

「還需要什麼資訊嗎？」

「……不，這樣就夠了。」

在漫長的對談後，協會人員百感交集地搖了搖頭，現在調查室裡只有鄭利善和兩位協會人員相視而坐。兩位協會人員討論後表示，協會這邊將會另外聯繫第二次大型副本的受害者家屬們。

協會人員也表示這次鄭利善提供的資訊將會私下傳達，絕對不會再像之前一樣引起巨大騷動，聽完鄭利善只是微微笑著，因為好像一講到「騷動」這個詞，他們就會不斷地看自己的臉色。

而後，其中一位協會人員小心翼翼地向鄭利善提議：「覺醒者管理本部備有很完善的覺醒者福利制度，像是給予因副本而受害的覺醒者經濟上的支援，或是提供心理諮商……等等，請問你有意願申請嗎？」

「喔，謝謝你的建議，我已經有尋求協助了。」

剛好昨天史賢有提到這個，他說如果自己需要，他可以請專業的諮商師來一趟，看到鄭利善在煩惱，史賢接著又說其實已經找好了，要鄭利善過幾天後跟諮商師見一面，鄭利善覺得史賢的說詞非常荒唐，卻又同時覺得很好笑。

鄭利善會煩惱，是因為目前為止他幾乎沒有對他人說過自己故事的經驗，所以才會有點猶豫，但是史賢要他像是輕鬆談話一樣地跟諮商師聊聊看。看著史賢用非常陌生的態度說著這些，這讓鄭利善笑了出來，因為史賢的語調就像是他本人完全無法理解，為什麼人會需要諮商，但是他吸收到的客觀資訊裡，告訴他有些人就是有尋求諮商的必要，所以才把找來的資料朗誦給鄭利善聽。

而且鄭利善很享受史賢儘管如此，仍願意走向自己的態度，所以昨晚鄭利善還用開玩笑的語氣調侃史賢，質疑他不是說過為了好好照顧自己，願意親力親為打理一切，而史賢真的平靜地回答了這一題。

「因為我失敗了。」

每當史賢站在客觀角度承認自己的失敗，鄭利善都會感受到某種奇怪的心情，一部分是因為史賢和失敗這個單字八竿子打不著，另一部分是注意到史賢在承認失敗之後，會馬上大刀闊斧地尋找其他對策，他覺得這樣的處理方式真像是史賢會做的事。

突然想起昨晚的回憶，安靜笑著的鄭利善馬上起身離開座位，協會人員告訴他現在調查結束可以離開了，不過在走出調查室之前，鄭利善說出了突然浮現在心裡的疑問。

「不過我想請問……這次古代世界七大奇蹟突擊戰，會被稱作第三次大型副本嗎？」

最近 Chord 獵人們之間偶爾會聊起這個話題，在韓國發生的巨大副本意外，協會都會以「大型副本」來稱呼，所以獵人們在討論這次古代世界七大奇蹟突擊戰是否會被稱為第三次大型副本。

Chord 獵人們中的一部分認為，目前為止協會都沒有這麼稱呼，所以堅持這次突擊戰並不是大型副本，另外一部分則確信這次突擊戰就是大型副本，一般人之間也有將這次突擊戰視為第三次大型副本的趨勢。

不過鄭利善的提問，卻讓協會人員短暫露出微妙的表情，互相交換眼神之後，沉穩地回答：「不會，這次古代世界七大奇蹟突擊戰，並不會被稱為大型副本。」

「儘管這次突擊戰是韓國目前為止發生的副本之中規模最大的……但是要有『意外』產生，才會被稱為大型副本，像是有許多普通人受害，或是S級覺醒者死亡時，就會被視為大型意外，而稱之為大型副本，不過這次突擊戰……」

兩人的視線望向鄭利善。

「多虧鄭利善修復師提供了最大的幫助，才能妥善處理到最後一刻，謝謝你直到最後，都努力不讓事態發展成第三次大型副本。」

他們像是約定好一樣，同時對鄭利善低頭鞠躬，鄭利善從聽到他們所言的那一刻，表情就變得呆滯，除了短短的嘆息聲之外，無法有任何反應。

鄭利善是一個因為副本意外而失去許多東西的人，他在突擊戰最後一輪副本中，抬頭看著暗紅色的天空，心想和自己有關的一切都是因為副本而消失。在第一次大型副本中失去了雙親，第二次大型副本讓他沒了朋友，他認為自己會在第三次大型副本中消失。

但是自己卻從那個甚至都還不一定會被稱為第三次大型副本的副本裡活著走了出來，他認為這似乎也別具意義……

「……」

聽到是因為自己，事態才沒有擴大成第三次大型副本，這讓鄭利善非常驚訝，那麼要是自己在第七輪副本的最後死去，要是自己和史賢一起沉入海底而死，這次突擊戰就會變成第三次大型副本嗎？

不過最後他們活著走出來了……難道自己成為了不再存在於意外裡的人嗎？

鄭利善的神情變得更加呆滯，走到了調查室外頭，調查室前面有一塊落地玻璃窗，鄭利善透過那扇窗靜靜地看著湛藍色的天空，過於湛藍的天空看上去甚至有些突兀。

鄭利善靜靜地感受從窗縫中透進來的風，而後聽見了有人從後方呼喊自己的聲音。

「利善。」

「啊，你已經見過他了嗎？」

「不是我已經見過他，是你在調查室待了很久才出來。」

「……」

史賢的聲音突然出現，打斷了鄭利善的思緒，他驚訝地反射回問，史賢則是沉穩地指出錯誤。鄭利善心想史賢真是一成不變，點了點頭，史賢走到鄭利善身邊觀察著他的臉色，似乎是在確認他有沒有哭，鄭利善微微一笑，告訴史賢談話進行得很順利。

鄭利善的視線突然注意到一件奇怪的事，史賢的額頭上出現了兩個指節長的傷口，怎麼看都是被劃傷了，看起來似乎是新的傷口，鄭利善慌張地捧住史賢的臉。

史賢乖乖地被那雙手捧住並低頭說著，鄭利善的手一碰到他的額頭，他還似乎因為疼痛而微微皺眉。

「利善，我受傷了。」

「奇怪，到底是發生了什麼事？是和史允江見面的時候弄傷的吧？」

鄭利善立刻表露了自己的慌張，並觀察著他的傷口，那個傷口甚至有一定深度，鄭利善用更凝重的表情觀察著額頭……鄭利善的表情忽然變得微妙，史賢說自己是被史允江丟過來的椅子打中才會受傷。

鄭利善用多少有些疑惑的表情詢問：「……不過你為什麼會受傷？」

「什麼為什麼？」

「你應該有辦法……躲開吧？」

史賢使用影子能力，要移動多快就有多快，他看過很多次了，但是那樣的史賢居然會被史允江丟過來的椅子砸中，鄭利善怎麼想都覺得太不合理，他感到很訝異，史賢則讓自己的頭微微靠在鄭利善撫摸著自己的手上說道。

「在協會大樓裡不能任意使用能力，尤其是在審訊室裡更加不行。」

「……是這樣嗎？」

「對，就是這樣。」

鄭利善對獵人協會不大瞭解，一來他不是獵人，再來如果不是為了有關第二次大型副本以及Chord的事，他沒理由來這裡，所以他無從判斷史賢所言是否為真。鄭利善的表情明顯透露著他覺得事有蹊蹺，但是身為獵人的史賢、受傷的當事人都這麼說了，他也無法繼續懷疑，最終點了點頭。

「那麼……協會這邊會幫你治療嗎？我上次好像有聽說這件事。」

「對，協會有治療室。」

「那我們去治療吧。」

鄭利善認為協會應該也會對S級獵人受傷的事感到驚訝，於是拉著史賢往他說的治療室移動。

鄭利善走著走著忽然想到，為什麼史賢明明知道治療室的位置卻不早點去？但當他感受到一旁的史賢與自己十指緊扣，最終，他將內心的疑問埋藏了起來。

溫暖的微風從開著的窗縫吹了進來。

▲

史賢成為了HN公會的公會長。

四天前，史允江的獵人資格證永久停權的處分公布，在當天傍晚配戴魔力限制裝置並準備移送法院，但是他突然大鬧一場拒絕配戴裝置，協會為了抓住掙扎的他又是一番騷動，再幫他注入鎮定劑使他入睡後，才將他移動到拘留所。

不過隔天史允江開始吐血，最終被送至韓白醫院，因為他大量失血，醫院為了確認是否有疾病問題，安排他進行縝密的檢查，史允江雖然還有呼吸，但是器官全都衰竭，只能以意識不清的狀態過日子。

與此同時，史賢一下子就獲得全數管理階層的同意，登上了公會長的位置。從史允江因為涉嫌毒害父親被協會帶走的那一刻起，他就負責營運公會，因此沒有人對史賢的實力提出質疑，而他的實戰成績從很早之前就是HN公會中最優秀的，所以沒有任何一個人反對他成為公會長。

人們非常樂見HN的新任公會長，除了是目前代表韓國的S級獵人，更是成功全數清除古代世界七大奇蹟突擊戰的隊伍——Chord 324 的隊長，因此人們欣然接受這件事，而自從史允江擔任公會長後便岌岌可危的HN公會股價也再次上升，維持著穩定的上升曲線，公會整體營業額也有所提升。

ＨＮ公會再次坐實韓國第一公會的位置，並堅定地在世界上扮演舉足輕重的角色。在那樣的情況下，Chord才終於迎來休假，這是突擊戰結束後過了半個月才得到的休假。

其實史賢有交代大家可以儘早放鬆休息，不過Chord實在收到了太多聯繫，韓峨璘和其他隊員因為需要代替忙著管理公會的史賢整理目前接獲的邀約，便延後了休假。

公會大樓依然很忙碌，不過Chord使用的四十二樓卻相當和平，對於辦公室的氣氛因為休假將至而漸漸浮動，鄭利善只覺得很神奇，一直以來都只有看著大家認真地為了攻略副本進行準備，現在就像在看著一群來參加結業式的學生們。

但是今天一早，鄭利善和史賢一同搭乘上班的車卻開往另一個地方，史賢泰然自若地確認著工作事務，鄭利善則思考著有什麼地方要去。

熟悉的景象漸漸地映入鄭利善看著窗外的視線裡。

「怎麼會來這裡……」

是龍仁，雖然距離他住的地方還有一段距離，但是這裡是鄭利善再熟悉不過的地方，街上的標誌也告訴著鄭利善，這裡就是龍仁。第一次大型副本過後，人們幾乎都離開了此地，這裡成為了寂寞的城市，鄭利善不知道史賢為什麼要來這裡。

車子抵達了某棟建築物前面，鄭利善看出來這裡是座工廠，他回想起之前第一次接受史賢訓練的那個時候，稍微有些警戒，不過接下來他看見了Chord的獵人們也在這裡。

今天似乎所有隊員都來了，他們開心地向正在走進來的鄭利善打招呼。

「修復師！剛好今天出來了！」

「什麼東西出來了？」

奇株奕頂著飄飄然的臉孔跑向鄭利善並拉住他，奇株奕告訴鄭利善上次靈感浮現後，他跟隊伍的大家說並搜集意見，而後還得到隊長的批准才開始著手……

「你看！」

奇株奕雙手張開，展示放在工廠中央的東西，鄭利善緩緩地端詳著放在桌上的東西——吉薩的古夫金字塔、巴比倫的空中花園、奧林匹亞的宙斯神像、以弗所的阿耳忒彌斯神廟、羅德島的巨像、摩索拉斯王的陵墓、法羅斯島的燈塔……

約三十公分大的古代世界七大奇蹟的模型井然有序地排列在桌上，其中建築物白色的部分似乎是用真的白金製成，散發著微微的光芒，每一塊都精巧又美麗。

鄭利善忽然想起來了，有許多工廠進駐地價變低的龍仁，也許這裡是專門製作模型的業者買下的吧？

鄭利善感到新奇地端詳著這些模型並詢問：「為什麼要做這個？」

「我想說可以紀念我們成功全數清除突擊戰，就委託工廠製作迷你版古代世界七大奇蹟的建築物！我得到畢業作品的靈感之後，跟大家提出這個建議。」

奇株奕以非常欣慰的神情說著，站在一旁的韓峨璘點頭表示，奇株奕久違地提出了一個好點子，接著先是比向左邊，再比了右邊的桌子，詢問鄭利善。

「現在你看到的只是打樣，確認過後才會開始正式製作，大的放在辦公室的展示架上，還會再訂製比這個小一點的尺寸，讓全體隊員都可以留作紀念……利善修復師比較喜歡哪一種概念？」

鄭利善的視線跟著韓峨璘手指的方向左右移動後，看出了分別擺放在兩張桌子上的模型差異，如果說一個是古代世界七大奇蹟全數被完美修復的型態，那麼另外一個是……

「這個……是照著我修復的模樣製作的嗎？」

「哇，你馬上就看出來了！沒錯！」

聽見鄭利善這麼說，不只是韓峨璘，其他獵人也同樣感嘆，不過其實對鄭利善來說，這些是他親手修復的建築物，他理所當然會記得當時的狀態，聽他們說是將影片裡的畫面交給業者進行製作，鄭利善看著從第二輪到第七輪副本的修復完成圖，他覺得格外新鮮，第一輪副本的金字塔完全是倒塌的狀態，讓他覺得有些好笑。

「這也是我們第一次攻略有主題的突擊戰，也是第一次加入與修復師的合作，如果可以留下紀念應該很不錯。」

韓峨璘自然而然地接著說，儘管 Chord 過去四年來進入過各式各樣的副本，卻也是第一次經歷這種副本，這次突擊戰是他們目前為止經歷的副本中最困難的，但是他們最終還是成功全數清除，想要好好回味這份欣慰的心情，所以以較高的價格委託製作。

「而且會跟修復師一起進入副本的進攻隊伍，應該也只有 Chord 了，這麼厲害的事情，當然要好好紀念一番。」

羅建佑笑著補充，光是能和全世界唯一一位 S 級修復師一同進入副本，就是極大的榮幸了，這番話讓鄭利善有些難為情地凝視著桌子，他莫名覺得照他們說話的態度來看，選項已經縮減到唯一那個了。

不過，鄭利善對於親口說出要大家選擇自己修復的版本還是感到害羞，所以他尷尬地回答：「兩種我都可以……」

「這樣啊？那我們兩種都做吧。」

「好啊，辦公室左邊和右邊各放一種就行。」

「不過，不好意思，這個模型不會很貴嗎？看起來不像鍍金，更像真金耶……」

「沒關係啦，隊員們會各自變賣一個道具。」

「什麼？」

韓峨璘說的話讓鄭利善非常慌張，獵人們開始用悲壯的神情談論著自己要交出哪一項道具，儘管鄭利善知道Chord獲得多少贊助，也知道這個隊伍的隊長有多富裕，所以即便他隱約曉得這只是他們在開玩笑而已，還是有些無法馬上更改自己說過的話。

但是隨著獵人們交出的道具越來越多，鄭利善最終必須以更加難為情的心態再次回答：

「如果是要紀念古代世界七大奇蹟突擊戰……那麼挑當時進入的建築物模樣似乎也不錯。我、我的意思不是說因為是我修復的，所以就要選這個……只是這個版本的模樣，也比較方便大家回憶……」

聽見鄭利善結結巴巴地補充解釋，聚在桌子周圍的大家全都笑了出聲，他們越是開玩笑，鄭利善越是目瞪口呆的表情真的很好笑。

因為鄭利善是非戰鬥系的覺醒者，所以成為了所有人無條件保護的對象，隊上也漸漸形成了珍惜鄭利善的氛圍，每個人的臉上都露出了心滿意足的笑容。

「利善修復師完全可以更陶醉於自己的能力，換作是我，就會每天摧毀建築物再把它修復回來。」

「那是錯誤使用能力的例子……」

聽到韓峨璘這麼說，奇株奕含糊不清地回應，收到她和藹可親的微笑，奇株奕便閉上了嘴，獵人們已經很習慣兩人這樣的對話，並對鄭利善說。

「如果以後不能跟修復師一起進入副本，我應該會覺得很遺憾。」

「每次進入突擊戰副本，我最期待的就是看著建築物被修復……」

「如果沒有修復師，我們一定會一籌莫展。」

雖然不知不覺間，距離最後一次清除副本也已經過了半個月，但是大家對於突擊戰都還記憶猶新，各自回想著心中的經典時刻。

身為狩獵怪物的獵人以及隸屬韓國最精銳的獵人隊伍，他們做到了專業的攻略，但是這絕對不代表他們不害怕S級副本，他們在這幾個月內也是繃緊神經，在做好徹底準備的情況下進入副本。

而且對他們來說，在那樣的情況下和修復師一同進入副本，似乎也是有些，不對，是非常特別的記憶，大家笑著分享當時的故事，他們說似乎是因為和需要保護的人一起進入副本，所以更打起精神奮力攻略，這番話縈繞在鄭利善的耳邊。

「……」

有人認為自己的修復很特別，這對鄭利善來說是非常陌生的心情，為了要讓那個當下留在記憶裡而製作模型，這件事更是讓鄭利善感到很奇特，鄭利善一同參與古代世界七大奇蹟突擊戰，隨著副本一個個被清除，自己只想著快點「結束」，所以此時此刻他感受到了極大的距離感。

如果說鄭利善被困在過去，那麼眼前的他們全都一同回憶著過去，並刻畫著未來，在那樣的人面前，在喜愛著與自己相處的每個時刻的人們面前，鄭利善甚至突然有點想哭。

「既然出現了古代世界七大奇蹟突擊戰，那以後會不會出現世界新七大奇蹟突擊戰啊……」

「哇，竟然可以再看修復師進行修復七次嗎？」

「世界新七大奇蹟都還好好的，為什麼突然要破壞？」

韓峨璘有些無言地反應，那句話讓奇株奕真心覺得很可惜，站在一旁的羅建佑還說副本裡有很高的機率是倒塌狀態，萬一不是的話就要先行破壞。獵人們紛紛同意這是個好點子，韓峨璘搖搖頭說，這就是韓國具代表性的獵人隊伍。

聽見韓峨璘這麼說，鄭利善最終小聲地笑了出來，不僅是他們的對話很好笑，聽見人們自然而然地刻畫著與自己一起走下去的未來……他無法不笑。

鄭利善稍微低頭笑出聲，獵人們彼此驚訝地交換眼神，接著全體一起爆笑歡呼，工廠裡充滿著此起彼落的笑聲，大家開玩笑地說以後要是出現了世界新七大奇蹟突擊戰，就要先進行破壞。

在一陣歡笑過後，獵人們全都認真地確認樣品，今天一早接到模型出來的聯繫就連忙趕來這裡，大家都確認著狀態是否完好，決定統整出可以加強的部分轉告業者。

鄭利善覺得觀察自己修復的建築物有點難為情，因此離開了廠內，走向外頭。工廠外面有一片寬敞的空地，迎來夏天並長成一片翠綠的草地，即便是沒有修剪的參差模樣，卻讓畫面變得很和平，鄭利善看著這片草地，跟著出來的史賢問他。

「你不滿意模型嗎？」

「啊，並不是……」

鄭利善覺得要是自己沒有好好回答，可能會導致模型必須重新製作，於是尷尬地解釋，他只是覺得再次看著自己修復的建築物模型，讓他有點害羞，史賢有些不解地歪頭。

雖然史賢沒有開口問出來，但是他滿臉寫著自己無法理解為什麼要害羞，鄭利善最終摸著自己的後頸說道：「模型是用我修復的建築物製作，我對著那個模型不管說什麼……都不大對吧？說出哪個部分和實際上不同也很奇怪……」

「不管你做什麼，他們都會喜歡，應該沒差吧？」

面對史賢像是在訴說一件普通事的平靜態度，鄭利善只能飛快轉移著自己的視線，他反射性地覺得也許真的是這樣，自己一指出哪裡奇怪，他們應該就會馬上委託業者重新製作，想到這裡，鄭利善發出了微弱的笑聲。

鄭利善從來不認為他們的善意是理所當然的，卻在不知不覺間自然而然地想像著那樣的情況，可以預見的反應讓鄭利善感到安心，無法收起笑意。

史賢溫和地說：「還是仔細看看吧，這個你也有一份。」

「我也有嗎？他們說是給 Chord 隊員的……」

「你也有一起進入突擊戰，當然有你一份，而且……」

史賢緩緩地舉起並握住鄭利善的手，動作非常溫柔。

「也是我希望你繼續留在 Chord 而送的禮物。」

「……」

「利善，你很難招架別人的善意，還有人與人之間的感情，把這個一起當作回憶的東西擺在旁邊，你應該也無法丟掉……我在想這也許會是個誘因。」

史賢非常誠實地說出自己的內心想法，鄭利善頓時無話可說，呆滯地抬頭看著他，雖然感到很荒唐，卻也覺得心情意外地不錯，就像是哪裡少根筋的人一樣，鄭利善的內心某塊角落蠢蠢欲動。

史賢從以前就知道鄭利善對於那方面的事很難招架，所以故意營造出那樣的環境，自然而然地把他放在自己的手掌心裡，在進入第七輪副本之前，史賢也認為鄭利善不會去其他地方，理所當然地要他繼續在 Chord 工作，雖然是以提議的方式告訴鄭利善，但是其實鄭利善很難單純把史賢那番話當成提議。

不過這次……同樣是營造出那樣的情況，面對隊員們申請批准，史賢應該也是抱著那樣的意圖同意，現在他像是要自己做出選擇的態度……

「……」

這讓鄭利善感到非常開心，鄭利善甚至覺得是不是和奇怪的人待在一起久了，面對這種荒唐的小手段也會讓自己心跳加速。

他覺得快速跳動的心跳有點陌生，咬緊嘴唇移開視線，原先的史賢一定會強行讓自己轉頭看向他，但是現在的史賢卻不發一語，只是緊緊握著鄭利善的手。

接著，申智按來找史賢，似乎有事必須和製作負責人商量，雖然史賢向鄭利善提議要不要一起去，鄭利善覺得自己似乎要臉紅了，所以拒絕了史賢的提議，他不想在這種狀況下被其他人發現。

不過其他人似乎很害怕放鄭利善獨自一人，奇株奕、韓峨璘和羅建佑走了過來，奇株奕看著模型，說自己找出和實際在副本中修復的模樣哪裡不同了，眼裡發著光。

「我還用修復師修復的建築物做畢業製作耶！絕對無法逃過我的眼睛！我有強力要求業者修改那個部分。」

「啊，還有其他部分嗎？我沒有看得很仔細……」

「沒關係，我來看就好！一想到那部分修改後會變得更好看，我就內心澎湃。」

「每次株奕這樣我都覺得有點可怕……」

奇株奕把雙手放在胸前說完話，羅建佑便含糊地補充，韓峨璘則表示奇株奕從很早之前就是很可怕的極端粉絲，搖了搖頭。

就這麼聊著和模型有關的事時，奇株奕突然看了一下鄭利善的臉色並詢問：「那個，修復師，你會繼續……待在Chord嗎？」

「……什麼？」

「也沒什麼，就是，我沒有要給你壓力，只是覺得如果可以一起共事真的會很棒……現在隊長也當上了公會長，公會也會穩定營運，Chord也會得到公會中最棒的支援……」

雖然他們三位上次目擊了史賢向鄭利善提議延長契約，但是他們並不知道兩人的對話是如何結束的，再加上當時突然爆出第二次大型副本的疑雲與奇怪的爆料，接著又忙著攻略第七輪副本，所以一直沒有合適的時機詢問鄭利善續約的事。

「雖然有各式各樣的問題，但是HN公會至少是韓國排名第一的公會，更是世界聞名的公會……不過，我真的、真的不是要給你壓力才這麼說的。」

聽到奇株奕結結巴巴地說著，韓峨璘表現出有些冷淡的反應，不過她也悄悄地觀察著鄭利善的表情，自然而然地補上一句話。

「你那句話就會讓人很有壓力了……」

「Chord可是韓國最精銳的隊伍……」

「……去國外報這個名字也吃得開。」

羅建佑則悄悄地補上這句話，大家突然開始炫耀起HN公會和Chord，鄭利善險些不知道該表現出怎樣的反應，他們一個個無止盡地說著並非像是Chord獵人，而像是身為業務員在推銷自家公會的話術。

互相假裝著自己沒有推銷，實則一句句強調加入Chord得到的優惠和名聲等，有的人提到Chord只是沒有得到HN公會的支援，實際上是在全國收穫滿滿贊助的隊伍；還有人說到光是要把贊助目錄列出來，花上一個星期也不夠……

不只是韓國，連外國都踴躍聯繫，不管去哪裡都會享有VVIP的待遇，獵人們此起彼落地說著，這是一場不給鄭利善反應時間、毫不停歇的大肆宣傳，別人聽到這番不貼近現實的言論，可能會覺得過於誇大其詞，但是只要喊出Chord的名字，一切就都說得通了。

「我、我考慮看看……」最終鄭利善給出一個生疏的回覆，才有辦法阻止他們無止盡的話術，如果不這麼說，可能今天一整天都要聽他們宣傳Chord，獵人們雖然覺得可惜，卻也點頭表示不會再強迫鄭利善。

鄭利善反芻著從剛才在工廠就感受到的陌生情感，朝著自己而來的純粹善意，以及大家想與他待在一起的那份心意，對他來說都過於生疏，不過現在回想起來，其實這些善意與心意一直存在在他身邊，只是他現在重新察覺，才讓內心過度盪漾。

鄭利善一方面感到很開心，另一方面卻也覺得無比陌生，也許這是過去一年來鄭利善被憂鬱困住後所殘留的後遺症，造成他反射性地讓自己遠離正向的情緒。

「……」

自己真的可以變得幸福嗎？

鄭利善忽然停下腳步，抬頭看向天空。

他們四個人在工廠周圍漫步時，鄭利善才發覺這座城市就是龍仁，同時也浮起了一絲疑問，他曾經和朋友們一起住在這座城市，現在只剩自己一人……他可以再次擁有笑容嗎？

過去一年以來，鄭利善都是過著後悔的生活，到處尋找辦法試圖解決朋友們當時的狀態，最終進入了突擊戰副本，讓他們一個個闔眼安息。雖然他每一刻都很努力，卻不覺得他做的所有事情都能當作免死金牌，每當想起朋友們，他總是抱持著茫然的愧疚感。

不過他不能再以死贖罪了，因為他……儘管這真的很自私，他還是想要把某人的威脅當做活下去的藉口，變得想要去愛自己的人生。

即使如此，鄭利善還是陷入了疑惑，自己能不能在這座城市，這座朋友不復存在的城市獨自歡笑。

察覺鄭利善停下腳步的三人又走了回來，原本正在聊著工廠的規模大小，奇株奕忽然提出了問題：「你們知道嗎？聽說這座城市很快就要都市更新了。」

「這件事都講多久了，你現在才聽說嗎？」

輿論認為不能因為這座城市是第一次大型副本的受災區，就一直閒置，因此開始進行都市更新。甚至因為這裡離第二次大型副本發生地很近，人們更加忌諱這裡，對於一直放任副本受災城市不管，可能會讓人們對副本持續抱有恐懼，因此獵人協會、覺醒者本部與自治團體決定一同站出來。

鄭利善想起送走第五位朋友那陣子聽史賢說過這件事，緩緩地點頭，似乎是因為這樣，史賢當初才建議直接處理掉龍仁的家。

看見鄭利善知情的反應，奇株奕對於只有自己不知道這件事感到很失落，搖搖頭後用悲壯的語調說：「看來我把賺來的錢一毛不花地存到現在都是為了這個，我要投資龍仁。」

奇株奕說雖然四年來在 Chord 工作領到很多獎金，但是自己不知道可以花在哪裡，所以都好好存著，因此要趁這次機會大花一筆。聽到奇株奕這麼說，韓峨璘和羅建佑同時搖搖頭並癟嘴，表示不知道奇株奕又去哪裡問到這些奇怪資訊。

鄭利善呆滯地聽著這一切對話……而後微微笑了出來，因為一聽到奇株奕說要投資龍仁，就想起過去的記憶。

「奇株奕獵人說話真的就像我朋友一樣。」

鄭利善從之前就很常這麼覺得，語調輕鬆地說出來。但是奇株奕的表情漸漸變得有些奇怪，他發出了「喔……」的聲音，用食指撓著自己的臉頰並詢問：「……原來我跟修復師不是朋友嗎？」

「……什麼？」

「我以為我們已經是朋友了……」

面對鄭利善的反應，奇株奕露出真心感到難為情的神情並轉移視線，聽見他們的對話，韓峨璘大力打著奇株奕的背，告訴他應該掂掂自己幾兩重，但是開著玩笑的韓峨璘也悄悄地看了一下鄭利善，這一眼帶有些許的尷尬，也許她本來也要說自己和鄭利善是朋友，卻快速地收回了這句話。

「……嗄？我都還沒跟利善修復師當上朋友呢，哪輪得到你！」

韓峨璘大力打著奇株奕的背，奇株奕啜泣著要她看在自己失戀難過的份上，不要再取笑他了，雖然是開玩笑的行為和對話，某一刻卻聽見了打中骨頭的聲音，奇株奕發出快斷氣的聲音並走路踉蹌，旁邊的羅建佑漠不關心地說自己今天沒帶法杖出門，沒辦法幫他把骨頭接回去。

鄭利善的腦中裝不下這所有的對話，一切言語就這麼閃過之際……

「……咦？」

鄭利善流下了眼淚。

突然之間，一滴眼淚不可置信地從其中一隻眼裡流下，奇株奕最先感到驚訝，接著鄭利善也察覺到自己的狀態，意識到這件事的當下，另一隻眼裡也流下了眼淚，他用手背試著擦拭眼角，眼淚卻停不下來。

他明明就不想哭，眼淚卻像故障一樣不斷湧出，一下子旁邊的三人也感到慌張，走向鄭利善開始對他道歉，說著自己做錯了。

鄭利善想告訴他們不需要抱歉，但是淚流不止使他無法說話，一開口就會發出抽泣聲，鄭利善只能緊閉著嘴巴。

「我、我錯了，修復師，我不會覬覦著要當你的朋友，你不要哭了好不好？」

「我會好好教育他的，這樣可以吧？不、不要哭啦。」

「哎唷……」

此時，史賢從後方走了過來，他原本以為鄭利善和其他人待在一起應該沒事，不過面對越是靠近就聽得越清晰的騷動，史賢大步走了過來並抓住鄭利善的肩膀。

「這是什麼情況？」

「沒有，嗚嗚，呃，沒什麼……」

邊哭邊說沒什麼的人一點也無法讓人信服，史賢的神情逐漸冷了下來，旁邊的奇株奕流著冷汗。

史賢沒有要他們報告，三人卻馬上說明情況，一人自首說是他失言，不小心對鄭利善說彼此是朋友，另一人說出自己打中失言那個人的骨頭，剩下的那一人對於自己袖手旁觀的行為表示抱歉。

在三人都結束自白後，史賢總算得知鄭利善為什麼哭，他短暫地嘆了一口氣。鄭利善似乎是擔心史賢責罵他們，用力地抓住史賢的手臂，史賢苦笑著對三人說沒關係，只叫他們先離開。

接著過了幾分鐘，鄭利善才好不容易停止哭泣，剛剛在哭的時候，史賢站在鄭利善身前，用身體擋住他，雖然有些難為情，但是多虧史賢的遮擋，至少工廠裡的其他獵人沒有發現自己的淚水，鄭利善表示已經沒事了，用手背使勁揉著眼角。

史賢心平氣和地阻止鄭利善的動作並說道：「你一直揉眼睛會更腫。」

「……你這次不生氣嗎？」

史賢輕輕地撫摸鄭利善的臉頰，像是在安慰他一樣，面對這樣的動作，鄭利善尷尬地喃喃自語。因為他記得每次自己為了和朋友有關的事情哭，史賢都會不開心，不過現在那張臉上找不到一絲不悅，史賢反而非常沉穩地回答：「比起當時那種超脫的笑，現在這樣哭出來還比較好。」

「……」

鄭利善認為「當時」無論如何都讓史賢留下了非常深刻的印象，他不知道該如何反應，只能迴避著視線，而後才說自己有事要跟那三個人說，便走向幾步之遙的他們。

他們三位背對鄭利善，看起來情緒低落，韓峨璘最先察覺有人靠近，接著奇株奕和羅建佑依序問鄭利善好點了沒。抿嘴了好一陣子，鄭利善小心翼翼地開口，就像一個充滿尷尬、對於說出這種話感到非常陌生的人。

「那個……請跟我當朋友。」

鄭利善微微顫抖著提出這個請求，他從小就不是善於社交的個性，他幾乎對自己如何交到朋友沒有印象，只是小時候玩在一塊，就一路一起成長生活，這是鄭利善第一次主動走向人群。

鄭利善完全不知道該擺出什麼表情，只能不知所措地轉移視線，悄悄地望向他們，這種話會不會讓他們很有壓力？剛剛才因為「朋友」這個詞彙大哭，現在就跑來請他們跟自己當朋友，可能會看起來反覆無常。

所以，鄭利善認為他們拒絕也是情有可原。當他和他們相視的那一刻，鄭利善的不安瞬時瓦解。

「嗚嗚嗚嗚，好，我要，讓我當你朋友，呃嗯！」

「株奕……」

「請多多指教，利善修復師！」

羅建佑無奈地看著嚎啕大哭的奇株奕，韓峨璘迅速地伸出手，她大喊最先成為鄭利善朋友的人是自己，雖然奇株奕後來也伸出手，但是鄭利善的手已經被韓峨璘握住，韓峨璘的神情變得非常欣慰，抓住鄭利善的雙手搖晃。

接著原先在假裝安慰奇株奕的羅建佑，推開奇株奕並先行和鄭利善握手，剛好往這裡來的申智按似乎也清楚方才一連串的騷動，悄悄地走近並伸出手，奇株奕一下子因為自己是最後握手的那個人而傷心地哭著，最後卻因為和修復師成為朋友而破涕為笑。

「……」

鄭利善像是被風雨襲捲一般，和四個人都握了一輪手，有許多人的溫度撫過自己手掌，這讓他感到非常陌生，在握手之後，他低頭盯著自己的手掌好一陣子。

心臟撲通撲通，鮮明地跳動。

「朋友」這個詞彙總是會讓鄭利善變得脆弱，不對，是讓他變得悲慘，但是那樣的他率先說出這個詞彙，就像是等待這一刻許久，人們一湧而上，鄭利善對於再次交朋友一點也不期待，卻在此刻再次結交了新朋友。

接著鄭利善頂著變得呆滯的神情走回史賢身邊，史賢站在後方從容地看著一切過程，一和鄭利善對視，史賢緩緩地露出微笑，鄭利善的瞳孔裡裝載著他的所有模樣。

等待著自己走回去、一和自己對視就露出微笑的臉龐，鄭利善像是要一一細數般地看著史賢，突然對於自己現在是想哭還是想笑感到很混亂……

「利善。」

看著史賢呼喚著自己的名字並伸出手，鄭利善最終還是笑了出來。

史賢的模樣讓鄭利善接受了從那天之後漸漸在自己心裡蔓延的情感，雖然曾經覺得自己怎麼能夠抱持著這樣的想法，不過那份情感卻在心裡長成了無法拒絕的鮮明模樣，讓「怎麼能夠」這個詞彙無用武之地而消失得無影無蹤，心裡被這輩子從來沒有感受過的情緒填滿。

他現在覺得幸好當時有活下來。

這段人生、這個人、這份愛。

讓他感到慶幸。

片刻過後，鄭利善率先走近並握住史賢的手，纏繞的指尖緊緊相扣，這讓史賢驚訝地往下一看，接著再次微笑，兩人的溫度在交疊的掌間清晰地流動著。

鄭利善微微抬頭，看著自己面前刺眼地閃耀著的太陽。

靜靜望著平靜的湛藍天空，鄭利善和史賢一同邁開腳步。

鄭利善向前走著，身後的影子漸漸拉長。

那是太陽的痕跡綿延的一天。

（全文完）

【參考文獻】

森野たくみ、松代守弘《古代遺跡》，dulnyouk 出版社，2007.6.4
高平鳴海 女神《女神》，dulnyouk 出版社，2002. 6. 10
鄭技紋《寫給我女兒們的女性史》，bluehistory 出版社，2004 年

doopedia，〔阿耳忒彌斯神廟〕
https://terms.naver.com/entry.nhn?cid=40942&docId=1120723&categoryId=33081
doopedia，〔摩索拉斯王〕
https://terms.naver.com/entry.nhn?docId=1090752&cid=40942&categoryId=34312
doopedia，〔法羅斯島燈塔〕
https://terms.naver.com/entry.nhn?docId=1219872&cid=40942&categoryId=33084

番外一

休假

HN公會十分忙碌。

短期間內公會長換人，帶來了不小的變化，史賢一當上公會長，曾經力挺史允江的高層立刻見風轉舵，不過史賢倒是將門戶清理得一乾二淨。

在大規模人事更動的同時，一般企業的合作邀約也持續湧入，因為企業和獵人公會簽署合作後，如果企業所屬建築物附近生成了副本，獵人協會會優先派出與該企業合作的獵人公會，因此一般企業非常渴望和公會連結，畢竟副本並非說能避開就可以避開的災難，所以擁有確實的應對策略更加重要。

HN公會本來就十分知名，最近一連串的事件更使其聲名遠播，因此各界聯繫如雪片般飛來。儘管史賢任用的新副公會長正以極快的速度處理事情，但他並沒有因此閒下來。

也因如此，即使Chord大部分的成員都放假去了，鄭利善還是處於不能放假的狀況，Chord成員們幾番邀約鄭利善一起去玩，但是鄭利善拒絕了。雖然史賢沒有強迫自己要留在他身邊，不過鄭利善也不想離開他，自從加入Chord以來，就一直和史賢待在一起，鄭利善不知不覺地認為這是理所當然的。

幾乎等於一個人留在公會大樓的鄭利善，過著非常平靜的時光，史賢目前仍然無法讓鄭利善待在家裡獨自上班，所以他會跟著來公會大樓讀書，或是和幾位沒休假的Chord獵人一起參觀公會大樓內部，鄭利善這半年都在這裡上班，卻鮮少去過四十二樓以外的樓層。

所以，當鄭利善備感新奇地在大樓裡到處晃晃時，遇見HN公會的修復組，不知所措的鄭利善只好跟他們聊聊修復的方法，他們對鄭利善最感到好奇的，就是他如何達成百分之百修復，而身為一位S級覺醒者，本來就能做到百分之百修復的鄭利善只能回答出這麼一個答案。

「把手放在建築物上，保持專注……」

「……」

「事前把建、建築物原本的構造完整記下來，內心想著要重現那個模樣，應該……就可以做到了？」

「……」

鄭利善就像是只讀課本就考到全校第一名的同學，非本意地讓在場其他修復師感到難過，他們的表情讓鄭利善不知所措，但修復師們最終露出了微笑，其實覺醒者之間的等級差距，是無能為力的現實層面問題，與其為此感到傷心，不如從其他方面找出能夠學習的地方。

而且他們也親眼見證鄭利善，在突擊戰中一次次地提高完成度，所以對鄭利善提問，當修復完成度下降時，要透過怎樣的訓練才能再次提高？儘管這是十分正向的問題，鄭利善卻不知道該怎麼說明。

修復完成度第一次提升，是因為史賢對他做了難以啟齒的事，之後得以達成百分之百修復的理由他也說不出口，最終鄭利善只能頂著錯綜複雜的表情，給出模稜兩可的答案。

「……冥想？」

而這個回答造就了意料之外的結果，冥想時間成為ＨＮ公會內部修復組明文規定的練習，鄭利善無法挽回這一切。

鄭利善就規律地做著自己的事，等到正午和史賢一起吃飯，接著讀了史賢買的書。史賢前幾天調查了鄭利善喜歡的書籍和作家，隔天就在個人辦公室裡購置的新書櫃上擺滿前一天他調查到的書籍。

鄭利善漸漸習慣史賢這番舉動，並沒有過於驚訝，而當他看到書架上有他喜歡的作家幾本已絕版很難買到的書，內心其實非常開心。

鄭利善一方面思考著自己不應該習慣史賢這種行為，一方面又因為自己身為愛書人，心情其實因此變得很愉悅。

鄭利善過著自己認知下近似「休假」的時光，即使這段時間反覆發生了幾件奇怪的事。

「看來你現在也覺得這個空間很自在了啊。」

「那是因為我每天都來這裡……」

史賢成為公會長之後，大部分的 Chord 組員都休假了，鄭利善偶爾會待在公會大樓六十樓，也就是公會長的個人辦公室，一開始史賢帶他上來這裡，他還覺得大樓最高樓層很神奇，加上對公會長的個人辦公室感到陌生，因此表現得很尷尬，結果才沒過幾天就習慣了這個地方。

不知道是不是上任這段時間已重新裝潢，公會長個人辦公室整體設計和 Chord 辦公室一模一樣，以黑白為主體、用金色畫龍點睛，鄭利善在不知不覺間已經對這樣的顏色搭配感到熟悉，這也幫助他更快適應公會長的個人辦公室。

鄭利善把背靠在黑色皮製沙發的手把上，雙腳平放在沙發上讀著書的時候，史賢回來了，似乎是下午的業務完成後出現空檔，史賢只要工作上有一點空閒時間，偶爾，不對，總是會像這樣來到鄭利善所在的地方。

情況看起來就像是鄭利善乖乖在個人辦公室等待，歡迎著來找他的史賢，但實際上，卻是鄭利善呆滯地坐在沙發上，史賢期盼著在空下來的時間裡奔來找鄭利善。

今天史賢同樣一進來就坐在鄭利善旁邊，握著鄭利善的手，明明已經做過標記，史賢卻總是重複執行，雖然沒有方法能夠準確分辨是單純握手還是標記，但是看史賢雙眼往下直視著自己的手，似乎更像是標記。

鄭利善知道標記很消耗魔力，卻沒有強行勸阻，史賢比他更在乎並衡量效率，因此鄭利善覺得自己若是對史賢指出這一點，會是更加沒效率的行為。

「喔，對了，我聽說韓峨璘獵人出國旅行了，是英國嗎……」

「她本來一年就會出國三、四次。」

「她很常出國耶？」

「那是因為她要參加世界各國盛大舉辦的寶石拍賣。」

鄭利善原本以為韓峨璘非常喜歡出國旅行，聽到史賢的補充，鄭利善短暫地嘆息並點點頭，史賢接著說休假出國的話，Chord 會贊助交通費，鄭利善頓時覺得 Chord 的員工福利還不錯，他還聽史賢說這次獵人們的休假經費也都是由 Chord 贊助。

「實際上，韓峨璘獵人也很喜歡出國旅行，因為出國相對比在韓國還不引人注目。」

史賢接著說這次古代世界七大奇蹟突擊戰吸引全世界的注目，她應該會比之前受到更多人注意，不過韓峨璘本來就不大在意別人的目光，應該不介意這些，聽到史賢這麼說，鄭利善露出微笑，想到她在國外不管誰堵上來，應該都會隨便揮個手就消失，這讓鄭利善笑出了聲。

史賢四年來引領著團隊，也掌握到許多隊員的資訊，所以他知道的事情非常多，從他口中聽到隊員的故事，就像是在聽取個人分析報告一樣，鄭利善開心地聽著史賢說話。

接著鄭利善提出了突然想到的問題。

「哦，這麼看來……據我所知韓峨璘獵人參加的寶石拍賣，你大部分都會一起參加，這次不去沒問題嗎？」

「對，這次不去也沒差，又不是我要買的，原本跟她一起去，也只是因為她說我同行的話，做事情會比較方便。」

史賢語調平淡地回答，讓鄭利善的心情變得很微妙。史賢和韓峨璘一起出席寶石拍賣會，只要對獵人們有點了解就能馬上掌握這個資訊，外頭也常常有傳聞說，親眼看見他們兩個出現在國外的拍賣會上。

所以鄭利善原本以為史賢對寶石也有所關注，現在才知道原來一同出席的理由是這樣，他想起之前從羅建佑那裡聽說史賢的拍賣會事件，莫名有些吃驚。雖然史賢應當不會在任何地方使用能力，不過如果是韓峨璘和史賢一同出現，就等於拍賣會上來了兩位S級獵人……確實沒有人敢妨礙他們。

「我有收到她的邀約，但我拒絕了。」

「為什麼？」

「因為我想跟利善你一起休假。」

史賢這番話說得理所當然，這讓鄭利善瞬間打了個哆嗦。史賢最近幾天都用最快的速度處理事情，因為他的假期從明天開始，為了好好度過這次休假，史賢說自己還購入了一棟森林裡的別墅。

其實鄭利善對於這種，也就是說……對於這些會被稱之為約會的事情感到非常陌生，無論史賢提議什麼，他都只有應聲說好，而且「休假」對他來說幾乎是第一次接觸到的事情，他從滿二十歲之後，就為了還債忙於工作，幾乎等同於沒有經驗。

因此休假和約會這兩件事對他來說，都極度陌生……如上兩人單獨出門的情況，讓他產生了微妙的緊張感，他有點心浮氣躁，內心某處總是癢癢的，以至於史賢接下來不管說了什麼，鄭利善都無法好好聽清楚，只能不斷點頭。

史賢撫摸搓揉著鄭利善的臉頰，視線被鄭利善的反應吸引，他笑出聲並詢問：「你有好好聽我說話嗎？」

「什麼、什麼？哦，你說了……什麼？」

「我問你，如果下次韓峨璘獵人邀我出國的話，你要不要一起去、想去哪個國家，但你只是點頭；我還問了你下次休假有沒有想做什麼，你還是點頭；問你想做的是什麼事情，你一樣只顧著點頭。」

「……」

鄭利善難為情地聽著史賢細數自己的回應，對方輕輕地抬高鄭利善的頭，鄭利善感受到史賢要他看著自己，他緩緩將往下看的視線上移和史賢對視，黑色的瞳孔裡充滿了笑意。

「你在想什麼，為什麼整個人放空？」

「喔，那個……」

「我可以把你的點頭，當作你覺得和我在一起做什麼都可以嗎？」

雖然史賢是用開玩笑的語氣說出這句話，但是他漸漸將臉湊近鄭利善，就像是被那雙瞳孔吸引一樣。鄭利善看著他，兩人的鼻尖不知不覺地碰上，在嘴唇幾乎快要觸碰到的近距離之下，史賢用幾乎是悄悄話的方式詢問鄭利善。

「這個問題，你不點頭嗎？」

嘴唇微乎其微地、像是在搔癢般地拭過。

話說回來，這是鄭利善近期常常身處的怪異情況之中的第一階段，史賢非常自然而然地打造出引導鄭利善給出「肯定」回覆的情況，像是決定休假地點，又或是提議兩人單獨出遊。

每當史賢這麼說，鄭利善有一半的時間，不對，幾乎是大部分的時候都會被史賢所擄獲，只能回答出肯定的答案，現在也是如此，鄭利善維持著稍早之前被史賢固定的視線，與史賢對視並用顫抖的聲音回答。

「……好。」

話音一落，嘴唇就湊了上來，史賢溫柔地舔弄著鄭利善的下唇，鄭利善無法拒絕史賢行雲流水般鑽進嘴裡的舌頭，似乎是接吻過幾次就養成習慣，鄭利善熟稔地張開嘴巴迎接他，舌尖纏繞的觸感引起腦袋陣陣酥麻。

史賢托著臉頰的手移動到旁邊，包覆著鄭利善整個側臉，緊緊握住像是從耳朵撫弄到下顎線，每當這種時候，鄭利善都會不停顫抖並抓住史賢的肩膀，史賢則會怡然自得地環抱鄭利善的腰部，快速縮短兩人之間的距離，鄭利善一下子被抱進他的懷裡，一觸碰到對方的身體，所有感官都敏感了起來。

因為距離縮短，身上發出的熱氣無法揮散到兩人之外，不斷地讓身體升溫，灼癢難耐的感覺就像要蔓延至全身，不知不覺間，鄭利善就維持著被史賢緊緊抱住的姿勢，陷入了這份親吻當中，史賢從容地掃過鄭利善的下顎線，托住他的後頸深深地親吻著，這讓鄭利善不斷向後仰頭，從唇間散逸的聲音漸漸變得黏膩又柔軟，腦袋的某個部分就像故障了一樣。

每當這時，鄭利善都會不知所措，與史賢的身體碰觸總會讓他敏感地顫抖並向後退開，但又不想完全與史賢分開，只能欲迎還拒地抓住他的肩膀，無法推開，也無法一下子靠近。

「……」

親吻總會在鄭利善的背部碰到沙發時結束，有時候碰到的東西也可能是書桌，每當這種時候，鄭利善都會大腦當機。感受到鄭利善因為緊張而全身僵硬無法呼吸，史賢就會鬆開嘴唇並後退。

但是史賢並不會完全退離，反而會一口一口地親吻著鄭利善的下顎線，並漸漸往下挑逗著他的頸部。

「啊……」

雖然不會咬住頸部留下吻痕，但是用舌頭輕輕上舔的行為會帶來微妙的觸感，有點像是起雞皮疙瘩，又有點像連腹部都被搔癢到變得僵硬。當鄭利善發出了短暫的喘息後，他終於得以呼吸，史賢抬起頭與他對視，當鄭利善發自內心地覺得，史賢的眼眸和嘴角都彎出了美麗的角度時，史賢再次湊上了鄭利善的嘴唇。

鄭利善的全數感官被當下情況所產生的觸感襲擊，他對這一連串的行為一點免疫力都沒有，只能頂著那張更加通紅的臉龐，繼續和史賢的嘴唇碰觸。

鄭利善最近甚至常常感受到史賢撫弄自己腰部的觸感，他會將自己身上的短袖圓領上衣往上推，直接撫摸著自己的皮膚，這種時候鄭利善都會發出一陣哆嗦並試圖掙扎，像是要阻止史賢一般地試著抓住他的手臂，但是早已被他抱住並受困於他懷裡的鄭利善無法掙脫，親吻在躺著的狀態下延續，舌頭似乎比先前更加深入探索。

就算怕癢的鄭利善扭動著腰部試圖掙扎，史賢手上的動作依然沒有停下，他的手悠然自若地包覆腰間，卻又像是使勁按住，緩慢地將手上移時，鄭利善險些脫力，就在鄭利善甚至無力抓住史賢的手臂並快要喘不過氣時。

「……」

史賢退開身體並且低頭直視鄭利善，面對難以理解的眼神，鄭利善無法避開視線，只能直愣愣地和史賢對望，此時他連呼吸都還沒能調整過來。

——啊，又來了。

每當這種對視的時刻，鄭利善都會感受到空間裡奇妙的氛圍，讓身體心癢難耐的同時，胸口還有種壓抑發痛的感覺，跳動的心臟讓脈搏格外清晰，既害怕又像在期待著某件未知的事情，心臟甚至劇烈跳動了起來。

——會是這次嗎？

突如其來的念頭讓鄭利善驚人地感到體內的臟器在發麻，但是在這個感受持續下去之前，史賢的手伸了過來。

「……啊。」

史賢的手放在鄭利善的雙臂之間，把鄭利善撐了起來，先前完全臥在沙發裡的鄭利善，跟著史賢的動作坐起身來的時候，原先被撥上去的短袖圓領上衣也自然而然地垂下衣襬，隔著布料都能鮮明感受到某人指尖在短袖圓領上衣遊走的觸感，鄭利善現在處於極度敏感的狀態。

但是一切就在這裡結束了。

「我現在該走了，要開會。」

史賢如此說著，並整理了一番鄭利善散亂的頭髮，鄭利善呆滯地接受史賢的動作，忙著壓抑稍早的觸感沒空反應，受史賢勾引而躺在沙發上，用臥躺的姿勢進行更深入的接吻，皮膚沒有任何阻隔地被直接觸摸，這些都讓他非常慌張，不過不知道從什麼時候開始，鄭利善總是應許著那些行為，始終沒有推開史賢，這都是鄭利善默許的證明。

但是在這樣的情況下，史賢卻起身離開，這是鄭利善最近經歷的怪異情況中最後一個階段，也是最讓他感到委屈的部分，他不知道自己到底在委屈什麼，但總是有種被微妙的虛無感吞噬的感覺。

——為什麼？到底為什麼？

不知道是在問情況的緣由，還是對史賢的不解，又或者是對自己的狀態感到疑惑，鄭利善的內心充滿了無法獲得解答的疑問，甚至在剛才的親吻中，他還產生了「會是這次嗎？」的奇怪念頭。

鄭利善最終再度臥倒在沙發上，長嘆了一口氣，但是沙發上殘留的溫度偏偏讓他一陣哆嗦，鄭利善直接起身移動到另一張沙發躺下，雖然他覺得自己的行為很可笑，但是他卻笑不出來，試圖讀書卻因為無法專注而失敗，最後乾脆把書本蓋在自己的臉上。

「搞什麼啊……」

內心煩躁而發出的喃喃自語在房間裡環繞許久。

傍晚時分，鄭利善和史賢一起下班。

從某個時候開始，鄭利善下班後會和史賢一起回家，這件事從「那天」之後就似乎變得理所當然，鄭利善還來不及提出疑問，就接受了這個事實，而且追溯起來，這個屋子的主人也是史賢，雖然史賢說自己可以當作突擊戰報酬收下這個房子，但這個理由並沒有讓鄭利善拒絕史賢的來訪。

而史賢也始終只有來訪，並沒有一起住在這裡，也就是史賢只會待到鄭利善入睡時就離開，雖然鄭利善一開始不大習慣睡覺時身邊有人，還會翻來翻去，但現在已經適應良好，甚至早上醒來還會下意識地盯著史賢待過的那一側。

時間還早，傍晚鄭利善和史賢在廚房面對面坐下來，平靜地聊著天，他們將一起出發進行為期四天的休假，回來之後預計要辦個派對，兩人就這麼聊著這方面的事，這場派對會是紀念全數完成突擊戰的慶祝宴會，史賢說泰信預計也會出席。

「這場派對對於我們昭告天下和泰信結盟也是有意義的，而且我還在想，是不是也能在那天的派對上公布你會繼續和 Chord 共事。」

「啊……這麼重要的活動一定要提到我嗎？」

「能夠全數完成突擊戰，利善你有很大的功勞，提到你也是當然的，在談論到修復古代世界七大奇蹟的話題時提起，應該是很適當的時機。」

史賢說那個時機點公布最合適，鄭利善迷迷糊糊地就點了頭，雖然他還是對那些朝著自己而來的讚美感到陌生，但是面對史賢真心覺得理所當然，就像是在談論客觀事實一樣，鄭利善很難有其他反應。

鄭利善決定繼續在 Chord 工作。

他的角色是在 Chord 清除副本之後，專責修復副本生成的受災區，清除副本後獵人協會會判定該地區的受災等級，在判定結束後鄭利善就會出面進行修復。

Chord 的獵人們亦聽到這個消息，就開心地表示清除副本後要繼續待在生成地附近，只要在副本外看著鄭利善進行修復，就能一解在副本裡累積的疲勞，還計畫好要先在副本周圍放置板凳，鄭利善知道自己越是阻止，這個計畫的規模只會越來越大，最終什麼話也說不出口。

「我打算在派對結束後慢慢開始投標副本，如果馬上展開活動會讓你有壓力的話，再緩緩沒關係。」

「嗯，應該沒問題，我練習過幾次，目前修復能力都維持在百分之百……」

鄭利善參觀ＨＮ公會大樓時，在修復組所使用的樓層練習，練習場有著人型大小的建築物，他對此破壞後再進行修復，結果都是百分之百的完美修復。他只是在徵求公會內部修復師的同意後，才使用練習設施小試身手，竟然還能維持百分之百修復，內心的大石頭終於放下，在場的修復師們也感歎並為此鼓掌。

鄭利善想起當時的記憶隱約微笑著，史賢卻說他一直都知道這件事，只是練習畢竟和實戰不同，所以才會再次詢問鄭利善，既然沒問題那就沒事了……

鄭利善卻因此突然感到詫異，史賢是公會長，所以知道公會裡發生的大小事嗎？難道……

「……該不會標記也能聽到這些事情吧？」

鄭利善面色凝重，這個問題嚴重到讓他覺得自己怎麼會現在才產生疑惑，史賢說標記能讓他多少知道鄭利善周圍的騷動，但是鄭利善不知道那個「多少」到底是多少。

——應該不會聽得見所有的聲音吧？

眼看鄭利善十分在意，史賢清楚知道他在擔心什麼，發出了低沉的笑聲。

「我不會聽見所有聲音，就算我保持專注，也只能聽見你周圍發生的騷亂，無法仔細掌握情況，只能快速辨識出某幾種特定的聲音，當然這也要標記對象當下有影子才能成立。」

史賢說這個概念就像是在餐廳或咖啡廳裡，就算聽不到隔壁桌的人在聊天的聲音，但是有碗盤碎裂，就能馬上掌握到那個聲音來源，或是人們的對話中出現熟悉的詞彙，注意力就會暫時被拉走一樣，史賢親切地舉例說明，鄭利善有些難為情地點點頭。

鄭利善在今天白天結束和史賢的輕吻後獨自發牢騷，白白擔心了自己的自言自語會不會被史賢聽到。

史賢笑著詢問：「怎麼了？難道你有事想瞞著我嗎？」

「什麼？啊，沒有……如果你聽得到我身邊所有聲音，我當然會很在意啊，我只是針對這個問題提出疑問而已。」

「那倒是，不過我不會聽見全部的聲音，所以你不用太在意。」

「好……也是，如果你能全部聽到，應該也會很累吧。」

「的確是會很傷神啊，我還想說你是不是想要隱瞞白天接吻之後自言自語的事呢。」

「……什麼？」

原先呆滯地聽著史賢說話的鄭利善，表情突然寫滿了衝擊與慌張，他滿懷希望地看著史賢，希望是自己聽錯，但是史賢臉上的微笑沒有絲毫改變，他甚至用無比泰然自若的神情一字不漏地唸出鄭利善自言自語的內容。

「你不是有煩躁地碎念了幾句嗎？我不是故意要聽的，是你周遭剛好太安靜了。」

「……」

「你挽留我的話，我就不會走了。」

「奇怪，是你突然說要開會就逕自走出去，我是還能說什麼，我……」

因為史賢突然提起當時的事情，鄭利善頓時感到難為情還有些委屈，突然親得火熱，把氣氛弄得這麼奇怪，卻一走了之的明明是他，鄭利善像是在為自己爭辯般地說著並看向史賢。而鄭利善的臉龐就維持這個姿勢被抓住，感受到了貼上嘴唇的觸感，在他說話時趁空讓舌頭自然而然地竄入張開的嘴裡，延續著更深入的吻。

情況莫名像是在安慰鬧脾氣的小孩子，鄭利善推著史賢的肩膀以示反抗，卻被史賢抓住後腦杓，親吻反而變得更加深入，最終鄭利善也停止了無意義的反抗，儘管鄭利善對此真心感到委屈，但是每次與史賢接吻時，鄭利善的心臟都會劇烈跳動到發麻，以致於無法好好推開他。

這個吻發生在一張小桌子之間的對話途中，兩人之間還隔著一小段距離，史賢從座位上起身，單手撐著桌子，另一隻手拉過鄭利善的臉龐進行更深入的吻，但是他也拿桌子所形成的空間沒輒。

鄭利善卻異常地在那個當下感到渴望，也許是最近和史賢接吻都是在近距離之下，現在身體無法碰觸到對方，鄭利善的心情更加悸動難熬。

抓住史賢肩膀的指尖微微顫抖，接著鄭利善將手移到史賢的頸部，像是要拉近兩人之間的距離，但是他依然感到害羞，所以無法環抱住史賢的頸部，只能停在這個動作上。

「我們明天出發，你睡飽一點。」

史賢退開身子，泰然自若地說道，語調平靜地讓人無法相信不久之前兩人還在接吻，就像是從剛才到現在，兩人只是單純地進行對話一般，鄭利善瞬間凍結在原地。

「我出發時間打算抓得晚一點，因為你睡眠時間比較長。」

史賢甚至若無其事地邊說邊離開廚房，最終鄭利善無法讓自己從前一刻的情緒裡鎮定下來，跟著史賢走離廚房並一臉不可置信地詢問：「你到底為什麼要這樣？」

「哪樣？」

史賢轉過身來，臉上不見一絲的混亂，甚至連一點可惜的心情都不見蹤影，這讓鄭利善變得更加委屈，就算他對這方面的事很遲鈍，也不可能不知道，這太露骨了。

鄭利善最終緊咬著下唇，鬱悶地說道：「為什麼、為什麼……我的意思是，你為什麼總是這樣親完就走？」

這個怪異行為持續了好幾天，史賢總會邊親吻著邊湊近身體，然後在某一刻突然斷開一切曖昧的氣氛而離開。一開始單純感到慌張的鄭利善也漸漸覺得荒謬，這種行為不管從何看起，都像是故意吊人胃口。

除了對這個情況感到生氣，看到史賢要離開更是著急，最終鄭利善顫抖著抓住史賢的手臂繼續說：「你到底為什麼要這樣？是故意要讓我著急嗎？」

「對，沒錯。」

「……什麼？」

「你說得沒錯，所以我對此給出肯定的答覆。」

史賢一派輕鬆地說出答案，這讓鄭利善愣在原地，明明是他在質問，對方卻馬上承認，鄭利善突然無話可說，眼看鄭利善一下子沒有任何反應，史賢用另一隻沒被抓住的手，輕輕撫摸著他的臉頰。

「我就是一直處心積慮地要你挽留我。」

陌生的低沉耳語在空間裡響起，鄭利善想起剛才史賢的處心積慮而有所停頓，這段時間以來，史賢都會親吻途中停下來，低頭直視著自己，原來那個眼神是這個意思。

想到這裡，鄭利善突然覺得非常委屈，明明是對方吻得他魂不守舍無法反應……當史賢停下親吻望向自己時，他早已無可奈何地被史賢的一切行為帶著走。

但是卻也如史賢所說，鄭利善鮮少主動挽留史賢。

看著支支吾吾的鄭利善，史賢把頭湊近，像是在說悄悄話一樣地詢問：「如果你因為我走而生氣……就代表你希望我繼續下去吧？」

「什麼？才沒有，不是那個意思……」

「應該就是那個意思吧。」

「……」

慌張的鄭利善結巴了，他並沒有無知到不清楚史賢說的「繼續下去」是指什麼，眼前的情況讓鄭利善開始連呼吸都在顫抖，臉頰愈發通紅，吞吞吐吐的話語就像是在狡辯一樣。

「我是因為你沒有好好親完，突然就離開才生氣的……」

史賢的嘴角勾起微妙的笑容，表情一下子像是突發狀況讓人心情微微變差，卻又馬上附上一層笑容遮住那股情感，史賢歪著頭詢問：「只有接吻嗎？」

像是試探般的問題讓鄭利善無法馬上回答，史賢從容地微笑。

「那就這樣吧，我只會做到利善你想要的程度。」

史賢再次湊上嘴唇，但是和目前為止的數次親吻開始有了一些不同，史賢緩慢地舔弄著下唇，隨即又施力吸吮，挑逗著上唇並漸漸燥熱了起來，像是搔癢般輕輕咬著下唇，不斷地刺激嘴唇，鄭利善這段時間以來和史賢深吻過數次，這次足以讓他慾求不滿。

經過一連串的對話，讓鄭利善緊張得忘記自己的僵硬，率先伸出了舌頭，每次兩人親吻時，都會自然地張開嘴巴，這次鄭利善也反射性地張開雙唇，但是史賢卻毫無深入的想法，這讓鄭利善快要急壞了。

從鄭利善率先採取行動的那一刻起，這次的親吻就變得深入，就像是一條界線，如果鄭利善沒有開門就無法進入，在外頭徘徊了一陣子，親吻卻在片刻之間變得濃烈，這次著急且黏人的親吻，甚至會讓人訝異他是怎麼忍到現在的。

史賢的手包覆著鄭利善的後頸，自然而然地接住了鄭利善歪向一邊的腦袋，似乎是對親吻深入時鄭利善的反應瞭若指掌，而做出理所當然的準備。看見史賢清楚掌握自己的反應，鄭利善內心一陣翻湧，史賢的手按著他的後腦杓，這是鄭利善過於熟悉的動作，而這份熟悉給予了感官奇妙的緊張感，一路蔓延至腹部上，肚臍周圍的酥麻感不斷讓身體瑟縮。

不知不覺間，像是被史賢拉著向後走，鄭利善感受到大腿後側碰上了某個東西，他們回到了剛才和史賢對話的地方，撞到桌子的腿無所適從，史賢自然而然地縮短了兩人的距離。

若有似無地坐在桌子上的曖昧姿勢，再加上兩人的大腿互相碰觸，非常微妙的感受占領了全身。鄭利善顫抖著並試圖抓住史賢手臂時，史賢率先握住了他的腰間，將他向上抱起延續著親吻，鄭利善暈頭轉向地坐在桌子上，在一個相對高的位置繼續陷入與他的親吻中。

舌頭輕輕撫過堅硬的上顎，舔弄並糾纏在一起，黏膩的聲音不只從嘴裡溢出，連腦海裡都響起了酥麻的聲響，史賢握住腰間的手下意識地尋找著鄭利善的肌膚，卻強行停留在身上的衣物上，任誰看來都像是在忍耐，但這個行為反而讓鄭利善對於腰間傳來衣服因緊握而產生皺摺的觸感，更加不知所措。

從他被放在桌上的那一刻起，即使親吻的速度變得緩慢，他忙亂的氣息與呻吟還是會從唇間流出，呼吸反而變得更加濕膩，若有似無碰觸的身體之間也充滿著熱氣，因為距離過近而無法散去的熱氣讓鄭利善全身癱軟。

這所有的行為，都讓鄭利善感受到了某種緊張感，史賢清楚自己該怎麼做才能讓鄭利善心急，這讓鄭利善從只顧著親吻的史賢身上感受到了急躁，透過親吻就能感受到他似乎在僅僅壓抑著情緒，鄭利善的指尖不禁微微顫抖。

「……」

接著史賢緩緩地抽離嘴唇，似乎是想讓這次的結尾達到鄭利善期望的好好親完，史賢輕輕地在嘴唇上舔弄了兩三下，抬頭看著坐在桌子上的鄭利善。

鄭利善對於低頭看著史賢的情況感到陌生，嘴唇僵硬地停在微微張開的狀態，史賢向他詢問：「你還是，只想要接吻嗎？」

那是有些低沉的嗓音，即使盡最大努力想要裝鎮定，卻還是壓低聲音，語尾伴隨著微微的低吼，從那個嗓音、眼神裡，鄭利善清楚地知道實際上最心急如焚的人是史賢。

史賢就算身處急迫的情況，仍然靜靜地凝視著鄭利善，等待他的答案，最終史賢把自己的額頭埋進了鄭利善的肩膀裡，嘆息般地輕聲訴說著：「……如果不只想要接吻，可以趕快告訴我嗎？」

心臟沉重地撲通、撲通跳動著，就像是要吞噬所有感官一樣，此時只能感受到劇烈的脈動……

「我說過只會做到你想要的程度，我不想食言，所以如果你不只想要接吻，就快點……」

鄭利善終於率先捧起史賢的臉主動親吻，明明直到不久前兩人的舌頭都還糾纏在一起，卻仍然覺得現在再次碰觸的雙唇十分炙熱，雖然鄭利善知道這份陌生感是源自於自己的緊張，但是他始終沒有放開史賢，深入地親吻著。

面對鄭利善極力挽留的行為，讓史賢稍有停頓，接著欣然地回應著這個吻，雙手包覆在大腿外側抱起鄭利善，儘管這讓鄭利善一陣哆嗦，他卻還是環繞住史賢的頸部持續著親吻。

鄭利善維持著被史賢抱著的姿勢移動，理所當然地被史賢放到床上，就在背部傳來柔軟觸感的時候，鄭利善再次顫抖，史賢則維持著舌吻並微笑，讓人心癢癢的喘息聲再次從唇間溢出，這讓鄭利善不禁翻了白眼，史賢笑容滿面地在鄭利善的眼角落下細碎的吻，面對史賢如同對待可愛事物般而瘋狂落下的親吻，鄭利善的指尖微微顫抖。

接吻的過程中，史賢的嘴唇沿著下顎線往下移動到頸部附近，舔弄著薄透的肌膚，以為會像先前無數次停留在舔拭肌膚表面，這次他卻用牙齒輕咬。起初鄭利善有些驚訝，不過很快地意識到只是微弱擦過的觸感，便不大在意地吐氣，直到突然感受到頸部被狠狠咬了一口，鄭利善大吃一驚。

「你、你、你在幹麼？」

「其實我從以前就想咬咬看了。」

慌張的鄭利善結巴了足足三次才成功問出這個問題，卻得到如此坦然的答覆，對方的語氣實在過於理所當然，鄭利善頓時愣在原地。史賢笑著再次咬住剛才咬過的地方，在虎牙掃過而敏感地發紅的肌膚上吸吮，鄭利善掙扎並抓住他的手臂。

「會留下痕跡啊。」

「對，就是因為會有痕跡我才咬的。」

「呃，奇怪，我沒有要你這樣回答……」

「反正接下來四天你只會跟我待在一起，留下痕跡有什麼問題？」

史賢用捉弄的語氣說完，便開始啃咬頸部四周，也許是因為鄭利善都穿得嚴實，史賢說吻痕在他這身潔白的皮膚上更加顯眼，鄭利善對這句話左耳進右耳出，直到聽見史賢說的「四天」，鄭利善才後知後覺地反應過來明天開始的休假旅遊，今晚經歷過這番接觸，他開始擔心休假會是如何，但是他還沒來得及繼續煩惱，史賢的手就伸進了他的腰間。

細長的手指掀起衣角，使勁壓著腰部，肌膚上所碰觸到的溫度雖然讓鄭利善再次緊張了起來，不過這段期間以來也有過幾次經驗，鄭利善覺得應該沒問題，不過那雙手漸漸往上移動，最終停留在胸口附近，不斷上移的動作讓鄭利善認清自己的衣服應該被脫光了，而當他意識到乳頭上的觸感，鄭利善再次大吃一驚。

「呃，那個，為什麼要碰那裡？」

「你不喜歡我碰這裡嗎？」

「哈，那個，好像有點痛……」

原先就很緊繃的身體被直接觸碰，乳頭硬挺地直立起來，那個觸感太過陌生，鄭利善扭動著腰部掙扎，史賢出神地看著他，然後移開了手，表示自己知道了，接著……

「沒有，啊，我不是，我不是叫你用舔的，呃。」

史賢開始埋頭舔弄乳頭，濕潤的舌頭舔壓著整個乳暈，先在乳暈上面畫圈，接著又像要將乳頭推高一樣，用舌頭細細撩弄，鄭利善的身體原本就極度敏感，每一次史賢的動作都會引起反應，現在連舌頭都加入進攻，鄭利善早就無法保持理智。

原先抓住史賢的肩膀試圖推開他，結果手掠過乳頭引起一陣扭腰掙扎，鄭利善陷入了無法抱住史賢又無法推開他的情況，只能發出難耐的聲音，儘管鄭利善總是對史賢的溫度沒輒，但卻也不想變得如此招架不住。

「利善，這裡腫起來了。」

「不用告訴我……」

史賢終於移開嘴唇，驚歎地說道。鄭利善用手臂遮住自己的眼睛，只能發出喘息聲，鄭利善是因為臉頰在不知不覺中變得通紅，自己受不了才遮住的，而史賢卻用安撫般的動作把那隻手臂移開，在臉頰上落下細碎的親吻。

「你說用手碰會痛，我才改用舌頭，你還是很痛嗎？」

「這個一定要……現在問嗎？」

「對，掌握你的疼痛程度對我來說很重要。」

鄭利善覺得史賢有點討厭，心想只要現在告訴他自己會痛，也許他就不會再舔自己的胸部了，於是就這麼回答，史賢點頭表示了解，卻……

「啊呃，啊！到，到底……嗚，既然如此你幹麼問……」

史賢這次舔了另一邊的乳頭，緩緩地靠近後，一口咬住周圍的肌膚，乳暈周圍留下了用力啃咬的痕跡，而後接著輕輕地在那個痕跡之上舔弄，雖然啃咬的觸感讓鄭利善很痛，但是腹部的緊繃感卻意外地隨之而來，鄭利善感覺全身熱氣擴散，史賢一路向上舔卻突然再次用舌面壓住乳頭的行為，讓鄭利善一陣暈眩。

鄭利善抓住一路被向上推到頸部的衣角，痛苦地哼出聲，臉紅得像是快要爆炸，卻毫無方法能讓身上的熱度降溫。

與此同時，史賢持續舔弄著乳頭並抬頭詢問：「這次還是很痛嗎？」

「就算我喊痛……呼，你還是會咬……到底為什麼還要問？」

「我想說給周圍更多的刺激，乳頭本身會不會就不那麼痛。」

「……」

鄭利善比剛才更討厭史賢了，他無言地斜眼看著史賢。史賢開心地笑了，明明是美麗的笑容，鄭利善卻發自內心地感到不安。

「如果你還是會痛，該不會其實你喜歡疼痛的玩法吧？如果你有那種偏好，那我下次會好好練習再來。」

「你到底在說什麼鬼話……」

「我看你下面勃起了。」

史賢用非常平穩的語氣說著事實，這讓鄭利善的臉一下子紅透，他對這種刺激完全沒有免疫力，甚至非常敏感，史賢的所有行為都會讓鄭利善產生反應，但是這樣直接聽到史賢說出來，實在過於難為情，鄭利善最終直起身子，心裡想的全是必須先逃離眼下的情況，結巴地說著：「就，就停在這裡吧，之後再說……」

不過在鄭利善完全起身之前，就被史賢抓住，再次向後躺下。史賢抬起鄭利善的下半身放在自己的大腿上，鄭利善躺下後，下半身懸空的情況讓他一下子感到慌張，史賢把雙手撐在鄭利善的肩膀旁邊，拉近了兩人之間的距離。

「利善，這只是……在確認你身體的狀態，因為你很脆弱，一個不小心就會傷到你，我只是預先看看我可以進行到哪個程度，好不好？」

安慰的言語落下，卻顯得有些急躁，他的臉上浮現了些微的慌張和懇切，這讓鄭利善驚訝得張大嘴巴。

「而且我想要做到讓你開心……你不喜歡就說不喜歡，喜歡就告訴我喜歡，這樣就好，你說不喜歡，我就不會做下去。」

「……」

「我的意思是，不要拒絕我。」

史賢把頭埋進鄭利善的肩膀裡說著，這句話和史賢的舉動就像在苦苦哀求，鄭利善稍微僵在原地……最終舉起手生疏地抱著史賢的後腦杓並點點頭。

鄭利善的下半身被拉到他的大腿上坐著，透過衣服感受到結實的大腿肌肉，其實就已經讓鄭利善感到驚訝，不過接著隱約掃過的……那個東西，讓鄭利善僵在原地，只有碰觸到一部分，但是明確感受到那股厚實，讓鄭利善變得更加害怕。

鄭利善眼看著史賢起生理反應，卻還是低著頭哀求自己，最終鄭利善只能同意，表示自己知道了。

史賢這才露出微笑，看見那個笑容，鄭利善清楚感受到自己的心臟發麻，史賢往他的臉龐又落下了幾次親吻後，迅速地褪去了鄭利善的上衣，短袖圓領上衣被往上脫的時候，鄭利善稍微舉起手，用有些害羞的心情繼續面對史賢再次湊上來的親吻。

從唇間漸漸流淌出的氣息越加燥熱，此時史賢的手開始往下游走，溫柔地撫摸著腰部，接著試圖解開褲頭的鈕扣，即使已經做好覺悟，鄭利善還是顫抖了一下並抓住史賢的手，但是鈕扣早已在不知不覺間被解開，褲子也準備往下褪去。

此時，鄭利善慌張地連忙移開嘴唇大喊。

「……等、等一下！」

「怎麼了？」

「我、我的意思是，那個……為什麼，為什麼只有我脫？」

鄭利善一心只想要為自己爭取一些時間，想到什麼就脫口而出，但是史賢的表情卻變得有些微妙，鄭利善後知後覺地發現自己這句話的涵義，趕緊用手遮住嘴巴。史賢的眼角微微地彎出了笑容，並握住了鄭利善的那隻手，將他的手放在自己的襯衫衣領上。

「那你幫我脫。」

鄭利善的手被放在史賢的胸口上，並微微顫抖了一下，感受到黑色上衣之下的肌肉，這又讓鄭利善一陣哆嗦，聽見史賢一邊細碎地吻著自己，一邊對自己耳語要自己脫掉他的衣服，鄭利善咬了咬嘴唇，他不知道就這麼一句話，為什麼聽起來可以那麼色情。

也許是腦袋故障，鄭利善一直覺得心情有些恍惚，指尖依然顫抖著，最終他動手開始一顆顆解開襯衫的鈕扣，史賢親切地彎低上半身。

看見眼前一點一點顯露出來的肌膚，鄭利善漸漸變得更加害羞，從鎖骨開始，乃至清楚劃分胸部與腹部的直線，就像是隨著肌肉生長一點一點挖出隔線一樣，令人不斷瞥往那副身軀，雖然隔著襯衫就知道他的胸肌很結實，但是居然連腹部都是密實的肌肉，儘管身為數年如一日固定練習的S級獵人，會練成這樣的身材應是理所當然，不過當鄭利善親眼看見，還是有一種十分陌生的心情。

一種無法單純以害羞形容的奇怪感受在身體裡蔓延，肚臍周圍越來越僵硬且顫抖，鄭利善現在只能接受這就是自己興奮時的表現。

解到下面幾顆鈕扣的時候，史賢環抱住鄭利善的腰，他自然而然地躬起了身體，鄭利善必須維持被固定在史賢懷裡的姿勢，才能把整件襯衫脫完。

「……」

鄭利善的臉龐染上了一抹紅暈，什麼話也說不出來，用力地眨了一下眼睛，慢慢地看向史賢，那道不知所措的眼神讓史賢笑了出來，並在鄭利善的鼻梁上落下輕輕的一吻，而後緩緩地下移嘴唇持續愛撫。

一口一口啃咬著肩膀，又往下舔舐著稍早留下痕跡的乳頭，剛才就已經非常溫柔了，現在史賢的舉動更加小心翼翼，鄭利善無法推開他，抱著史賢的頭發出呻吟。

最終，鄭利善的褲子被微微褪去，史賢將手放入內褲裡掏出性器，雖然之前也有兩度被史賢握在手裡，但是現在再次被握住，鄭利善的心情非常奇怪，這份羞窘的感覺足以他腳尖蜷曲，他微微扭動腰部起了反應，史賢突然往下移動身體……

「不、不，等……等等！」

史賢準備開始舔弄性器，鄭利善驚訝地趕緊抓住他的肩膀，對方詫異地看著鄭利善，但是仍在鄭利善的雙腿之間找好位置，握著性器抬頭看向他，並且把頭靠在他的大腿上詢問：「你討厭這樣嗎？」

「……那個，那個……我的意思是……」

從性器被握住的那一刻起，鄭利善就感受到動彈不得的心情，他為難地點點頭，雖然史賢已經做過這件事數次，但是現在真的讓鄭利善很難為情，雖然不是真的討厭，但是鄭利善希望史賢先從自己的身下退開。

驚人的是史賢還真的乖乖地退開了，看見史賢抬起身子，鄭利善放下心來……

「呃，嗚，你如果要這樣，幹麼裝作要問我，啊，啊呃……」

史賢坐到鄭利善面前，將鄭利善拖進自己懷裡，握著性器開始晃動，原先鬆開的手再次包覆性器，向上滑動又往下搓揉的觸感讓鄭利善很難保持清醒，他在性器被撫慰的行為中感受到炙熱的壓迫感，儘管他抓住史賢的雙臂發出喘息，史賢的手卻不曾離開。

最終鄭利善把頭埋進史賢的肩膀裡，發出了抽泣的聲音，史賢一隻手像是在安慰他一樣輕拍他的背，另一隻手持續捋動著性器，真的是前後極度不一的行為。

「只有兩個方案，既然你討厭其中一個，那就只剩下另一個了。」

「呃，那，如果我兩個都討厭，啊……」

「真是遺憾，沒有那種選項。」

史賢像是要安撫他一樣，溫柔地撫摸著他的背，同時另一隻手仍然露骨地揉弄著性器，鄭利善陷入了非常委屈的情況，對方把一顫一顫的性器頂端流出的液體抹滿前段並持續撫觸，鄭利善身體的熱度也維持了許久，不對，不只是維持，甚至還漸漸升溫，鄭利善覺得自己快要爆炸了。

「既然如此，嗚，你一開始，就兩個方案，一起講啊……」

鄭利善對一般的刺激都非常遲鈍，但是卻在性方面的刺激面前束手無策地倒下，徹底通紅的臉龐在不知不覺間露出了下一秒就會哭出來的表情。看見鄭利善發紅的眼周微微滲出的淚水，史賢往眼角上親了幾口，答應鄭利善下次一定會做到，每當鄭利善準備討厭史賢時，史賢都會溫柔地對待他，這讓鄭利善無法完全推開史賢。

最終鄭利善的性器被史賢的手緊緊握住，身體不禁顫抖，而後在那隻手中射精，儘管他在最後關頭無論如何都想推開史賢，但是史賢將他的性器上揚，用力按住龜頭兩側，鄭利善無法撐過這樣的刺激。事已至此，幾乎要放棄一切的鄭利善，把頭埋進史賢的肩膀裡，只能發出微弱的喘息聲，射精過後身體也有些疲軟。

這也讓鄭利善就算身上的褲子和內褲都被完全脫掉，也無法做出任何反應，史賢不斷撫摸著鄭利善的背部，鄭利善也隨之受蠱惑而解放。

鄭利善這時才後知後覺，驚訝地瞪大眼睛，史賢則泰然自若地詢問：「你這次也要幫我脫掉嗎？」

「啊，不用，不了，沒關係。」

鄭利善還沒有做到那個地步的勇氣，用盡全力拒絕，明明剛才只有腿部微微碰觸，卻莫名感到茫然害怕，鄭利善想要盡可能地延遲看見實體的時間，因為就算到了那個當下，自己應該也會無所適從。那個大小有辦法進入自己的後面嗎？真的可以嗎？光是用想像的就讓他發昏，同時腹部緊張地顫抖了一下，要是那個東西進來……

鄭利善忽然覺得身後碰到了某個濕漉漉的東西，他感受到那是一根手指用力地向內推了進來，他顧著想其他事情，連手指進來了都慢一步察覺，對於鄭利善來說是突襲的動作，他一下子無法好好呼吸。

不知是何時、從哪裡拿出來的潤滑凝膠塗勻在手指上，凝膠與手指一同進入的觸感相當驚人，光是一根手指就讓鄭利善劇烈顫抖著不知所措，反射性地縮緊下面並發出哀求聲，史賢輕輕拍著他的背。

「放輕鬆。」

「啊呃，嗚，嚶嚶……你要放進來，也先說一聲啊……」

「我有說我要放進去了。」

「你、你確定？」

「確定。」

史賢堅定的答覆讓鄭利善無話可說，史賢直直地往鄭利善嘴唇一吻並且詢問：「你到底在分心想什麼，怎麼會沒聽到我說話？」

「什麼……什麼？」

史賢的眼神無疑是要自己既然清楚聽見，那就好好回答問題。史賢心情變差，眼角微微垂下，狠狠地咬了一口鄭利善的耳垂，鄭利善再次大吃一驚，大口呼吸的同時，手指趁空進入探至最底。

「啊呃！」

就在鄭利善大聲地呻吟的時候，史賢放在嘴裡的手指開始了非常神經質的撓動，細長的手指一動就讓全身起雞皮疙瘩，指尖前後晃動，稍加施力刮著內壁要鄭利善張大嘴巴，鄭利善最終緊緊抱著史賢的頸部，像是哭著哀求一般，只能說出實話，他原先還想多為自己辯解，但是眼下的刺激重擊著大腦，讓鄭利善的腦袋無法好好運作。

「啊，我只是，在想剛才……碰到那個東西……有沒有辦法，呃，嗯，要怎麼，進到我的後面，我很擔心……」

鄭利善抽泣著為自己解釋，並將額頭放在史賢的肩膀上磨蹭，面對史賢在他說出真相之前，持續翻攪口腔內部的行為，鄭利善無法保持清醒，只能將心裡所想如實招出，史賢的手在最後一刻停了下來，鄭利善好不容易才能稍微喘過氣來，全身都好熱，瀏海被汗水沾濕，而後汗水滴在額頭上。

史賢突然將鄭利善向後放倒，過程中手指還放在裡面，這讓鄭利善不禁再次發出喊痛的聲音，也不管他是不是在呻吟，史賢在他的臉龐落下細碎的吻並說道：「你怎麼這麼可愛？」

儘管滿是笑意的聲音讓鄭利善清楚知道史賢現在處於極度開心的狀態，但是鄭利善卻無法跟著他一起笑。手指還在體內遊走，這個情況讓鄭利善埋怨起了獨自笑著的史賢，不過鄭利善只能搖晃著他的肩膀並苦苦哀求。

「啊，嗚……那個手，手能不能拿出來？」

「你不是說你很擔心嗎？」

「……什麼？」

「如果你很擔心，那就要做好相應的準備。」

這個回答非常符合史賢的作風，隨後鄭利善馬上感受到身後又放入了一根手指，雖然鄭利善內心對自己的多嘴感到後悔，但是自己的身體也已經燥熱不已，性器也在不知不覺間再次向上直立，當史賢放入整整兩根手指時，鄭利善有些不適地扭了扭腰，必須大口呼氣才能舒緩異物感。

身上的熱氣像是慢火熬煮般漸漸升溫擴散、融化全身，顫抖的腰部被抬高至空中，隨即往下墜落，鄭利善的身體搖搖欲墜，在這樣的興奮與刺激中很難保持理性。

一顫一顫的大腿反射性地收縮，但是史賢的手臂依然在大腿下方持續動作，原先咯吱咯吱的聲音一下子充滿了水氣，內壁刮搔的感覺過於清晰，鄭利善發出了近乎啜泣的呻吟，而在這樣的情況下，史賢開口詢問：「你喜歡我在裡面畫圓輕揉，還是這樣用刮的？」

史賢說著這兩個選項的同時還親自各示範了一次，鄭利善抽泣著抓住他的手臂，不久前史賢才答應如果有兩個選項會一次性地說出來，鄭利善不知道該對史賢說到做到的行為感激還是生氣。手指在不知不覺間增加到三根，內壁的收縮與觸感十分清晰，鄭利善的臉頰燒得通紅。

快感從腰脊一路向上延伸至後頸，身體一下子向後扭轉，而後再次往前瑟縮掙扎，發麻的感受讓腰部不斷顫抖，甚至占據了心臟，史賢催促著鄭利善趕快回答，迎面而來的性快感讓鄭利善已經激動到近乎哭泣，他無法區分是眼淚讓視野變得模糊，還是令人暈眩的快感讓眼前一陣發白。

「不，不要，嗚，呃，不要再問了。」

「我想找出你最喜歡的方式。」

「啊，我拜託你……啊嗯！」

手指在內壁裡繞圓似的按壓並刮揉的那一刻，鄭利善緊緊抓住史賢的手臂並顫抖不已，鄭利善撐起上半身，無論如何都想要阻止史賢的行為，就在雙手抓住史賢手臂的動作下射精了，大腿狠狠地顫抖著，銷魂的快感幾乎湧上全身。

顧不得為洩出唇邊的鼻音感到難為情，鄭利善把頭靠在史賢的上臂，劇烈地喘息著，即使上氣不接下氣地呼吸，還是無法鎮定下來，身體微微地抽搐著。

史賢的動作唯有停頓，鄭利善維持著這個姿勢持續短促地呼吸……最終抓住史賢的手臂向後躺下，史賢跟著鄭利善的手勢來到他身上，靜靜地低頭看著他，鄭利善氣喘吁吁地說道：

「隨、隨便你怎麼做……我快瘋了……」

鄭利善說著這句話的同時，嘴唇輕輕拂過臉頰旁邊的那隻手，因為史賢一直問自己，鄭利善實在受不了問題連擊才這麼回答，他卻在此刻看見了史賢瞳孔裡醞釀的情感，那是幾乎能被稱為陰沉又凶險的情慾。

清楚看見了對方一直以來深深藏在底下的黑暗情感，鄭利善稍有哆嗦，接著只能回應史賢急撲而上的親吻。

鄭利善聽見褲頭鈕釦被解開的聲音，接著感受到手往腿的旁邊一動，似乎是在戴保險套，自己的大腿再次被舉到他的腿上，在身下的入口處感受到了粗壯的觸感，雖然他被史賢纏住忙著接吻，無法看到身下的情況，但是光靠感覺就能隱約猜到他的尺寸，用了三根手指擴張也絕對不夠。

「等，等等……」

鄭利善慌張地試圖閉氣，史賢狠咬了一口他的下唇，趁著鄭利善換氣時，性器用力往裡面推進，似乎還沒有完全放入，但是刺痛發麻的感受沿著脊椎直線上升。

鄭利善向後仰頭，大叫一聲並僵在原地，史賢抓住他的腰部開始輕輕撫摸。

「記得呼吸。」

他的動作柔和卻又有些著急，就算鄭利善有感受到他要自己放輕鬆，卻還是不得不屏住呼吸數次，才有辦法喘過氣來，甚至發出了快要哭出來的抽泣聲。史賢的嘴唇不停地吻著眼角，當鄭利善稍微緩解緊張，史賢就稍微向外抽出，而後馬上往裡面進攻。

內壁被用力擠壓著，不斷刺激著敏感點，鄭利善全身顫抖不已，內心不禁疑惑，如果終究是要用這個尺寸往最深處的那裡頂，那麼稍早之前應該也沒有必要用手指找位置吧。

鄭利善的手不知所措地顫抖著，最終像是在哀求史賢般環抱住他的背。史賢緊緊抱住鄭利善向內推壓著，鄭利善能做的就只有回抱住這個結實的身體，甚至沒有力氣抓著對方的背，雙手只能楚楚可憐地停留在他的背上。

「啊啊，哈呃，嗚……」

背上的觸感讓史賢變得更加飢渴，猛烈地向鄭利善的體內進攻，鄭利善費了極大力氣表達自己希望慢一點，史賢才好不容易放慢速度，而後細碎地啃咬著鄭利善的肩膀與鎖骨並說著。

「你以後最好，不要說出……那種話。」

「呃，嗚……」

「你說隨便我怎麼做，你又知道我想做到什麼地步了？」

突如其來湧上的刺激讓鄭利善無法保持清醒，費了一番力氣才找回呼吸的節奏，但是全身早已陷入極度的刺激中，鄭利善只能顫抖著腰部並抽泣著。

不知不覺間，已經射精過的性器頂端流下了白色液體，史賢進到體內後，鄭利善的性器在他的腹部摩擦，最終承受不了刺激才射精。

史賢低頭瞥向噴濺在自己肚子上的白色混濁液體，而後鬆口笑著說：「你自己射了嗎？」

「是誰，這樣，啊，隨便撞進來的……」

「你這麼敏感，要我怎麼辦？」

「呼，嗯，呃……等，等等，不要碰那裡……」

累到癱倒的鄭利善忍不住顫抖，因為史賢用性器往剛才用手指找到的敏感點一陣擠壓，光是性器的分量就足夠令人衝擊，再用那個尺寸使勁往敏感點施壓，自然讓全身顫抖不已。

鄭利善的大腿抽搐著，他慌張地撐起上半身，看見了史賢進入自己體內的性器，甚至尚未完全放入，這個狀態讓鄭利善加倍衝擊，光是露在外面能看到的大小，就讓鄭利善瞠目結舌，雖然自己有時候也覺得史賢有點不近人情，但是他可沒有想要以這種方式看見史賢真正不近人情的部分。

鄭利善慌張地試圖推開他的肩膀，但是早已無力的鄭利善不可能有辦法推開史賢，甚至一開始還有力氣的時候也無法推開，此時史賢又往更深處的敏感點進攻，開始緩慢卻頻繁地撞擊那個地方。

「等，等等，哈啊，啊，先休息一下……」

「嗯，沒有那種選項。」

「你怎麼這麼隨心所欲……亂來！」

「是你先說隨便我怎麼做的。」

委屈到跟史賢追究的鄭利善啞口無言，只能對自己說過的話後悔莫及，隨著史賢的動作搖晃著身體，每當壯碩結實的肉棒往裡面一陣猛搗，鄭利善都會激動地吭聲，頭向後仰並發出無法吞入口中的呻吟，史賢沿著彎曲的頸部線條親吻，隨著嘴唇一點一點輕輕地啃咬，燥熱的氣息直接碰觸到頸部，興奮地來到了高潮。

不知不覺間，鄭利善的性器開始再次立起，明明已經射精三次，自己竟然還有反應，實在太誇張了，不久前才剛射精導致全身癱軟，卻因為體內深處湧進的刺激，再次從腳尖引起一陣收縮，興奮的感受像電流般清晰地蔓延至全身，讓他不知所措。

這種情況實在過於陌生，鄭利善想要排解這股心情，但是他不知道該如何是好，只能胡亂揪著床單，沉淪在快感當中，史賢似乎看出了鄭利善的反應，加快了往體內進攻的速度。

黏膩的聲音在整個空間裡響起，自己的性器再次撞在剛才精液噴灑到的史賢腹部的聲音，還有在自己體內進出的性器所發出的聲音，都在狹窄的空間裡發出令人暈眩的聲響，炙熱的氣息就要蔓延全身。

每當厚實的性器微微抽出，而後再次進入體內，內壁都會團團緊縮包覆住史賢，雖然鄭利善對自己身後收縮的反應羞紅了臉，但是眼前更大程度的刺激就像要激起火花一般，腦袋發麻作響，就像是要溶解所有理智的心情，讓鄭利善神昏意亂地呻吟。

這份初次感受的心情似乎快要讓自己亂得一團糟，穿透全身的衝擊感幾乎完全碾壓理智，陷入快感的思考模式過於陌生，鄭利善顫抖著並開始試圖推開史賢，眼下的情況實在讓他過於害怕。

「好、好討厭，嗚嗚……」

只能說出這麼簡短的幾個字，想說的話到了唇邊卻失了力氣，發音化在一陣喘息中，所有感受紊亂地混雜在一起，鄭利善揮舞著手腳掙扎，用自己毫無力氣的手試圖推開史賢的肩膀。史賢臉上掛著微妙的笑容，輕輕地在鄭利善的臉頰上親吻。

兩人的臉龐極度靠近，史賢用低沉的聲音在耳邊詢問，不過身下的行為卻與他溫柔的嗓音形成極大對比，毫不留情地撞擊著。

「你真的討厭嗎？」

「啊呃，嗚……啊！」

「討厭的話，這裡為什麼會這樣？你說啊？」

史賢握住鄭利善的性器說著，史賢的手一碰到硬挺的性器，鄭利善就發出了哭泣聲，他原本就快要爆炸了，史賢還握住自己的性器，鄭利善感到一陣暈頭轉向，像是哀求史賢放手一般，摸索著史賢的手腕並發出呻吟，史賢再次往體內一陣猛攻，這個舉動往內摩擦著內壁，鄭利善的體內反射性地收緊含住性器。

「奇怪，你的下面明明這麼會吃……」

面對不堪承受的興奮，鄭利善瘋狂顫抖著，史賢的手往鄭利善的腰部遊走，輕輕撫弄著並說道。像是要告訴鄭利善眼前所見的鐵證事實，讓鄭利善清楚認知他無論如何都想迴避的生理現象，史賢靠在鄭利善的頭上說道。

「這個不叫討厭，是喜歡。」他用低吼嘶啞的聲音說道。

「利善，我的意思是，你很喜歡這樣被我插入。」

鄭利善的臉馬上通紅並扭曲，他舉起顫抖的手試圖擋住史賢的嘴巴，但是史賢反握住他的手腕，並啃咬著他的手指，舌頭黏膩地纏繞在一個個指縫間，手上也瀰漫著熱氣陣陣發麻。

「你看，你明明很喜歡。」

「哈啊，啊！呃嗯，嗚……」

「你還是討厭嗎？真的嗎？」

史賢最後抓住鄭利善的雙手高舉至頭，像是要困住他的手，比之前更加深刻的插入讓鄭利善全身顫抖，最終只能抽泣著說話。

「呃嗯，喜、喜歡……啊，啊……」

發紅的眼睛裡滲出了無法承受刺激的淚水，史賢笑著舔舐親吻鄭利善的眼角。喜歡到哭了嗎？溫柔的耳語讓鄭利善無法否認地點點頭，難以喘息的快感不斷襲來。

史賢激烈地撞擊著身下，濃烈的快感如拍打的海浪般傾瀉而出，鄭利善雙手被固定在頭上，只能精神渙散地搖晃著身體並哭泣，性器在史賢的腹肌上不斷磨蹭，一種奇怪的感受在腦海裡炸開。

持續擴大而無法控制的快感在腦內震耳欲聾，插入的速度也不斷提高，就在深入最底的那一刻，鄭利善把頭埋進他的肩膀裡射精了。

「啊嗚……」

這是一次讓全身顫抖的驚人高潮。雖然已經經歷過數次射精，但是生平第一次感受到的噴洩和性行為後的餘韻讓鄭利善渾身顫抖，眼前一度暈眩，腹部也傳來陣陣抽搐，此時史賢也因為內壁緊縮而射精，低沉地吐氣並溫柔地撫摸著鄭利善的肩膀。

全身的緊繃瞬時鬆懈下來，身體癱軟無力，感受到鄭利善完全精疲力盡，史賢想要看看他的臉，他卻固執地把頭埋在史賢的肩膀裡，雖然現在雙手重獲自由，卻還是用著毫無力氣可言的手臂緊緊環抱著史賢的背部，以維持自己不願露臉的姿勢。鄭利善嘟嘟囔囔著不想要史賢看自己，聽起來就像是在撒嬌一樣，鄭利善的耳根發紅得快要滴血。

史賢非常享受鄭利善這番舉動，最後低著頭微微笑了，經過漫長的忍耐才終於換來這一刻，甜蜜到他一點也不想放手，史賢遵從他的意願不去看他的臉，取而代之的是緊緊擁抱，從相擁的胸部傳來驚人的鼓動。

「利善，你心跳超快。」

「……你可以，不要……說出來嗎？」

「我只是說出事實。」

「哈啊……」

伴隨著一聲長嘆，鄭利善向後倒下，他無力再緊緊抱著史賢的背部，史賢往他通紅的臉上親吻並露出微笑，就像是在確認鄭利善的一切反應，鄭利善有些丟臉地舉起一隻手遮住自己的臉，史賢馬上接著詢問。

「為什麼要遮住，我們都坦誠相見也做愛了，現在還有什麼好害羞的？」

「……你的言行舉止，讓我有點，害羞……」

「你一邊被我插入一邊說自己很喜歡，現在還害羞嗎？」

「唉……」

鄭利善再次嘆氣，他最終放棄和史賢對話，想要直接睡一覺，雖然隱約覺得應該要去洗個澡，但是實在太累了，壓倒性的快感以及隨之而來的疲軟餘韻讓他精神恍惚。

不管史賢接下來說了什麼，鄭利善都不給反應，身體全然放鬆下來。史賢似乎知道鄭利善接下來要做什麼，猛然抬起鄭利善的身體，上半身突然被抬起來抱著，史賢的舉動讓鄭利善一陣哆嗦，接著腰部被狠狠放下，史賢的舉動讓他再次驚訝，因為史賢的性器不知不覺間又再次進入體內。

明明才剛射精，再次變得雄偉的性器和來勢洶洶的氣勢，讓鄭利善目瞪口呆地看著史賢。他輪番親吻著鄭利善的臉頰、頸部和肩膀後，才用無比溫柔的嗓音說著：「利善，你什麼也不用做。」

「……什麼？」

「我來讓你開心。」

「不用，啊呃，嗯！」

慌張的鄭利善雖然試圖推開史賢，但是從史賢開始動作的那一刻起，鄭利善就束手無策，鬆軟的內壁在他一進入時就再次緊緊收縮，馬上起了反應，甚至因為自己坐在他身上，鄭利善感受到身下的性器變得更加巨大，鄭利善總是無法承受這種刺激。

鄭利善的手楚楚可憐地撐在史賢的肩膀上，在幾次的呻吟過後，才死心地轉換為抱住史賢的頸部，史賢的笑聲在耳邊盤旋。

今天的夜晚特別漫長。

隔天一早，鄭利善呆滯地睜開眼睛。

他瞥向窗外，煦煦陽光照射進來，接著緩緩地將頭轉向旁邊，先前史賢都是待到自己入睡，起床的時候就不見蹤影，今天卻看見史賢就在身邊且被他抱在懷裡，鄭利善靜靜地看著史賢閉眼的模樣，後知後覺地發出嘆息並用雙手覆蓋頭部。

「啊。」

──瘋了吧。

鄭利善說不出下半句話，不僅是因為聲音完全沙啞，還要加上他清晰地回想起從昨晚到凌晨發生的所有事情，極度的羞恥讓他說不出話來，終究是和史賢做了，這就足夠讓鄭利善感到衝擊了，但是最讓自己害羞的是……

「哈啊……」

他很喜歡與史賢的性愛，這是事實。

他不知道自己這麼容易起反應，也無法想像自己在刺激面前，竟然無法保持清醒甚至苦苦哀求，雖然想不起來最後是怎麼昏過去的，但是他微微記得在昏睡之前，被史賢緊緊抓住並不斷說著自己很喜歡，甚至最後快結束時，還生疏地搖晃著腰部回應那股刺激。

被史賢抱在懷裡的快感，令人愉悅到起雞皮疙瘩，鄭利善不知道自己哀求著史賢，說了多少次喜歡。

徹夜沉浸在刺激裡的大腦，到了早上好不容易才能正常運轉，鄭利善用手遮住臉哼聲。史賢似乎是因為鄭利善的動靜而醒來，擺正自己環抱著他的手臂並詢問：「有睡好嗎？」

他的聲音溫柔到可以感受到那股甜蜜，也許是因為早上剛醒，有些低沉的嗓音顯得更加溫柔，鄭利善不禁微微顫抖，史賢的嘴唇從頸部側邊開始挑逗，而後慢慢沿著肩膀下移，明明只是輕輕的吻，但是因為昨晚的感受尚未完全消散，身體自然而然地發出顫抖。

癱軟的身體微微掙扎，就在史賢一把拉過抱住腰部時，鄭利善疼痛地發出哀嚎，晚上不知道做了多少次，腰實在太痛了，鄭利善抓著史賢的手臂哼聲，史賢低聲笑著撐起身體。

「先簡單洗個澡，吃早餐吧？」

聽到能夠逃離床鋪的提議，鄭利善馬上點點頭，但是起身的過程中雙腿無力地顫抖著，鼠蹊部陣陣抽痛，鄭利善無法好好起身。史賢輕鬆地將鄭利善抱起，他彎下腰來，把手撐在鄭利善的臀部底下，自己起身的同時也抱起鄭利善。

僅僅被用單手抱起的鄭利善微微掙扎，但是史賢讓他靠著自己的身體，緊緊地抱住他，最終鄭利善也環抱著史賢的頸部。一開始還有些不安，不過一下子就放鬆下來，史賢寬敞的懷抱給了他安定感，而且他內心也突然有個念頭浮現，史賢絕對不會讓自己摔下去。

身為S級獵人，本來力氣就這麼大嗎？自己現在連走路的力氣都沒有，史賢怎麼有辦法如此正常……鄭利善甚至現在才頓悟，自己的身體之所以是乾淨的，是因為自己昏過去之後，史賢似乎幫自己洗過身體。

不知不覺抵達了浴室，史賢輕輕地放下鄭利善，史賢隱約地引誘鄭利善如果到了浴室還是沒有力氣站著，維持被抱著的姿勢也行，但是鄭利善說自己沒問題，婉拒了史賢的建議，鄭利善莫名感受到某種被細心呵護的感覺，內心微微騷動。

兩人就這麼並肩站在洗手檯前，看著鏡子刷牙，明明已經睡醒了，似乎是因為身體依然疲憊癱軟，神情呆滯的鄭利善視線忽然飄向鏡子裡史賢的身體。他沒有穿上衣，可以清楚看見他的上半身，在明亮的空間看見史賢的身體，這讓鄭利善感受到某種陌生的心情。

不過除了害羞的緊張感，鄭利善內心還浮現了另一種複雜的心情，自己身上掛著一件寬鬆的短袖圓領上衣，頸部和肩膀滿滿都是紅色的痕跡，微微掀起短袖圓領上衣下襬看了自己的肚子，鄭利善更加心煩意亂。

而史賢的身上一點痕跡都沒有，只有自己的身體變得近乎滿目瘡夷，咬痕布滿全身，怎麼看都像是在證明自己度過了多麼激烈的夜晚，尷尬的鄭利善邊漱口邊嘟囔著：「這好像……有點委屈。」

「哪裡委屈？」

「只有我的身體快碎了。」

無法傷害人類的能力條件竟然以這種方式作用，鄭利善像是在發牢騷，再次用水漱口，站在一旁的史賢爆笑出聲，接著在臉頰旁邊落下一吻，鄭利善說自己還要漱口最後一次並推開史賢，而當他最後一次把水吐出來，下巴馬上就被人握住。

「其實我一直很好奇，那個傷害人類的範圍到底是到什麼程度？」

「什麼？」

他突然在說些什麼？鄭利善感到詫異，史賢突然把食指和中指擠進鄭利善嘴裡，出乎意料的侵入讓鄭利善瞪大眼睛，史賢也沒管那麼多，搗弄著嘴巴並詢問：「你昨天也無法用力刮我的背，如果想著這並不是在傷害我，也沒辦法做到嗎？但是你卻能用碗盤碎片刮傷手？」

「應該，是連，立起，指，指甲，呃，都不行……」

「要咬咬看嗎？」

鄭利善覺得史賢既然提出這個問題，就應該把手移開，但是史賢的手指始終在自己的嘴裡繞著，也因為手指在嘴巴裡，自己說話有些漏風，手指甚至撫弄著整齊的齒列，像是要捏住舌頭一樣的撩逗，不斷地刺激口腔內部。剛刷完牙就發生這個情況，鄭利善覺得十分荒唐的同時，也變得很害羞。

儘管口腔裡清新涼爽，但是史賢的手指充滿熱氣，溫暖的手指掏弄著冰涼的舌面上下，鄭利善的內心混雜著非常詭異的感覺，既炙熱又冰冷，越是和那兩根手指糾纏，舌頭就漸漸升起一股黏膩的熱氣，令鄭利善起雞皮疙瘩。

而史賢不斷要自己咬咬看，親切地把手指放到虎牙下方，最終鄭利善微微皺眉，只能輕輕地咬了一口，也許這種程度的啃咬不算傷害，手指成功被咬住。

「沒辦法咬到出血嗎？」

「呃，那個，原本就不太⋯⋯」

鄭利善原本就本能地抗拒把別人的手咬到那種程度，這是一般人都理所當然會有的猶豫，但是史賢凝視著他，突然一把拉過鄭利善的手指放入嘴裡，狠狠咬了一口，皮膚表面裂開微微滲血。

「⋯⋯啊！」

「試試看咬到這種程度。」

「嗚，你到底，到底為什麼好奇這個啊⋯⋯」

鄭利善真的不知道該怎麼面對突然爆發好奇心的史賢，自己的手被咬到很痛，而史賢的手又還在自己嘴裡掏弄，最終鄭利善抓著史賢的手腕，咬了一口他的手指，鄭利善只想要趕快應付史賢的要求，盡快結束這一切。

但他雖然表情甚是悲壯，現實卻只停留在微小動作所造成的現象，鄭利善試圖狠狠地咬一口，但是身體似乎反射性地反對這個行為，下巴在最後一刻失去力氣，只形成了微微撫過肌膚的輕啄。

鄭利善莫名感到委屈，三番兩次地歪著頭重複啃咬，但是屢屢以失敗作收，就像是要示威的小動物，只能造成微弱的攻擊。

就在此時，史賢停下了動作。

漆黑的瞳孔靜靜地低頭望著鄭利善，那股寧靜的視線不禁讓鄭利善不安，他疑惑地維持握著史賢手腕的姿勢，抬頭看向史賢，而後緩緩地抽手，幸好手得以好好地放開。

「……現在可以了吧？」

鄭利善移動身體試圖往外走，而臉頰被史賢握住並迎來深入的親吻，充滿濕氣的呼吸在嘴裡完整地散開，鄭利善微微顫抖掙扎，最終被史賢抱入懷裡，鄭利善只能共享這份持久而深入的親吻，雖然鄭利善對於自己盡力滿足對方的好奇心，對方卻感到興奮而有些委屈，但是他也無法逃離眼下的情況。

史賢微微啃咬著鄭利善的下唇，期間也要鄭利善咬咬看自己的嘴唇，鄭利善像是被蠱惑一般，輕輕地咬了一口他的嘴唇，接著換來更加濃烈的深吻。哈，無法呼出的氣息像是呻吟般從唇間洩出。

伴隨著急迫的親吻，史賢的手伸進衣服裡，尋找著昨天留下痕跡的地方按壓著，開始刺激鄭利善，微微的疼痛以及伴隨而來的興奮，鄭利善覺得自己的大腦有種故障的感覺，身體互相碰觸著，兩人之間的距離縮短，昨晚的記憶、當時的感受也如實被喚起。

接著鄭利善感受到史賢環抱住自己的大腿，把他抬起抱著，事情發生得太突然讓他無法迴避，鄭利善慌張地試圖向後逃脫，但是史賢不斷追隨著他的嘴唇持續親吻。

史賢打開浴室的門開始走動，看見床鋪就在不遠的距離，鄭利善清楚知道這個舉動代表著什麼，他慌張地推著史賢的肩膀，最終被放倒在床上，臉頰不知不覺地脹紅發熱。

鄭利善與史賢的身體再次碰觸，雖然鄭利善深知自己開始感到興奮，但是有個必須點出來討論的事實，面對自己推不開，卻不斷細碎地啃咬著自己頸部側邊的史賢，鄭利善語無倫次地說著：「等、等等，等一下，今天，不是要，出發去，休假……」

「下午再出發就好。」

「做、做完再出發的話，沒辦法走，呃，會很難走路。」

「反正也只有待在室內的行程。」

「什麼？」

「我有說過我們兩個會單獨待在森林裡的別墅，你怎麼會那麼遲鈍，卻還是那麼可愛？」

史賢低聲笑著並到處在頸部留下痕跡，鄭利善面對被啃咬而襲來的刺激，發出呻吟、眼周收縮，鄭利善這才理解史賢所說的「休假」是什麼概念，是帶著怎樣的目的，鄭利善得出了一個結論，就算昨晚沒有做，史賢也會想方設法在休假地點做出這些事。

史賢安慰著啞口無言的鄭利善，撫摸著他的腰際，不知不覺間，史賢的那雙手把短袖圓領上衣完全向上推至最高處。

「所以你不用擔心，放輕鬆就好。」

「不，沒有，現在這樣就是我在擔心的事……」

「我會讓你開心。」

「……」

「你不是很喜歡嗎？對吧？」

史賢笑著撫摸鄭利善的胸口，從肋骨處一路掃過向上揉捻著胸部的舉動，讓昨晚的刺激一下子全數被召喚回鄭利善的腦海裡，腰際不禁顫抖著，鄭利善比自己以為的還要更敏感。

「啊，啊啊……」

最終鄭利善用雙手遮住自己通紅的臉龐，發出混雜著撒手放棄的呻吟，雖然覺得身體疲憊，但是昨晚的強烈快感已經開始讓身體興奮，鄭利善無法拒絕，史賢細碎地親吻著那雙手之下微微露出的下巴，嘴唇緩緩地向下走。

就這麼再次迎來了夜晚，直到那一夜結束，鄭利善都無法走出家門。

這是休假的第一天。

（完）

番外二

派對

Chord的長假結束後，舉辦的第一個正式活動就是「慶功宴」，為了紀念全數清除古代世界七大奇蹟突擊戰，他們決定盛大地舉辦派對，而最後一起清除第七輪副本的泰信公會也被列為這場派對的共同主辦單位。

這是一場鞏固新任HN公會長與泰信公會間合作的活動。

韓國排行第一與第二的公會通常處於競爭關係，不過HN的新任公會長提議結盟，而泰信公會也欣然答應，於是形成了合作關係。

派對舉辦在史賢愉快度過為期四天休假後的隔天。

當天一早史賢理所當然地在鄭利善的家裡。

「你還很睏嗎？」

「是誰讓我沒辦法睡覺的……」

才剛醒來，全身還癱軟在床上的鄭利善，對在一旁撫摸自己頭髮的史賢發牢騷，也許是因為史賢從今天就得去公會上班，他早起並且洗過澡的手多少有些冷冽。

鄭利善喜歡那雙冰冷的手碰到臉上的觸感，但是也對睡意消去感到可惜，他把頭埋進枕頭裡，嘟囔著自己還想多睡一下，史賢笑著收回手並走向廚房。

過去四天的休假，鄭利善都被困在史賢身邊，第一天甚至直接無法出發前往目的地，第二天好不容易離開家，卻整天待在別墅裡面，最多也只有走到別墅周邊散散步。

雖然俗話說萬事起頭難，但是這代表接下來就會通暢無阻嗎？這合理嗎？

鄭利善有點心煩意亂，最後昨天回家還是度過了一個費力的夜晚，導致他全身虛脫。今天開始Chord隊員也都會來公會，所以他本來想要上午就去上班，但是照目前的身體狀況來看，似乎必須等到下午才能起身，只有史賢像是在炫耀他身為S級獵人的體力，一切正常得很，這讓鄭利善感到非常委屈。

不過那些想法也在一湧而上的睏意之下煙消雲散，就在鄭利善的意識變得模糊，快要睡著的時候，某處傳來震動的聲響，是從床頭櫃那裡發出的聲音。

鄭利善後知後覺地發現是自己的手機發出的聲音，伸手摸索著手機確認螢幕，看見熟悉的名字就反射性地要接起電話，不過全身無力的他好幾次都沒能成功，好不容易終於接起電話時，手機的另一頭立刻傳來了開朗的聲音。

「利善修復師！」

「啊……妳回韓國了啊。」

是韓峨璘打來的電話，她說自己搭昨天晚上的飛機回來，現在剛到機場，韓峨璘從以前就會偶爾會打電話給鄭利善確認他過得好不好，而在第七輪副本結束後，打電話的次數變得更頻繁了，除了簡單的問好，她還問鄭利善要不要一起出去玩，就像是在照顧年幼的弟弟一樣。

韓峨璘出國旅行的期間都只用通訊軟體聯絡，一回到韓國她就打電話來，鄭利善微微一笑並應聲回答，但是韓峨璘卻顯得有些慌張地回問。

「你該不會是被我的電話吵醒了吧？」

手機的另一頭傳來鄭利善的聲音，百分之百是睡到一半醒來，聽見低沉無力的呢喃語調，韓峨璘連聲抱歉，鄭利善急忙解釋並非如此。

「沒有啦，我睡醒一陣子了……只是不想起床……」

「啊啊，不想起床的時候就要再多睡一下！今天傍晚的派對會很漫長，不如趁現在多睡一點……」

韓峨璘笑著叫鄭利善繼續睡的時候，史賢來到鄭利善身邊。

「利善，吃完早餐再睡。」

最近這四天都是史賢準備三餐，鄭利善每天早上都因為前一晚的後遺症而無法好好走路，全身軟綿綿，史賢還會抱著他移動到餐桌上，這件事重複了幾天，鄭利善也理所當然地把手伸向史賢，並且詢問當天早餐吃什麼。

起初鄭利善對於史賢親自為自己下廚感到十分陌生，但是現在也習慣了，史賢是極度……如實還原食譜，會做出教科書等級料理的人，味道也不賴，不對，甚至是非常優秀的水準，讓鄭利善漸漸習慣地享用他煮的飯菜。

似乎是對於抱著鄭利善走向餐桌的情況感到愉悅，史賢語帶笑意，並用低沉的聲音朗誦今天的菜單，簡單地拌炒了培根的歐姆蛋。

鄭利善點點頭表示滿意的時候，身旁傳來另一個人的聲音。

「……為什麼，為什麼那個聲音，會從你那邊傳來？」

鄭利善頓時忘記自己還在跟她講電話，韓峨璘當然不知道為什麼鄭利善明明像是剛起床，而史賢卻在鄭利善身邊，也當然無法理解為什麼他們兩人現在能夠如此自然地對話，雖然她只有隱約聽見兩人的對話內容，卻覺得那個氣氛似乎還有點溫柔。

此時史賢發現鄭利善在跟韓峨璘講電話，拿起放在床上的手機，用非常自在的語調說道。

「妳回韓國了嗎？」

「喔，對啊……我剛到。」

「那妳幾點會進辦公室？整理行李完再過來，大概也中午了吧？」

「應該……吧？我打算跟大家一起吃午餐……」

「妳盡量中午到。對了，利善，你也是中午進辦公室嗎？韓峨璘獵人說想一起吃飯。」

「如果我到時候有起來就去……」

「你盡量中午來吧。」

不知不覺間，鄭利善在史賢的懷裡再次乖乖地發睏，看見鄭利善呢喃的回答，史賢微微一笑並輕輕拍著他的背，並且告訴韓峨璘，如果鄭利善沒有主動打電話，就不要先打電話來吵醒他，接著就掛斷電話。

史賢抱著鄭利善移動到床上，展開一段非常祥和的畫面，而電話的另一頭卻陷入了極度的混亂。

「……」

機場前方，萬里無雲的天空下，韓峨璘靜靜地低頭看著被掛斷電話的手機，隨著電話被掛斷，螢幕亮起顯示目前的時間，八點零二分，的確有點早，發現自己似乎吵醒鄭利善，韓峨璘感到很抱歉的同時，卻也不斷萌生「為什麼？」的疑惑。

雖然她知道在突擊戰期間，由史賢全權負責照顧鄭利善的狀態，但是在突擊戰之後也是如此嗎？史賢原本就都會親自幫鄭利善準備早餐嗎？不對啊，她明明記得之前聽鄭利善說過，他都是自己在公會大樓前面吃完才進辦公室的耶？

為了搞清楚為什麼史賢會在剛睡醒的鄭利善身邊，韓峨璘的大腦瘋狂運轉，該不會自己現在還在國外吧？是自己算錯了時差嗎？是因為手機地區尚未同步，所以時間顯示異常嗎？

「……究竟是怎樣啊？」

韓峨璘臉上帶著混亂並嚴肅地擔心某人的神情，站在原地好一陣子。

▲

鄭利善抵達Chord辦公室時，大概是下午一點多。

沒能赴約中午Chord獵人們的午餐聚會，雖然有點可惜，但是其實最近對鄭利善來說，睡覺才是最重要的事，因此也沒有太遺憾，要是早上史賢沒有叫醒自己，自己也一定會沒吃飯就一路睡到中午才睜眼起床。

「哇，修復師！好久不見！」

「休假有好好放鬆嗎？」

一進辦公室，獵人們就歡迎著鄭利善的到來，眼前都是好久不見的熟面孔，鄭利善也開心地跟大家打招呼，此時韓峨璘突然從遠處冒出來，在辦公室最裡面的她一聽到鄭利善來了，就急急忙忙地跑過來。

氣勢凌人的她讓鄭利善一陣哆嗦，韓峨璘也不管鄭利善的反應，迅速地抓著鄭利善的雙臂詢問。

「利善修復師！你還好吧？」

「什麼？」

「你沒事吧？」

「……什麼？喔，對……我，我沒事。」

難以理解的一連串問題狂轟猛炸，就算韓峨璘最近都有持續打電話對自己噓寒問暖，但是如此激動地確認自己狀態的韓峨璘，還是讓鄭利善慌張地愣在原地。鄭利善隱約想起早上通過電話的記憶，不過根據他的印象，通話的內容應該沒什麼問題才對。

鄭利善用百思不得其解的眼神看向韓峨璘，她這才長嘆一口氣並露出微笑，搖頭表示什麼事也沒有，卻忽然發現鄭利善身上的陌生之處。

「咦，利善修復師，你今天沒有穿短袖圓領上衣耶。」

鄭利善今天進辦公室的服裝和平常不一樣，通常他都會穿連帽上衣，或是輕便的短袖圓領上衣，外面套一件連帽外套，今天卻穿著黑色襯衫來辦公室，扣到頸部的鈕扣，看起來十分端莊，褲子也穿了黑色休閒褲，雖然符合全身黑的流行，但是的確不是他的穿衣風格。

也許是鄭利善的膚色偏白，因此穿上這身服裝更有些微妙的氛圍，隊員們看見不一樣的鄭利善，稱讚這身衣服很適合他，此時奇株奕突然插了一句話。

「莫名跟隊長感覺有點像耶！很適合你！」

其他獵人也點頭表示同意奇株奕的看法，並說著史賢和鄭利善待在一起變得越來越相似，大家的表情卻忽然之間都變得黯淡，急忙收回剛才說的話。鄭利善不知道該對他們做出怎樣的反應，只能尷尬地轉移著視線。

其實鄭利善今天是逼不得已才穿這種衣服來辦公室，史賢不斷地啃咬頸部和鎖骨留下痕跡，鄭利善從兩天前就死守著這個部位，但是先前留下的痕跡卻一點也沒有消去，所以無法穿短袖圓領上衣，即使已經進入季夏，但是襯衫很薄，為了以防吻痕透光，鄭利善只能挑一件黑色的襯衫穿上。

就在鄭利善尷尬微笑時，話題自然而然地改變了，在休假期間，有一部分的 Chord 獵人們一起出去玩，一部分則和家人或親朋好友度過時光，彼此許久不見，有許多話題可聊，各自說著休假期間的趣事，此時羅建佑突然詢問：「利善修復師休假期間去了哪裡呢？」

「……什麼？」

「聽說你和隊長一起休假，一定是去很奢華的地方吧，想必是大手筆地揮霍了一番。」

雖然羅建佑只是提出非常平凡的一個問題，但是鄭利善的臉色變得有點，不對，是變得非常差。他用變得蒼白的臉孔，轉動著瞳孔，拖拖拉拉地回答，只是在一座安靜的森林裡，去了一個杳無人煙的地方，說話的同時還不斷擔心自己的聲音有沒有顫抖。

但是羅建佑並沒有發現異常之處，聽完鄭利善的回覆便點點頭，稍微觀察就能得知鄭利善在人多的地方會感到不自在，所以羅建佑認為他和隊長是故意去人煙稀少的地方休假。

「你們的休假一定玩得很盡興吧？唉唷，株奕好像有點喜歡被關注，一直做些很引人注目的事情。」

奇株奕和 Chord 的獵人們一起去海邊玩，獵人們知道最近的突擊戰引起很多人的注意，還故意挑了沒什麼人的海邊，但還是有遇到幾位一般民眾，他們看到 Chord 非常驚訝，因為奇株奕熱情地對他們揮手打招呼，晚上甚至還在海邊的天空用魔法施展了一次性的火光秀，羅建佑說著這些故事並搖搖頭。

面對這種近乎打小報告的情況，奇株奕委屈地大喊：「你那個時候明明還說很開心！修復師，你不要聽那個大叔胡說，火光秀超好看的。」

奇株奕用手機給鄭利善看了當時的影片，雖然看不出來是一起去的隊員拍的，還是民眾拍的影片，但是火光在夜晚的海邊綻放得非常美麗，甚至描繪出龍和花的形狀，展現了多元的樣貌，老實說鄭利善非常驚艷。

看見鄭利善對影片中的火光下感到驚歎，奇株奕用非常欣慰的神情下定決心，如果下次一起去玩，到時候會在鄭利善面前展現自己的藝術魂，鄭利善在不知不覺間，開始會因為隊員們口中的未來故事微微一笑、點點頭。

「今天的煙火好像也會非常華麗，真是期待，聽說是泰信那邊負責準備。」

話題自然地轉變了，今天的慶祝派對預計會在傍晚開始舉行，因為是Chord和泰信公會共同主辦的派對，許多項目也分頭準備，其中點綴活動結尾的煙火秀是由泰信率先提議負責。

雖然第七輪副本當時是在各種交易之下才促成兩支隊伍聯合進入，但是成功的結果也讓泰信被列為清除副本的進攻隊伍之一，因此泰信想要藉由這個煙火秀贈予回禮。

Chord的獵人們面對這樣的派對，都顯得有些蠢蠢欲動，加上這次派對有許多部分，是由隊員們代替忙碌的史賢花心思準備並主導決議，所以大家更加流露出對派對的期待，雖然鄭利善對於這樣的氣氛感到很新奇，在稍微習慣過後，也加入了派對的話題。

隨著時間過去，大家先行解散並約好傍晚在派對會場見面。

鄭利善去找史賢一起準備，穿過幾次西裝似乎也稍微習慣了，現在已經沒有第一次穿西裝那種不自在的感覺，領帶束緊了襯衫的領口，完全遮住了頸部的痕跡，這也讓鄭利善更加放下心中的不安。

撓弄著後頸的鄭利善瞥向一旁的史賢，他站在鏡子前熟稔地繫領帶，白襯衫的領口底下一點吻痕也沒有，鄭利善莫名感到委屈，直愣愣地瞪著鏡子。史賢笑著輕輕撫摸鄭利善的後頸，他的動作代表他清楚知道鄭利善在想什麼。

「你想要的話，可以讓你咬咬看。」

「我沒有，沒有在想那個。」

史賢的聲音極度溫柔，鄭利善險些無法指出他話中的問題之處，他用荒唐的表情抬頭看著史賢，對方則是一副氣定神閒地模樣接著笑著說道：「不一定要咬得很用力才會留下痕跡，只要持續用嘴深深吸吮，也會留下痕跡，你要試試看嗎？這應該不屬於傷害人類的範疇，看來是可行的。」

「不、不用了，沒關係。」

「那你想要的時候再跟我說吧。」

鄭利善連續三次的否決讓史賢微微笑了出聲，其實鄭利善隱約是個富有好奇心的人，此時的他心裡已經想著總有一天一定要試試看，鄭利善的臉龐因為難為情而變得通紅，史賢以非常愉悅的心情轉換話題。

「我把你將和 Chord 共事的正式聲明安排在派對一開始宣布，所以只要那個流程結束，我們先回去也沒關係。」

「什麼？」

「你不是對人多的地方有壓力嗎？這次派對的來賓會比上次創立週年紀念派對還要多。」

「啊……但是公會長的位置可以空在那裡嗎？」

「這個嘛，不會有太大的問題，只要最後回來露個臉就好。」

史賢俐落地回答，泰信負責準備最後一個橋段，至少要禮貌性地觀看比較好。因為Chord和泰信處於交易的立場，史賢表示必須在最後一個橋段回來露面，而鄭利善卻說不需要特地為了他回去一趟。

史賢似乎是要自己不用逞強，這讓鄭利善有些難為情地舔著嘴唇。

「不用，嗯……我可以待到最後沒問題，畢竟這也是和隊員們一起慶祝的時光……」

鄭利善從今天開始就正式成為Chord的一員，如果說先前是簽定只有在突擊戰期間合作的契約，那麼現在就是直接登錄為Chord的隊員了，雖然鄭利善從之前就對Chord產生了歸屬感，但是自己卻默默地與那些情感劃清界線。

不過鄭利善現在已經全然地接受那份歸屬感，即使對於一起工作還是感到有些不習慣，但是並不會排斥，史賢確認了那張臉上微微浮現的情感，笑著撫摸著他的臉頰。

「是啊，這也是利善的隊伍。」

「……對。」

鄭利善有些害羞地點點頭。

「現在你確實屬於Chord了，應該不會像以前一樣有人來挖角你，要是還遇到的話，就直接無視吧。」

「如果對方提出了比Chord的條件還要好的提議呢？」

「無視吧，沒有地方會開出那種提議。」

「好……」

鄭利善只是開個玩笑隨口問問，卻得到了比想像中還要堅決的答覆，聽見對方冰冷的嗓音，鄭利善看了看他的臉色，表示自己知道了。

「待會應該會有人為了拓展人脈接近你，如果讓你有壓力，就待在韓峨璘獵人身邊吧。」

史賢在今天的活動中將會非常忙碌，這是他成為公會長之後舉辦的第一個正式活動，會有許多人來看他，他必須花上一段時間應酬，因此無法時時待在鄭利善身邊，他告訴鄭利善會累的話就去找韓峨璘，鄭利善頓時覺得自己被當作一個被丟在岸邊的小朋友，尷尬地笑了。

實際來到宴會場地，真的來了許多人，光是在 Chord 辦公室看到參加名單的長度就很驚人了，現在親眼見到實際情況，人多到令人衝擊，獵人協會會長也有出席，甚至還有多位外國人士出席，顯示這場派對有多壯觀。

兩支隊伍包下了整棟四層樓的建築物舉辦派對，一樓主廳最為寬闊，而內部有著高樓層可以往下看見一樓的空間設計，一樓戶外有游泳池，也把室外空間布置得像派對場地一樣華麗，連接每根柱子的燈組也很美麗。

鄭利善忽然回憶起準備慶功宴的時候，Chord 的獵人們興高采烈地說，一定要比之前史允江舉辦的活動更加盛大和華麗，眼下這個場合真的能清晰感受到大家的熱情和努力，天花板無止盡地挑高，空間體感上比當時還要寬敞，甚至主廳中央還有噴水池。

「嗚哇，修復師！你這次也穿得好帥！」

Chord 主力成員發現史賢和鄭利善後聚集過來，兩人身穿乾淨利落的丈青色西裝，如果說鄭利善穿的是兩件式西裝，那麼史賢穿的就是西裝中的最佳經典三件式西裝，奇株奕看見兩人西裝筆挺的模樣，如實說出自己當下浮現的想法。

「你們的衣服很像耶！是故意搭配的嗎？」

那句話讓鄭利善以稍微尷尬的表情晃動視線，史賢若無其事地說要訂製衣服互相搭配，鄭利善因此一直以為這次活動 Chord 全員都會穿同樣的服裝，直到今天白天在辦公室跟獵人們聊天，聽見他們聊到自己的派對穿著，才知道只有自己和史賢互相搭配服裝。

但是鄭利善不知道該對直到今天傍晚都神色如常地換穿西裝的史賢說些什麼，最終只好乖乖地穿上西裝，而且其實也因為是西裝，兩人互相搭配的服裝才顯得沒那麼明顯，大部分出席派對的人都身著西裝，暗色系也是非常常見的款式，應該可以適當地隱身在人群裡。

再加上鄭利善穿的是兩件式西裝，史賢除了穿著三件式西裝之外，兩人身形也非常不同，並不會一看就覺得相似，因為鄭利善身材纖瘦，史賢則是肌肉勻稱，兩人的身形差異其實非常明顯。

因此奇株奕說出那句想法之後，便喃喃自語「還是沒有？好像也有點不一樣」。羅建佑點點頭表示應該只有搭配顏色，站在他們身邊的韓峨璘莫名用事態嚴重的眼神輪番看著鄭利善和史賢，最終找出了另一個差異之處，笑著稱讚：「利善修復師，你繫的領結很可愛。」

史賢繫了經典的領帶，鄭利善的則是蝴蝶形狀的短領帶，韓峨璘看著鄭利善每次都覺得穿西裝很尷尬，但現在還會一點一點挑戰其他風格，韓峨璘露出了吾家有兒初長成的表情。

實際上在這群人之中，對時尚最有眼光的人是韓峨璘，她每次出席派對都會穿著最顯眼也最貼合本人的衣服，之前她成功撐起了湛藍色西裝，今天則穿了大版型的酒紅色西裝，寬大的西裝外套底下是黑色的無袖背心，下半身高度及腰，是下襬漸漸加寬的版型，她結實的腹肌在服裝之下微微露出，成就了一身非常有魅力的時尚穿搭。

因此當她稱讚人很適合身上的衣服，那就是真的適合。不過她用懷疑兩人有點不對勁的眼神，快要盯穿他們身上的衣服，鄭利善感到詫異，她才笑著說什麼事也沒有。

「我也有繫領結耶。」

「是啊，利善修復師消化服裝的能力真好，因為腿很修長。」

在韓峨璘稱讚過後，奇株奕微微插嘴一句，但是韓峨璘連看都沒看，羅建佑點頭附和著她說的話，看見奇株奕的表情似乎有些受傷，鄭利善不知所措地安慰他也很適合這身服裝，最終大家都笑出了聲。

很快地，史賢和申智按一起前往申瑞任所在的地方，申智按原本在Chord裡就是史賢的隨行祕書，隨著史賢當上公會長，申智按也跟著忙碌起來。

鄭利善微微瞥向那裡，卻和申瑞任對視到，就隔著遙遠的距離迷迷糊糊地打了招呼，雖然申瑞任露出想來找鄭利善說話的眼神，但是眼下似乎有必須要解決的事情，於是申瑞任先和史賢說起話來。

此時，韓峨璘拿著一個香檳杯回來並遞給鄭利善，備感欣慰地說著。

「這次的酒單是我親自挑的，你應該會喜歡這個。」

酒單是這次派對準備期間，韓峨璘最精心籌劃的部分，雖然鄭利善沒有親自參與準備，但是他知道韓峨璘在會議室裡認真地挑酒。小心翼翼地接過酒杯喝了一口，嘴裡蔓延的甜蜜滋味讓鄭利善不禁讚歎，甜而不膩的酒香不會一直充斥在口腔內，只留下適量的殘香便消散而去，而且氣泡量也很剛好，入喉時並不會感到負擔。

鄭利善不大喝酒，在這方面是門外漢，但是他知道這杯酒是真的好喝，鄭利善如實地稱讚酒很好喝，韓峨璘露出了滿意的微笑。

「啊，我就說尋找利善修復師的喜好很有趣。」

這群人以前把鄭利善每次露出的笑容都當作破解任務一樣，現在漸漸地對於尋找鄭利善的喜好樂在其中，尤其是當鄭利善吃到美食的時候，眼睛會微微睜大，咀嚼速度會放慢，他們似乎覺得鄭利善的反應很有趣。

羅建佑之前就發現鄭利善喜歡吃哈密瓜，現在已經過了產季，他笑著說明年產季一到，一定會先幫鄭利善準備好，在旁邊聽著對話的奇株奕，嘟囔著只剩自己還沒找到鄭利善的喜好。

雖然鄭利善依舊尚未習慣這些朝自己而來的溫柔善意，但是他現在坦然地接受了一件事，這些善意確實讓自己心情變好，他最終笑出了聲。

派對還沒正式開始，宴會場地卻早就人聲鼎沸。

在覺醒者的社會裡人脈也很重要，甚至需要跟有影響力的一般人有些交情，所以在這個慶祝大韓民國最精銳獵人隊伍歷史性地全數清除突擊戰的空間裡，當然會有許多人為了抓住一絲機會而出席這場派對，鄭利善環視四周都是有頭有臉的人。

而鄭利善在這樣的空間裡漸漸感到疲累，也是很正常的事情，雖然他知道自己因為突擊戰而引人注目，但是那些不斷逼近的視線讓他感到有點，不對，是極度有壓力，不過他還是想跟隊員們待在一起，在派對會場硬撐的鄭利善不斷摸著自己的頸部。

對於總是穿著簡便短袖圓領上衣的鄭利善來說，扣到頸部最上方的西裝讓他覺得非常拘謹，再加上眼下情況帶給他的壓力，只覺得衣服更悶熱了，因此不斷地摸著領口，最終……

「咦，修復師，你的脖子被什麼東西咬了嗎？」

「什麼？」

聽見站在一旁的奇株奕這麼說，鄭利善大吃一驚，突然驚訝地全身顫抖，這個反應讓奇株奕非常慌張，他只是因為看到頸部上有個像是瘀青，還帶有一點淡紅色的痕跡，才開口詢問。

但是鄭利善是真的非常驚恐，甚至馬上用手遮住頸部，臉色變得蒼白，把領結向上猛拉，轉移著視線。

「什麼、什麼也沒有，我先去一下其他地方。」

鄭利善聽說主廳後面有化妝間，雖然襯衫已經完全遮住頸部，但是他依然莫名感到不安，認為必須看著鏡子整理儀容才行，奇株奕愣在原地看著鄭利善離去的背影，只覺得是出現了什麼問題，沒有多想就撇過頭轉了回來。

雖然主廳人聲鼎沸，但是後方的走廊卻相對安靜許多，現在似乎剛好是人們往派對會場聚集的時候，沒有人像鄭利善一樣往反方向離開，他獨自快速地走在寂靜的走廊上。

走著走著，終於看見長得像化妝間的房間，正準備往那裡而去的時候，鄭利善的手腕突然被猛力抓住。

「哇，要見你一面還真難。」

「這段時間以來過得好嗎，利善？」

聲音落在耳邊的當下，鄭利善停住了動作，雖然尚未確認來者是誰，但是一聽到那個聲音就感到毛骨悚然，腦袋也停止思考。低聲恥笑，像是在嘲諷自己的語調，那是鄭利善過去四年來聽到厭煩的聲音。

鄭利善像是故障了一樣，僵硬地轉過頭來，他的臉上開始失去血色。

「你、你們為什麼在這裡。」

鄭利善的聲音反射性地顫抖起來，過去殘酷的記憶讓他無法依照自我意志行動。

現在站在鄭利善面前的五個人，是宏信公會的成員。

宏信公會的成員大部分都在一年前，也就是第二次大型副本中喪命，以公會長為首，主力成員全數死亡，因此公會也自然面臨瓦解，但是當時沒有參與第二次大型副本的成員還活著。

宏信公會原本就是表面掛著公會之名，實則專門執行放貸業務，裡頭混雜著一般人當中被稱之為黑道的族群，以及等級較低的獵人，是個惡質的集團。S級修復者被詐欺契約綁在那樣的公會裡，成員們藉此賺取錢財好一陣子，而在第二次大型副本之後，整個公會分崩離析。

不過一年之後，鄭利善再次重啟活動，而且是加入韓國最著名的獵人隊伍，並在突擊戰攻略中給予極大幫助，宏信公會成員們知道鄭利善的修復能帶來多少財富，當然也能猜到在世界矚目的突擊戰中，表現活躍的鄭利善肯定拿到數目不小的獎金。

分散的公會成員在大型副本之後還是維持聯絡，他們接著在電視上發現鄭利善的蹤影，有著相同想法的成員們聚集起來，來到了這場派對。他們從之前就在等候適當的時機，但是苦無方法進入HN公會大樓，加上只要在外行動，鄭利善的身邊永遠都有人陪著，於是他們終於等到機會，好不容易拿到今天派對的邀請函，前來逮住鄭利善。

其中一位男人笑著對鄭利善說：「你怎麼好像一副看到怪人的樣子，我們是真的很開心能見到你耶。」

「到底哪裡開心……唔！」

鄭利善厭惡地試圖抽手，但是他的手腕被緊緊抓住無法甩開，對方用力到他被抓住的部位周圍已經開始發白，鄭利善踢腳掙扎，他們往前伸出手，示意鄭利善冷靜下來。

「沒有、沒有，我們現在不是來威脅你的，利善，你知道嗎？我們這麼久沒見了，當然是要聊天敘舊啊。」

「而且還要結算清楚之前還沒了結的契約啊。」

「……什麼，契約？」

聽見他們故作和氣的聲音，鄭利善好不容易才隱藏自己反感的情緒並說道。現在走廊上只有他們和自己，必須盡可能地保持沉著，但是當聽到他們說出「契約」這個詞彙時，鄭利善的心臟就開始不祥地震盪。

曾經以為這輩子再也不會遇見的人，此時竟然出現在自己面前，甚至聽到他們口中說出契約這兩個字，這一刻鄭利善只能不斷回想起那段過往。

五年前，宏信公會長闖進他和朋友們在龍仁的住處，把契約書丟在他們面前，威脅他們蓋手印簽字，當年他們才都剛滿二十歲，甚至在這之前都沒有真正意義上的監護人，就被迫簽署詐欺契約，發現可疑的地方也無處伸冤，只能被困在那個惡劣公會裡。

想起當時的記憶，鄭利善的呼吸開始變得不穩定，他們笑著將文件攤在開始氣喘的鄭利善面前。

「你當時還沒償還完所有債務就跑了，不是嗎？應該要做到那個月結束，才算是走完整個契約吧？」

「……」

「但是那件事發生在月初，接著你就完全銷聲匿跡，因此債務也就留到了現在，再加上已經過了一年多，應該還要算上不少利息……」

抓著鄭利善手腕的男人用假裝心疼的語調，說他們其實也不想這麼做，但是契約上就是這麼寫，他們也沒辦法……

「所以你只要還清剩下的債務和這一年多的利息，這份契約就能完全結束。」

他們親切地繼續說明契約上的條款，雖然宏信公會已經消失，但是契約上的債權人如果因為自然災害或意外發生，而導致無法收到款項，可由代理人代替收取款項，鄭利善的瞳孔緩慢地，非常緩慢地眨了一下。

他的臉色依然蒼白，曾經的宏信公會成員們互相交換著得逞的眼神，鄭利善順從又安靜，一直以來都是易於操控的對象，於是他們裝作大發慈悲地繼續說下去。

「只要解決這筆錢，我們的緣分也到此為止！我們會完全從你的人生中消失。」

「我們也知道你非常辛苦，但是利息一直滾，我們還能怎麼辦，只能在滾成更大筆金額之前，趕快來見你一面。」

他們溫柔地說著並把文件遞給鄭利善，那是一疊厚厚的文件，上面寫著造成債務的原委以及必須償還的金額，鄭利善看起來沒有逃跑的念頭，於是他們放開他的手腕，鄭利善小心翼翼地撿起那些紙。

鄭利善安靜地翻著文件，確認寫在最後一頁的金額之後，發出了微弱的嘆息，哈，像是苦笑般的一聲嘆息落在空間裡，文件上寫著就算剩下的債務滾了一年的利息，也不可能形成的誇張金額。

因為不安而動盪的淺褐色瞳孔幾番消失在眼皮之下。

嘩！鄭利善把文件往他們身上丟，數十張文件散落在空中。鄭利善用顫抖的聲音說著：

「你們還覺得……還覺得我跟當年一樣嗎？所以才來找我說這些鬼話嗎？」

在冷冽的氣氛中，鄭利善斷斷續續地說著，甚至開始用輕蔑的眼神看著他們。

「你們為了拿到這麼一點錢，至於用到這麼卑劣的手段嗎？」

鄭利善似乎對他們感到很失望，雖然文件上的金額絕對不是「這麼一點」，但是對於說出這句話的鄭利善而言，卻絲毫不會顯得尷尬，正式作為S級修復師開始活動，而且是跟Chord共事，鄭利善所看到的金額數字自然大有不同。

雖然有時還是會想起曾經被扣留在宏信公會工作的苦澀過往，但是再次見到這群人，鄭利善只覺得想吐。

而宏信公會成員們看見鄭利善這樣的反應，一開始有些驚訝，接著漸漸因為被侮辱而臉色脹紅，過去四年來，鄭利善在他們面前一直都是「弱者」，而那樣的鄭利善竟然把文件丟在他們面前，還嘲諷、無視他們。

「本來打算好好跟你談……是你逼我的。」

站在前面、體型最魁梧的男人馬上抓起鄭利善手腕，鄭利善快速往後避開並試圖逃跑，但是他無法一個人閃掉五個男人，何況這群人之間還有D級獵人。

鄭利善走不到三四步就被他們逮住，雖然試圖掙扎，但是手臂被緊緊拽住，手痛到像是快被折斷一樣，鄭利善咬緊嘴唇，反射性地向上看。

掛在天花板上的日光燈，還有自己身後的影子。

鄭利善快速地環視四周，觀察是否有能夠摔破的東西，自己已經進行這麼長時間的對話，「他」都還沒察覺，鄭利善推測是因為他的周遭環境過於吵雜所致，這也是理所當然的事情，因為他身處大廳的正中心。那麼根據鄭利善之前聽到的說法，自己無論如何都要吸引他的注意，但是目前手邊沒有能夠摔破的東西。

鄭利善的臉上浮現一絲無助，那群男人向前走向他，而影子幾乎要完全消失的時刻，他急忙地大喊。

「史賢……嗚！」

「這個瘋子！」

突然發現鄭利善準備大喊，這群男人便立刻摀住鄭利善的嘴。過程中鄭利善的身體向後傾，伴隨著哐啷聲響往地上倒去，這幫男人也跟著他壓低身子，箝制住他的手掌、手臂、雙腿，擔心隔壁主廳會發現這裡的騷動。

他們悄悄瞥向壁面，接著馬上互相交換眼神，雖然鄭利善持續掙扎，但是他的手腳都被抓住無法逃脫，體型魁梧的男人覺得鄭利善的反抗很可憐，斜眼看待並發出嘖嘖唾棄聲。

「先把他拖去外面，在那邊繼續聊一下，我們利善應該會改變想法吧。」

他們只想要把錢弄到手就離開，但是鄭利善的表現令人煩躁，考慮到鄭利善的人脈，他們必須盡可能快速拿錢閃人。這次的事情辦完之後，他們計畫直接逃亡到國外，各自都往走廊的盡頭使眼色，穿過這個走廊，就有一扇通往建築物後方停車場的門。

在交換過眼神後，他們點點頭，終於準備抬起鄭利善移動的時候。

「你們這麼溫柔地稱呼他還真是沒必要，據我所知，你們之間並不是友好的關係吧。」

上方傳來非常溫和的聲音，與空間裡的緊張氣氛完全不搭的溫柔語調，讓人感受到清晰無比的衝突感。

因為這群男人跟著癱坐在地上的鄭利善而彎低身體，他們緩緩地抬頭看向聲音的來源。鄭利善比誰都清楚站在影子末端的人是誰，不只是因為他很有名，更是他們覬覦著接近鄭利善的機會，卻又無論如何都想避開的那個存在。

史賢。

史賢理所當然地站在鄭利善身後，低頭看著他們，剛才沒有任何人過來的動靜，這個走廊距離通往大廳的門也有一段距離，他們完全不知道史賢是怎麼來到這裡的。面對張大嘴巴僵在原地的他們，史賢親切地告訴他們眼下該做的事。

「先把你們的手放開吧。」

史賢對抓著鄭利善手腳的那雙手使了眼色，其中幾位反射性地鬆手，但是其中一位男人仍然繼續抓著鄭利善的手臂，並不是因為他不屈服的傲氣，只是因為對於史賢的存在過於驚訝，只能愣在原地，史賢看向他並收回了眼眸。

「我叫你放開，你為什麼不聽話？」

此時，男人的影子往上竄起，把男人拴在牆上。砰！牆壁隨著聲音微微晃動，面對被自己的影子揪住衣領的情況，雖然男人試圖踢腳掙扎，但他當然無法掙脫。

一邊發生騷動的同時，另一邊史賢低身確認鄭利善的狀態，仔細檢查鄭利善身上是否有傷，鄭利善對於自己真的把史賢喊過來的這件事感到非常驚訝，眨著眼睛盯著他看。史賢仔細端詳鄭利善的手腕和腳踝，發現兩邊都有些紅腫，似乎還有點瘀青。

鄭利善的模樣讓史賢的瞳孔變得陰森黯淡，前方的男人們指著史賢的鼻子大喊，牆壁上依然有一位男人喘著粗氣，史賢一點也不在意那裡的狀況，那份沉穩令人毛骨悚然。

「不、不能對一般人使用能力！」

「你去檢舉啊。」

史賢緩緩地起身說道，端正的臉上浮現了令人感到驚恐的優雅微笑。

「什……什麼？」

「看你是要找獵人協會檢舉，還是找覺醒者管理本部處理，兩個都不是的話，就去放消息給媒體，你想怎麼做就怎麼做，如果那是你認為最好的抗議方法。」

「……」

「不過很遺憾，我並不那麼認為。」

史賢低頭打量散落一地的文件，似乎大概了解了在此之前發生的情況，他發出了短促的嘆息聲。鄭利善似乎腿有點疼痛，起身的時候一個踉蹌，史賢握住鄭利善的手臂，要他先到旁邊的包廂稍作休息。

當鄭利善頓悟這句話的涵義，立刻慌張地抓住正往他們而去的史賢。鄭利善挽留的動作十分著急，史賢也只是笑著告訴他，自己會迅速解決完去找他。鄭利善正準備解釋自己抓住他並不是因為那個原因，此時史賢輕揉鄭利善的臉頰並稱讚他。

「你做得很棒。」

無比溫柔的嗓音落在耳邊令人發癢，鄭利善發現史賢對於自己喊出他的名字感到非常開心的同時，一股難為情的情緒也油然而生，就這麼向後轉身走向隔壁的包廂，幾乎像是要把自己關起來。

而後，史賢走向那群顫抖的男人們。

雖然他們從剛才就試圖逃跑，但腳踝被影子綁住而無法逃脫，儘管他們往地板壓低身體，試圖掙扎著爬離現場，不過史賢從後方走來的腳步聲越來越近。

「解……解開這個！」

似乎是被恐懼戳中，顫抖的聲音讓史賢詫異地詢問。

「解開了，然後呢？」

「……什麼？」

「解開之後……會有什麼改變嗎？」

史賢像是完全無法理解的人一樣歪著頭，突然鬆開了影子，抓住腳腕的黑色疙瘩從影子中射出便迅速消失，他們見狀就馬上起身跑走。

史賢出神地看著男人們氣喘吁吁逃跑的背影，並沒有追上去，這讓他們稍微放下心來，卻馬上知道原因，不管他們怎麼跑，身後都會形成影子，所以跑也沒有用。

「……先往旁邊！」

他們心想必須趕緊離開史賢的視線範圍，於是迅速地躲進旁邊的房間，慌亂的舉動讓他們被自己絆住腳踝，其中幾位甚至撞在一起，好不容易才全員進到房間裡。他們先鎖上門之後，馬上尋找能夠逃往外頭的窗戶，窗戶有點小但是只要一位一位快速地逃離這裡……

喀噔，此時他們聽見了門被打開的聲音。

明明已經鎖門了，史賢卻順利地打開門走了進來，讓他們不禁覺得一連串的情況，就像非常正常的自然現象一樣，陷入衝擊的他們甚至沒有清楚聽見門把粉碎的聲音。

「現在，你們的逃跑結束了嗎？」

溫柔的嗓音令人毛骨悚然，史賢打量著眼前張大嘴巴僵在原地的他們，便撥電話給申智按，鈴聲才響沒有幾秒，她就接起電話。

「管制大廳右側走廊出入，幾分鐘後叫人來整理場地。」

「好，派兩個人夠嗎？」

「應該夠。對了，利善在八號包廂，請羅建佑獵人去確認他的狀態。」

在平靜的通話過程中，包廂裡的人們臉色不斷發青，沉穩的對話反而讓他們感受到嚴重的生命威脅，急忙跪在史賢面前大喊。

「我們不會再……不會再招惹他了！」

此時，史賢正好掛斷電話，詫異地低頭看著他們，黑色瞳孔裡滿是新奇，他眨了眼並詢問：「難道你們覺得，這件事你們說了算嗎？」

「……」

在冷冽的沉默之下，史賢露出了微笑，似乎是對於他們招惹人在先，事到如今才改口認罪以求保命的行為，感到可笑而做出的嘲諷，黑色瞳孔無比寒冷，他們的臉上也漸漸瀰漫著恐懼，這群男人們猶豫地向後爬，開始尋找房間裡是否有能夠防衛的物品。

他們這輩子甚至沒有和A級獵人交手過，只是一群會因自己的無能而在對方面前下跪以圖苟活的懦夫，他們心知肚明自己根本無法面對S級獵人，卻還是反射性地暗自尋找著能拿起來揮舞的東西，接著手腕被狠狠踩住，雖然男人想張嘴慘叫，但是影子立刻向上飛出，堵住了他的嘴巴。

「既然是好不容易才躲過災難活下來，那就該安分守己過日子啊，我不懂你們為什麼要這樣惹事生非。」

史賢無法理解地叨念著，親切地與從地板上起身的男人對視而笑，從男人頭上垂下的影子黑暗且濃稠得令人心生恐懼。

這是一場他們躲不掉的災難。

▲

鄭利善在房間裡焦急地等待著，稍早之前還能聽到走廊上的聲音，現在卻變成無止境的寧靜，這份寂靜反而讓他更加不安，正當鄭利善試圖窺探外面的情況時，申智按和羅建佑就來找他了。

申智按接獲史賢聯絡，得知先前宏信公會的人闖進建築物內，加上看見散落在走廊上的文件，大概猜測到發生了什麼事情。

雖然羅建佑一臉驚訝，但是仍然先輕輕拍著鄭利善的背部安慰他。

「唉唷，利善修復師真的差點出事，你一定嚇了一大跳吧？」

雖然他的眼神看似比自己還要吃驚，但是鄭利善無法拒絕這份由人與人之間的感情而產生的滿滿擔心，靜靜地接受羅建佑的肢體接觸。申智按則仔細地確認他的狀態，而後發出了短暫的嘆息並向鄭利善道歉。

「他們似乎是因為我阿姨管理的泰信公會來賓名單出現疏漏，佯裝成來賓的熟人才得以進入派對場地，很抱歉讓你遇到不開心的事情。」

「啊，沒事啦，申智按獵人不需要為了這件事道歉。」

這場活動本來就聚集了許多人，更何況是兩個公會一起舉辦的派對，與會名單由兩個公會共同分配管理，宏信公會的人應該是趁著中間來往的疏忽偷偷溜進來，聽說史賢當時剛好在與申瑞任對話，表情突然變得僵硬並立刻離席，以為史賢只是走到看不見的地方，沒想到他完全消失了。

接著史賢便在幾分鐘後打電話給申智按並大概說明了情況，申瑞任聯絡公會成員立刻找出原因，並表示自己非常抱歉。聽見申智按這麼說，鄭利善揮著手說真的沒關係。

鄭利善揮著的那隻手的手腕紅腫，羅建佑嘆氣後便施展恢復魔法，雖然鄭利善說自己不怎麼痛，但是因為他馬上就要正式站在人群面前，必須盡快消腫，羅建佑還用冷毛巾包覆在鄭利善的手腕上。

「唉唷，那些傢伙真的是笨得很可憐……連利善修復師的影子會出現誰都不知道，唉唷，嘖嘖……」

羅建佑咂了咂嘴，似乎能夠預見他們的未來，鄭利善聽見羅建佑這麼說，視線微微往下，接著用有些擔心的語調詢問：「不過……覺醒者對一般人使用能力的話，事態不會更嚴重嗎？他現在當上公會長了，如果在第一場活動就有這種騷動發生，會不會遭人閒話……」

鄭利善清楚記得他們對使用影子能力的史賢大喊抗議，雖然史賢流露出的眼神一副毫不在意的樣子，但鄭利善非常介意這些問題因自己而起，他擔心獵人協會是否會因此下達懲戒。

看見鄭利善的反應，羅建佑愣了一下，而後嘆息說道。

「你應該要先擔心……他們的狀態還能不能說人閒話吧？」

聽見羅建佑滿懷真心的回答，讓鄭利善安心許多。

他忽然想起他們一夥有五個人，便得出了一點也不會構成問題的結論，雖然有一位D級獵人，但是也不會造成任何威脅，不過如果史賢在不使用能力的情況下對付他們……嗯，應該也是毫髮無傷。鄭利善似乎覺得自己的擔心都是多餘的，內心有些不平衡。

羅建佑說就算他們之後要說出今天的事，曾經宏信公會的成員來找鄭利善，這部分反而更容易引人注目，以這樁案件當下的情況來說，鄭利善無疑是被害者，史賢以身為負責保護鄭利善的人才出面阻止，獵人協會並不會因此下達懲戒。

「史賢現在成為新任HN公會長，獵人協會如果因為這種事情就要懲戒，那等於是自找麻煩，所以他們不會介入。」

羅建佑輕拍鄭利善的手臂，告訴他完全不用擔心，鄭利善抱著些微複雜的心情點了點頭，接著羅建佑和申智按似乎要單獨說話，便一起離開房間。獨自留在房裡的鄭利善試著冷靜下來整理思緒，雖然越是思考就越得到自己沒有必要擔心的結論，卻還是一直覺得不安。

「……」

這份不安也許是因為過去深受宏信公會成員的折磨，又或許是因為這些日子以來看過太多次史賢受傷。之前和千亨源大打出手時，以及和被拘禁在獵人協會的史允江見面過後，史賢的身上總是少不了傷口。

即使如此，鄭利善還是試著相信這次會平安無事，而就在此時，史賢走進房間。

鄭利善從位置上起身準備迎接他，卻發現他的手臂上沾著某種快流下來的東西，西裝袖口捲起而完全露出前臂，雖然史賢邊走進來邊若無其事地用手帕擦拭，但是鄭利善馬上看見沒擦到的地方還殘留著鮮紅色液體。

是血。

「利善，你接受治療了嗎……」

「到底、到底為什麼會這樣？」

鄭利善驚嚇地迅速拿起毛巾跑向史賢，史賢凝視著鄭利善跑向自己並握住自己的前臂，他稍有停頓，而後靜靜地向鄭利善伸出手臂，一連串的動作都在淡定的表情下完成。

「手臂怎麼會流這麼多血……」

鄭利善面帶震驚地擦拭著他的手臂，接著發現了非常異常的事，黑色的毛巾不斷擦拭著血，但是底下的手臂狀態卻讓鄭利善緩慢地眨眨眼。

手臂上一點傷口都沒有。

「……你沒有受傷耶？」

因為過度驚訝而激烈跳動的心臟頓時緩和下來，鄭利善輪番看著自己擦拭血跡的毛巾和史賢的手臂，毛巾是黑色的，所以也無法斷定血是否是從史賢手上沾染過去，不過史賢的手臂上確實連一點小小的刮痕都沒有。

鄭利善思考著自己剛才擦起的血到底是誰的，正準備後退時，史賢抓住他的手並說道。

「情況確實危急到有可能流血。」

「不過……那也不是你的血吧……？」

「但是我也是費了一番工夫才過來。」

「……」

鄭利善露出了有點，不對，是非常心煩意亂的表情，史賢的行為莫名像是在向自己討拍，但是他明明一點傷口都沒有，這讓鄭利善有些不情願。而史賢看著鄭利善的表情，說著自己很累，身體往前傾並自然而然地抱住了鄭利善，真的就像精疲力盡的人會做的動作。

「有一位獵人使用能力衝過來，讓情況變得有點複雜，因為在派對場地裡不能造成太大騷動，所以我試著盡快結束，他們卻在沒必要的時候耍蠢，不對，是很纏人。」

史賢用疲憊的語調說，自己本來不想造成流血意外，只打算給個口頭警告就過來，但是那群人一直反抗，於是事情才會拖那麼久。

鄭利善被抱在史賢的懷裡噘著嘴，最終輕拍史賢的背表示他辛苦了，因為不管是誰的血，都不會改變史賢來救自己的事實，是他從人聲鼎沸的派對會場正中央，只因為自己喊了一聲他的名字就馬上趕來。

「……謝謝你來。」

雖然就算自己被他們抓走，史賢最終也會從自己的影子裡現身相救，但是跟那群人身處同個空間的每一刻都令人毛骨悚然，史賢能這麼快趕到，鄭利善非常感謝。鄭利善把頭埋進史賢的肩窩裡，像是在喃喃自語一樣說出這句感謝，史賢低聲笑著並一把抱起鄭利善的腰。

鄭利善莫名覺得兩人的身體靠得太近了，一陣哆嗦並試圖掙脫，他輕輕撞了一下史賢的手臂，而史賢出乎意料地放開他並說道。

「不過聽說你還把文件往那群人身上丟，是很大膽的舉動呢。」

完全沒有厭煩，史賢真心稱讚著鄭利善這部分做得很好。鄭利善並不是很想知道史賢是怎麼聽說這件事的，只能尷尬地點點頭，其實現在回想起來，鄭利善甚至也不知道自己當時是哪來的勇氣做出這個行為。

雖然只是對一如往常地把詐欺契約遞給自己的他們感到厭惡，而產生的自然反應，不過更準確來說，鄭利善似乎知道自己為什麼有辦法這麼做，內心似乎有些澎湃，鄭利善將視線轉往旁邊，而後有些尷尬地喃喃自語。

「……我應該是覺得這麼做也不會陷入危險。」

不管自己發生什麼事，史賢都會來找自己，這份信任已經在鄭利善心裡的某個角落理所當然地深深扎根，所以他才能面對那些讓自己過得悲慘的過去，才能理直氣壯地對付那些曾經讓他感到絕望的人們。

與其說以前是茫然地害怕他們，鄭利善更像是無視他們的所作所為，因為他對一切事物都已經死心，但是今天鄭利善直視著他們，反問他們是不是覺得自己還跟當年一樣，鄭利善覺得自己行為上的改變很陌生，卻也有股痛快且舒暢的心情油然而生。

他們不再是自己的恐懼。

從認知到這個事實的那一刻起，鄭利善的心臟劇烈跳動，他單手緊緊壓著胸口，那是似乎真的會讓心臟膨脹爆炸的鼓動，也是讓人心情愉悅的聲響。

看見鄭利善的舉動，史賢低聲笑著說道。

「利善，你知道人類通常會想要控制情況的發展嗎？」

「……什麼？」

「因為世界中充滿了不確定性，人類擔心這些不確定的部分會讓自己陷入危險，因此為了應對這些情況，人類傾向控制事態發展，簡單舉例的話，保險就是一個例子。」

出乎意料的話題讓鄭利善緩緩眨眼，史賢非常自然地接著說下去，人類想控制情況的傾向真的很常見，那些自己認為的霉運召喚也是其中之一，只要參加比賽就會輸，或是要出門玩就會下雨等等，只要是自己能力無法處理的情況，就會把自己放入一個基準裡，史賢說明這也是試圖感受事情在可控制範圍的其中一種行為。

雖然是很突然的話題，但是的確很像史賢會說的話，加上這個主題滿有趣的，鄭利善點著頭靜靜聆聽，而在論述的最後，史賢提出問題。

「那麼人類想要控制情況的根本原因是什麼呢？」

「什麼？喔……應該就像你剛才說的一樣，因為情況不確定，所以為了應付未知的……危險？」

「沒錯，所以才會控制著現況，同時尋找著『安定感』。」

「啊……」

「像是『我這麼做也不會陷入危險』、『我很安全』……這種想法。」

鄭利善低聲嘆息，他似乎漸漸知道史賢為什麼會開啟這個話題，鄭利善用呆滯的神情抬頭看向史賢，莫名感到有些窘，正準備撇頭移開視線時，史賢把手放在他的胸口上，包覆著鄭利善剛才放在胸口上的那隻手。

「意思就是……我在你的可控制範圍裡，你也因此而感到安心。」

溫和的悄悄話輕柔地落在耳邊，不知不覺間，鄭利善無法避開史賢低著頭越來越靠近的臉龐，只能頂著漸漸通紅的臉頰靜靜地凝視著對方。史賢微微笑出了聲，並輕輕碰了一下鄭利善的額頭。

雖然只是微小的碰觸，心臟感受到的回響卻很巨大。

「而我比想像中的還要為此感到開心。」

在告白般的呢喃之後，史賢湊近嘴唇，鄭利善無法推開他，於是回應著親吻。看著史賢因為他是給予自己安定感的存在而感到開心，鄭利善更加無法拒絕他，儘管真的很難以置信，但是此時此刻，鄭利善甚至覺得史賢很可愛。

明明時時控制情況的人是史賢，現在面對自己被人控制的情況，史賢竟然覺得好笑又樂在其中，或許就是史賢順應的態度，讓鄭利善的心小鹿亂撞。

從唇邊滲出的氣息非常甜蜜，似乎還留有稍早喝下的香檳香味，又或者是兩人都感受到了這一刻的甜蜜味道，鄭利善像是被吸引般持續和史賢接吻。

喀噠，聽見外頭傳來的腳步聲，鄭利善一陣哆嗦便立刻推開史賢。

「……唔！」

大吃一驚的鄭利善瞪大眼睛，他只顧著接吻，忘記這裡是宴會廳所在的建築物，似乎是一群來清理走廊的人，外頭參雜著各種聲響，鄭利善後知後覺地想起申智按和羅建佑在外面，試圖離開史賢的懷抱。

門外傳來的聲音讓鄭利善渾身緊張，正好鄭利善就站在門旁。

不過史賢再次湊上嘴唇和鄭利善接吻，面對史賢毫不在意眼下情況的舉動，鄭利善驚慌地抓住史賢的肩膀，但是他的嘴唇不斷湊近，延續了幾次非本意的焦急親吻。

「我們得，嗚，得離開了。」

嘴唇之上讓人心癢癢的氣息，讓鄭利善滿臉通紅地緊閉嘴唇並一把推開史賢，他清楚記得剛才羅建佑說正式公告就在幾分鐘之後，但是史賢現在不斷挽留自己，不只讓鄭利善慌張，甚至害羞到無法好好直視史賢。

好不容易推開史賢，他卻抓住鄭利善放在鎖骨附近的手，移到了頸部後方，就像是要鄭利善環抱自己的頸部，鄭利善頓時無言地用荒唐的眼神抬頭看向史賢，他收起眼眸笑著說道。

「我只接吻，好不好？」

明明是一抹美麗的微笑，但是當鄭利善看到那個微笑，頓時覺得腹部一陣緊張，感受到全身都在發熱，他的微笑底下流露的情感太過露骨，滿臉通紅的鄭利善結結巴巴地說道：「……那個、那個，必須馬上出去……」

「還有時間，所以……」

低頭的史賢像是在懇求一樣，輕輕啄著鄭利善的嘴唇周圍，史賢收起眼眸，就好像是剛才鄭利善緊閉嘴唇拒絕接吻的行為讓他很受傷。

「現在把你的嘴唇借給我就好。」

嘴唇上碰觸到的炙熱氣息讓鄭利善頓時眼周顫抖，似乎是無法承受瘋狂襲來的害羞與此時此刻的刺激，鄭利善稍微憋住呼吸，最終抬起另一隻手，環抱住史賢的頸部，看見鄭利善閉上眼擁抱自己，史賢低聲笑了。

嘴唇交疊之間溢出的笑聲讓空間變得讓人心癢癢。

慶功宴開始之前雖然發生了某種騷動，幸好派對正常舉行，只有極少數人知道那場騷動。大家並不知道走廊的另一端發生過什麼事，在和平的氣氛之下慶祝著Chord全數清除突擊戰，並向完全加入隊伍的S級修復師鼓掌。

HN新任公會長的首度正式演說也引起了許多歡呼聲，Chord何時要再次活動、HN公會往後將如何營運等等問題都不斷湧上來，相機的閃光燈到處閃爍著。

在一連串的正式流程結束後，大家自在地享受著派對。

許多人都想和加入韓國最精銳的獵人隊伍Chord 324的S級修復師打聲招呼，雖然大家都知道他已經完全加入Chord，但是為了以防萬一，還是有許多人試圖遞上名片，不過閒雜人等根本無法接近鄭利善。

Chord的獵人們站在鄭利善身邊留守，一樓主廳的噴水池右側成為了只有Chord的空間。而之所以會形成這個陣形，正是因為知曉慶功宴開始前那場騷動的「少數人」就是Chord。透過羅建佑聽到消息的獵人們真心為鄭利善擔憂，擔心再次有可疑人士出現在鄭利善的周遭，因此都繃緊神經保持警戒，雖然鄭利善說著真的沒關係，還是不敢放鬆。

「真的很抱歉，鄭利善修復師，是我們的過失。」

能夠讓Chord卸下戒備，得以靠近鄭利善的也只有申瑞任這種等級的人，她真摯地向鄭利善道歉，鄭利善說做錯事的人是以前宏信公會的成員，反覆阻止申瑞任的道歉，接著又聽到她擔心自己的狀態，鄭利善體驗了一次成為自動答錄機的感覺，不斷複誦著自己沒事。

夜色漸深，派對漸漸熱絡了起來。

主廳右側有一條連接至戶外庭院的通道，有許多人經過這裡，韓峨璘發現鄭利善不斷偷看那裡，便以待在室內大廳很悶，必須出去散步的藉口，帶著他往外走。

在戶外庭院可以好好享受涼快的晚風，多虧韓峨璘帶他來到這個戶外庭院最清靜的地方，鄭利善以非常自在的心情抬頭看著夜空，原本一直待在吵雜的空間裡，現在周遭終於安靜了下來，全身的緊張也隨之紓解。

鄭利善吹著徐徐的微風並開心地感歎著，此時韓峨璘悄悄地叫住了他。

「利善修復師。」

「我沒事。」

「……什麼？」

「啊，我以為妳是要確認我的狀態……」

反射性地說出自己沒事，鄭利善尷尬地遮住了嘴角，因為剛才在大廳裡Chord獵人們時時刻刻確認著他的狀態，所以他就把這句話掛在嘴邊了，而韓峨璘看見鄭利善的反應，大笑了好一陣子。

而在笑聲結束後，韓峨璘拋出了自己的疑問。

「那套西裝，是你和史賢兩個人搭配訂製的吧？」

「……什麼？」

「我喜歡那個品牌的衣服，所以略有所聞，那是專門接訂製服裝的品牌。」

韓峨璘告訴鄭利善，從他們穿著同樣色系、同樣設計的衣服進場時，她就看出來了，鄭利善面帶慌張地眨眼，最終勉為其難地點點頭，韓峨璘聳肩表示這沒什麼。

「反正在派對場合上，西裝品牌或線條一樣，這種事一點也不奇怪，而且考慮到是你們兩個，穿著最高價西裝品牌的衣服也是理所當然……是啊……你們一同進場，互相搭配服裝也是有可能的……」

韓峨璘莫名像是在試圖說服自己，最後她將手中的香檳一飲而盡，頓時之間酒杯清空的韓峨璘悲壯地看向鄭利善，儘管看起來像是藉酒壯膽，但是鄭利善清楚知道她身為S級獵人並不容易喝醉，只能口乾舌燥地吞著口水。

韓峨璘終於開口詢問。

「利善修復師，你現在跟史賢一起住嗎？」

「什麼？怎麼、怎麼會這樣問……」

「不是啦，因為我今天早上打電話給你，史賢就在你旁邊。這麼回想起來，你們兩個總是一起出現，就算突擊戰期間是因為史賢說他要全權照顧你，為什麼連突擊戰結束了他還跟你待在一起？」

韓峨璘百思不得其解，不斷地提出疑問，過去這段時間覺得沒什麼的事情，現在似乎全數回想起來，無止盡地拋出問題，她從來沒看過史賢這麼照顧一個人，就算說是照顧，Chord隊員當中也沒有人曾經受到這種照顧，受到這種照顧反而會大吃一驚等等……

在Chord和史賢共事也有四年了，最近的他和以前過於不同，韓峨璘像是經歷一陣暴風般地不斷說著，突然停下來看向鄭利善，鄭利善以些微不安的眼神回應她的視線。

韓峨璘看他甚至面露緊張，最終提出了真正的疑問。

「難道，他有勉強你跟他維持什麼不健康的……關係嗎？」

鄭利善的臉色頓時之間變得很詭異，韓峨璘不間斷地問了這麼多問題，居然連這點事情都看不出來，鄭利善覺得很奇怪，甚至在心裡翻了個白眼，雖然沒有跟史賢講好要對外保密這段關係，但是第一次面對這種被人懷疑的情況，鄭利善還是非常緊張。

然而最接近答案的韓峨璘頂著事態嚴重的神情，巧妙避開答案地說著：「他既是S級獵人，還當上了HN公會長，是不是那種非戰鬥系的覺醒者無法反抗的情況？他甚至對你做了標記，你也無法逃跑？你說，你是不是，處在那種，很凶險的情況之中？」

「……看起來像那樣嗎？」

「什麼？不對，我的意思是……普遍來說，除非是交、交、交、交往，呃啊，不可能吧！總之普遍來說這些行為應該會被視為關係匪淺，但是……該說是很難用普遍的標準來看你們兩個嗎？」

當嘴裡說出某個詞彙，韓峨璘露出了劇烈抗拒的反應，她甚至還短暫用力地搖晃著手，如實呈現了她的混亂，鄭利善覺得她接下來可能會叫自己拿著某樣東西，要是自己身處危險之中就搖個兩下，最終鄭利善率先開口。

「我的意思是，利善修復師，如果你需要幫忙……」

「其實我們在交往。」

「什麼？」

「那個，我們……在談戀愛……」

「戀愛」這個詞彙竟然從自己的口中說出，鄭利善變得害羞而稍有停頓，最終他還是完整地說出了這個句子，韓峨璘聽見這句話的時候一臉呆滯……

接著她手上的香檳酒杯突然墜落，韓峨璘敏捷地再次握住酒杯，那是驚人的反射神經，似乎連她自己都是在無意識之下握住酒杯。

「喔……」

鄭利善發出讚歎，韓峨璘看向他，似乎在說現在不是該驚呼的時候，接著用力地搓揉自己的臉。

「不，不對，這種玩笑一點都不好笑，不可能，可是利善修復師也不是會拿這種事情開玩笑的人……唉……」

韓峨璘幾番用力搓揉臉頰並不斷自言自語，鄭利善不知道該補充些什麼，只能尷尬地轉動著眼球。其實鄭利善很擔心她會不會覺得交往這件事很奇怪，但是和鄭利善的擔憂不同，韓峨璘的反應完全是在擔心另一方面的事，而那似乎對她來說是最為嚴重的問題。

在一段漫長的沉默之後，韓峨璘開口詢問：「……真的不是被恐嚇，也不是某種社會性權威之下的強迫，或是受制於生理上、物理上的力量差距而處於……威脅之中嗎？」

「對……」

「真的只是在……談戀愛？」

「沒錯……」

鄭利善用忍笑的表情點點頭，他覺得從韓峨璘口中聽見接連不斷的「假設」很好笑，同時也很好奇史賢在她心中到底是什麼形象，也許她的反應就是大家看待他們的眼光……

最終鄭利善再次說出兩人之間是因為心意相通，而開始這段正常的戀愛關係，完全沒有物理上的危害或是強迫，他們非常健康地交往中，鄭利善說完之後有點害羞，耳根有點泛紅地喃喃自語。

「嗯，就是……真的是因為互相喜歡，才會在一起。」

韓峨璘短暫的嘆息一聲，她微微緊閉嘴唇，最終真摯地向鄭利善道歉。

「我剛才把情況說得很奇怪，對不起。我太驚訝了……你們在交往，卻聽到我這麼說，應該會覺得不開心吧。」

「啊，不會、不會啦，我沒有不開心。」

「利善修復師就是這麼善良……」

聽見真摯的道歉，鄭利善一邊揮動著雙手一邊說著沒關係，只覺得她的誤會很有趣，完全沒有不開心。而鄭利善的反應讓韓峨璘點點頭哈哈大笑，很明顯是好不容易擠出來的笑容。

「是啊，原來你們在交往……如果心意相通的話，交往也是很正常的嘛，嗯，沒錯。」

再次喃喃自語之後，韓峨璘突然詢問。

「不過到底為什麼啊？」

「什麼？」

「不是啦，沒事，也是有可能嘛，利善修復師喜歡他的話，就會交往啊……」

「對……」

「不過到底為什麼啊？」

韓峨璘的「不過到底為什麼啊？」像是被標註反覆記號一樣，開始不斷重複。她說活著活著總會出現沒想過的緣分，還說這就是人生，最後還是回到「不過到底為什麼啊？」

S級獵人也……會喝醉嗎？

第一次看見韓峨璘這副模樣，鄭利善面露呆滯，韓峨璘再次道歉。

「啊，我又亂講話了，對不起。」

「嗯，太過驚訝的話，的確有可能這樣……我能理解。」

「謝謝你的理解，看來真的是我太驚訝了……是啊，如果是真心交往，那以後就繼續好好談戀愛吧，不過要是你有任何需要幫忙的地方，隨時都可以跟我說。」

「好……」

「不過真的到底為什麼啊？」

韓峨璘突然大叫一聲，直接轉過身去，那股氣勢就像是要朝向前方吶喊十秒一樣，她似乎也覺得自己重複說著同一句話很煩躁，不斷跺著其中一隻腳，彷彿那是她無法靠意識控制而拋出的疑問。

鄭利善有些慌張地詢問韓峨璘還好嗎，她舉起手做出要鄭利善別擔心的手勢，韓峨璘依然維持背對鄭利善的姿勢。

「我把你留在這裡太久了，利善修復師快點回去吧。」

似乎是因為鄭利善在自己面前，她就會不斷反覆說出「不過到底為什麼啊？」，韓峨璘直接選擇和鄭利善分開。鄭利善稍有猶豫，最終在韓峨璘催促他快點離開之下，尷尬地打招呼後便轉身往大廳移動，其實他覺得韓峨璘的提問很有趣，沒有特別想太多，但是看到她對於自己一直提出同個問題感到很痛苦，認為似乎需要給她獨處的時間。

在鄭利善離開一陣子之後，韓峨璘持續看著夜空，再次發出了吶喊，大聲到遠處的人都瞥向她所在的位置，那驚人的吶喊就這麼在那裡響起了好幾次。

過了好一陣子，韓峨璘頂著毫無血色的面容回到主廳。

主廳裡有幾位等待著與身為S級獵人的她搭話的機會，但是無論是她沉重的步伐或是凝重的表情，都無疑阻止了他們的接近，意外地毫無阻礙走上二樓的韓峨璘長嘆一聲，把全身的重量靠在欄杆上，二樓沒有什麼人。

不過就是這麼剛好，她在二樓遇到了史賢。

他似乎有事需要在安靜的環境跟人通電話才上樓，一和韓峨璘對視就遞出了溫和的眼神，看見史賢從容不迫的模樣，讓韓峨璘莫名有些憤怒，所以當史賢一掛電話，韓峨璘就像是要找史賢算帳一樣地拋出問題。

「真的嗎？」

「什麼真的嗎？」

「你真的，是真心，和利善修復師，談、談、談戀愛嗎？」

韓峨璘像是對這個詞彙難以啟齒一樣，結巴了好幾次，雖然已經確認周遭沒有人，聲音卻還是非常小。

史賢的眼睛睜得圓圓的，凝視著韓峨璘，接著聽見她道出整件事的始末，他概略聽見她說自己出於擔心拖著鄭利善到庭院角落，以及在那之後他們的對話。

而韓峨璘說到最後……史賢短暫地笑了，視線往下移動，低聲失笑的行為讓韓峨璘立刻面帶僵硬。

該不會鄭利善被史賢玩得團團轉吧？她弱小、乖巧、可愛的弟弟活在這個世界上已經經歷了許多辛苦難受的事情，他現在會不會身處在更加艱難的處境？像是被史賢玩弄之類的？

韓峨璘表情僵硬，正要叫住史賢的時候，失笑的史賢突然把頭埋進手裡，放聲大笑。

「……」

啊哈哈的笑聲持續，史賢似乎是真心感到快樂，那份愉悅原封不動地傳遞給韓峨璘，她頓時有些陌生地看著史賢，她從來沒看過史賢笑成那樣，而韓峨璘這才發現笑容在他臉上綻放的那一刻，正是自己告訴史賢，鄭利善親口說出「我們在談戀愛」的時候。

「啊，真的，他那麼可愛是要我怎麼辦……」

史賢喃喃自語的聲音明明很小，卻像是在韓峨璘耳邊擺了一個大聲公一樣震耳欲聾，彷彿危險警報在耳邊響了好幾次，韓峨璘僵硬地眨著眼，史賢收起笑容並說道。

「對，就是利善說的那樣。」

「……什麼、什麼？」

「我們正在交往，互有好感地談戀愛。」

他平靜地說出事實的語調，讓韓峨璘非常熟悉卻又極度陌生，韓峨璘呆滯了好一陣子，只能發出「喔，喔……」的嘆息，鄭利善說了他們在交往，而史賢也承認這件事，自己無話可說，甚至史賢看起來還對鄭利善說了那句話感到非常快樂。

剛好外頭正在放煙火。

這是今天慶功宴的最後一個活動，點綴活動結尾的煙火，等待著這個環節的人們早已來到庭院，原本留在大廳的人們也一邊歡呼一邊往戶外移動，在二樓也可以透過窗戶看到煙火四射的模樣。

當煙火再次噴射在夜空中，形成巨大的火花時，史賢低聲說道：「而且我們在一起的事……」

煙火的光柔和地閃耀在他的臉上。

「其實準確來說，是我苦苦哀求，我們才在一起的。」

史賢說完那句話，就感謝地拍拍韓峨璘的肩膀下樓了，看來是要去一樓找鄭利善，正好鄭利善似乎看完外頭的煙火，也在尋找史賢，於是和從樓梯往下走的史賢四目相接，史賢的臉上綻放著笑容。

韓峨璘呆滯地看著兩人的模樣……便低頭看著自己手中的香檳酒杯。她在來二樓的路上新拿了一個香檳酒杯，裡面裝滿透明的酒，杯子的表面模糊地映照著煙火。

韓峨璘看著杯子好一陣子，更準確來說，是反覆咀嚼了許久史賢剛才說的那句「苦苦哀求」……

「看來我現在……是喝醉了吧……」

她自言自語地說著原來S級能力也會隨著時間流逝而消失，而最初的案例就是自己，而後一口喝掉杯子裡的香檳。

那天的夜空美得過於鮮明，令人顧影自憐。

（完）

✦ 番外三 ✦

餐會

Chord 324 再次展開活動。

這是繼古代世界七大奇蹟突擊戰之後，Chord 首次攻略的副本，更加吸引世人關注，同時也是休息了好一陣子後才進入副本，更是史賢成為HN公會長之後首次進入的副本，在各個方面都頗具意義。

副本屬於S級，Chord 在半天之內便成功清除。

魔王屬於惡魔型怪物，因此對付起來有些棘手，不過 Chord 展現了他們優秀的團隊默契，獵人們綁住惡魔的腿，韓峨璘召喚出劍，刺向惡魔其中一邊的翅膀，史賢從準備逃跑的惡魔影子裡出現，把惡魔的軀體砍成兩半，最後魔王在地上發抖並試圖恢復身體，史賢用腳踩碎魔王的犄角，裡面的核也隨之碎裂。

這是一次沒有人受重傷、順利完成的攻略，攻擊的默契也完美無間，這個副本再一次地讓 Chord 坐穩韓國最精銳獵人隊伍的位置。

那場攻略透過獵人協會電視臺的攝影機即時直播，人們久違地看見 Chord 攻略既是大為讚歎，另一方面也對於修復師無法一起進入副本感到可惜，雖然古代世界七大奇蹟突擊戰是史上第一次修復師進入副本，但是可以想見當時的壯觀景象在人們心中留下多麼強烈的印象。

而在副本清除後，鄭利善所進行的修復將人們心中那股惋惜一掃而空。

副本發生的地點在產業園區附近，某間企業的其中一座工廠幾乎毀損過半，工廠內部有很多重型設備，所以當副本發生時，工廠損傷慘重。因為一般公司在副本前兆一出現，就能帶著重要資料離開避難，但是工廠內部的大型設備很難挪出。

為此感到難過的企業主聽到要由 Chord 攻略那個副本的消息時，喜極而泣並為此歡呼，因為Chord要進入副本，就代表著修復受災地點的人將會是世界上唯一的S級修復師，鄭利善。

採集完魔晶石，副本入口便會完全消失。

通常進攻隊伍在清除完副本之後就會直接離開，這次Chord卻在幾個小時之後，和隊上唯一的修復師一同回到現場。

而鄭利善將負責修復工廠的消息早已廣為人知，周遭聚集了許多前來參觀的人們，以前鄭利善也因為S級修復師的知名身分，每次他修復建築物時，附近都會有許多人前往圍觀，他甚至受歡迎到被封為副本外的英雄。

這是時隔約一年，鄭利善再次為了修復副本發生後的受災地區而公開地站在世人面前，雖然幾個月前有幫申瑞任修復住宅，但是當時周遭並沒有人群，鄭利善面帶緊張地環視四周。

雖然人群的視線使他備感壓力，但是眼下的情況也讓他不得不回想起「過去」，才是對他造成最大影響的原因。儘管眼前的景象與過去截然不同，不過只要回想起當時的狀況，就讓他眼眶一陣濕潤，因為第二次大型副本發生的時候，鄭利善也是在這樣的人群之中，正在準備修復受災建築物時，被捲入突然生成的入口當中。

面色雖然變得有些蒼白，但是鄭利善不想被人發現自己的異樣，故意把連帽上衣的帽子壓低，而當他正準備向前走去的時候，史賢從身後摟住了他的肩膀。

「沒事的，利善，你不會再遭遇那種意外了。」

溫柔的嗓音落在耳邊，現在的姿勢就像是被史賢抱著，讓鄭利善一陣哆嗦，不過沒過多久，他就感受著自己身後傳來的那股溫暖，靜靜地鬆了一口氣，到前一刻為止都還顫抖著的呼吸，立即鎮定了下來。

鄭利善側頭抬眼看向史賢，那雙黑色瞳孔一如往常地只注視著自己，鄭利善從那股平靜的眼神中感受到了「篤定」，就算再次發生了和第二次大型副本一樣的意外，鄭利善也確定自己能安全脫身，這股信任在他心裡堅定地占有一席之地。

鄭利善這才忽然發現，也許這就是為什麼今天 Chord 的隊員都來到這裡，不只是一兩個人來，而是全員出動來觀賞他的修復。

雖然鄭利善不知道他們的首要目的是什麼，但光是他們來到這裡的舉動，就讓鄭利善忍不住感到難過又溫馨，他環視四周的 Chord 隊員們，最終看著史賢面露微笑。

儘管內心的某一處有些苦澀，不過鄭利善現在終於能從過去的記憶裡踏出一步，在眼前這個當下，綻放笑容。

那天鄭利善百分之百完美修復了工廠。

在那之後 Chord 也持續進入副本，而鄭利善也屢次展現了完美的修復實力。如果某處形成副本入口，將會引發周圍十公尺左右的爆炸，受災範圍也會隨著副本的難度上升而擴大，鄭利善負責修復爆炸的中心地帶，其他部分則交由公會裡其他修復師前來處理。

Chord 屢屢達成優秀的攻略和完美的修復，引起了相當程度的關注，而某一天鄭利善小心翼翼地向史賢表達自己的意見。鄭利善開始接受自己的修復能力確實能對社會帶來一些幫助，因此向史賢表示除了 Chord 解決的副本之外，如果有醫院、博物館、文化財與國立圖書館等公共建築物倒塌，自己也想要進行修復。

要達到百分之百的修復，鄭利善就必須消耗相當程度的魔力與氣力，所以每當他修復大規模的建築物時，即使不像使用隱藏能力的副作用那樣整個星期全身無力，也會有幾天打不起精神。所以鄭利善一字一句地說著，他希望在不影響 Chord 份內工作的前提下，協調出有空的時間，試著修復公共建築物。鄭利善現在是公會旗下的修復師，事實上在公會委託案之外的地方使用能力，已屬違約行為。

所以鄭利善有些害怕地看著史賢的臉色，不過史賢爽快地答應了，太過容易地聽到答案，鄭利善面露驚訝，史賢笑出了聲並詢問：「我看起來像是會刁難隊員請求的人嗎？」

「不，不是……我不是那個意思……」

「你一定也是考慮了很久，因為真的很想幫助社會，才做出這個決定，那我就要尊重你啊，而且你也不是那種會因為投入其他事情，就影響到自己本業的人……」

史賢用非常篤定的語調說著，鄭利善變得有點害羞，在工作方面被人信賴，比自己想像的還要開心。鄭利善假裝整理頭髮，實際上是要遮住自己通紅的耳朵，史賢用食指敲了敲書桌，這是他思考時常有的習慣動作。

「對 Chord 的形象來說，這也不是壞事。」

接著，史賢開始自言自語地預先設想著，鄭利善這麼做之後會發生的事，實際上現在韓國尚未有那麼多醫院或文化財……等公共建築物因副本生成而倒塌的情況，分析出鄭利善並不會因此而過度勞累之後，史賢接著計算鄭利善的修復能為公會帶來多少益處。

雖然獵人攻略副本算是某種國家性的必要行為，但是鄭利善另外出面修復醫院或公共建築物，這絕對是公益活動，不只能提高公會的價值，也能讓成為國家代表的 Chord，獲得肯定的評價，就在一連串的分析讓鄭利善近乎愣在原地的時候，史賢俐落乾脆地下了結論。

「還不錯，我會另外聯絡協會，如果有符合條件的委託案，我再告訴你。」

「好……」

鄭利善只是跟史賢說，自己希望在不影響 Chord 活動的前提下，試著修復公共建築物，卻糊里糊塗地通過了史賢層層的權衡標準，鄭利善有些煩惱他該不該因此感到欣慰。

不過與史賢的分析無關，其實鄭利善感到有些興奮。以前受制於宏信公會的時候，公會長只會談一些能賺錢的案子，並強迫鄭利善進行修復，有時候甚至會因為接連好幾天被迫進行大規模修復，因而虛脫倒下。但是在 Chord 絕對不會發生這種事，而且他能依照自己的意願修復建築物，這讓他甚至有些期待。

Chord 隊員們聽聞鄭利善的計畫，就跟平常一樣，詢問鄭利善是否會過度疲累之後，他們也點點頭，小聲地喃喃自語：「果然人如其名……」

這句話讓鄭利善笑了出聲。

就這麼度過了和平的時光，鄭利善有如身負重任般地做好了要修復其他建築物的覺悟，但是實際上就如同史賢的分析，幾乎沒有副本發生在醫院或文化財的周圍。副本和自然災害的概念相似，並無法故意避開，但就是這麼剛好，那些公共建築物附近非常平靜，而且也當然不能期望那些建築物倒塌，因此鄭利善只能抱著這個計畫等待。

後來終於迎來能讓鄭利善修復的委託案。博物館附近形成了副本，園區內的別館倒塌，展示品在這之前就全數搬移，因此沒有造成過大的災害，但是整個建築物都崩裂瓦解。

接獲聯繫的鄭利善雖然想要馬上前往修復，偏偏那天的行程讓他有些躊躇，鄭利善邊看史賢的臉色邊詢問：「我可以去嗎？我怕會影響到今天下午的行程……」

「反正只是一起吃晚餐而已，沒有問題。」

史賢笑著安撫鄭利善的不安，他之所以會在意下午的行程，是因為今天正是被邀請到申瑞任家裡的日子。

申瑞任為了感謝之前鄭利善幫忙修復住宅，曾經提過想邀請他來到家裡，後來將這次邀約調整到突擊戰結束之後，最後決定辦在今天，申瑞任甚至為了招待鄭利善，讓他開心地享用晚餐，還事先調查了他的飲食喜好。

鄭利善對於這種邀約感到非常陌生，一方面很期待，但是剛好今天博物館倒塌了，考慮到博物館別館的規模，必須花費極大氣力進行修復，聽說明天開始博物館有預定的特別展覽，也不好意思延後一天修復，鄭利善必須前往處理。

但是下午的行程還是讓鄭利善很掛心，史賢輕輕撫摸鄭利善的臉頰並說道：「可能會讓你有點累，但是那個場合很輕鬆，你不用有負擔，如果太累的話馬上離開也行。」

「我不想要馬上離開……」

「那就今天去一趟，下次再受邀就行，泰信公會長很喜歡你，一定沒問題。」

鄭利善認知到自己從某一刻開始，只要聽到史賢說的話，就會感到非常安心，因為史賢總是只談客觀事實，所以會讓人無比信賴，而他安慰自己的話語，也從某一刻起顯得十分溫柔，讓自己似乎有些放鬆的跡象。

鄭利善覺得自己就像在撒嬌一樣，尷尬地點點頭。史賢在鄭利善的額頭落下一吻，溫柔地耳語著：「路上小心。」

對於無法一起去而感到可惜的話語落在耳邊，鄭利善要修復的博物館在距離首爾有一段距離的地方，而史賢下午和公會與企業有個會議，無法一起前往，鄭利善在額頭被吻了好幾下之後，最終滿臉通紅地說著自己知道了。

▲

鄭利善和韓峨璘一起去了博物館。

韓峨璘今晚也會一起前往申瑞任的家，她說著自己今天下午有空，欣然跟著鄭利善出發，奇株奕最近忙著準備畢業作品，連見上一面都有些困難。

雖然韓峨璘知道了鄭利善和史賢的關係，但是她沒有告訴隊員們這件事，是為了照顧兩人的心情，還是對隊員們的體貼，這取決於她的想法，總之韓峨璘沒有表現出任何異樣。

韓峨璘的沉默持續了一兩個月，有時候像是沉著接受這個事實，卻又在某個時候緊緊抓住鄭利善的手，小心翼翼地包覆住鄭利善的手並說著「我站在利善修復師這邊」。

鄭利善起初有些驚訝，現在已經能笑著表示自己知道了，因為在自己的身邊徘徊、確認自己的狀態，這些舉動全都是源自於她對自己的關心。

聽見鄭利善的回答，韓峨璘大吃一驚，儘管她親耳聽見鄭利善和史賢說彼此在談戀愛，但是內心還是有些擔憂。史賢就算理解了自己的感情，卻還是屬於很難對別人感同身受的類型，更準確地來說，史賢從來不覺得自己有必要感同身受，所以韓峨璘很擔心鄭利善跟史賢在一起會不會因此難受。

不過鄭利善自從跟史賢交往後心情漸漸變得平靜，不知道是突擊戰結束後他接受的諮商有所幫助，還是史賢在他身邊帶給他某種安定感，最終韓峨璘也只能收起自己的擔憂。

「今天修復博物館真的好帥，奇株奕一定會因為沒有現場看到而哭。」

「有留下影片，應該沒問題吧？」

「他一定會吵著說影片跟現場不一樣，我敢打包票。不過別館的規模滿大的，利善修復師你還好嗎？」

「嗯……我應該沒事。」

這次讓博物館倒塌的副本是A級副本，受災範圍遠超過十公尺，整座別館全數崩塌，鄭利善將其完美修復完畢，雖然那個景象令人嘖嘖稱奇，但是明顯能看見鄭利善的疲累，韓峨璘有點擔心。

但是鄭利善只回答自己沒事，在莫名有些固執的態度下，他們最終抵達了申瑞任的家。

史賢第一眼就看到鄭利善一臉疲憊，馬上抓著他不放，像是審問般地確認他的狀態。

「累的話就不要勉強，直接回家休息也可以。」

「不累，沒關係，都來到這裡了，怎麼能離開……」

而且鄭利善和韓峨璘來的時候，正好到了晚餐時間，申瑞任準備的所有料理都上桌了，似乎連申智按都一起張羅今天的晚餐，兩人在廚房待了一陣子後，便走到外頭去迎接韓峨璘與鄭利善。

鄭利善很想知道自己的臉色到底多差，才會讓大家這麼擔心他，因此故作開朗地和她們打招呼，他不希望連申瑞任和申智按都為他擔心。雖然史賢並不是很滿意，最終還是吞下那聲嘆氣，幫鄭利善整理衣角。

不過鄭利善的演技馬上就穿幫了，因為他本來就不大會說謊，而且在普遍都能做到體力管理的獵人們面前，馬上就會被看透自己疲累的模樣。

「我聽說你白天去修復完博物館才過來，很累嗎？」

申瑞任用非常擔心的嗓音詢問，鄭利善一坐到史賢旁邊的位置，就因為全場視線集中在他身上，便慌張地說著。

「只是因為我剛使用完能力才會這樣……過一下子就好了。」

「我不想要勉強你。」

「真的不勉強，妳準備了那麼豐盛的晚餐……」

寬大的餐桌上放滿了食物，看到近乎滿漢全席的一桌菜，鄭利善轉動著眼珠，似乎有些不好意思地摸著自己的頭髮並欲言又止，從幾天前鄭利善就不斷想著今天的聚會，內心還有些興奮，而他之所以會有這種情緒的理由是……

「這是我第一次被人邀請到家裡作客……」

就算小時候偶爾會去朋友家，但是從第一次大型副本之後就再也沒有過了，而兒時那些經驗其實也不能算是受邀，頂多只是單方面的到訪，對鄭利善來說，今天幾乎等於是第一次被別人善意地邀請到家裡吃飯。

儘管這不是什麼很難應對的場合，但是對於人際關係單純的鄭利善來說，今天的聚會讓他非常緊張，所以他這幾天煩惱許久，趁著今天白天去博物館時，買了紀念品和手工果醬當作喬遷禮物。

「我想要吃完飯再回去……可以嗎？」

鄭利善擔心自己頂著疲憊的氣色待在這裡會破壞氣氛。

此時申瑞任微微一笑並點點頭，「只要鄭利善修復師沒問題，我也很想跟你一起吃飯。」

雖然她的聲音依舊沒有什麼起伏，表情也略顯生硬，但是鄭利善已在不知不覺間，能夠讀出她臉中的微笑，鄭利善也有些害羞地笑了，此時韓峨璘大喊。

「利善修復師，下次來我家吧！」

「……我也想邀請你來我家。」

申智按悄悄地補上一句，她從四年前就搬出去自己住了，所以有另外的住處，她還說到她的住處在HN公會大樓附近。

突然蜂擁而至的邀請，讓鄭利善有些慌張，大家七嘴八舌的講話。韓峨璘說沉默就是答應，還說可以來決定日期了，申智按身為史賢的祕書，似乎是覺得自己連鄭利善的行程也瞭若指掌，甚至直接挑好日子。

「妳……」

韓峨璘用大受打擊的表情看著申智按，接著馬上提出要申智按告訴自己日期，還要求不要撞期，至少要間隔一週以上。聽見這些對話，鄭利善愣在原地，最終笑出聲來。

在一連串開心的騷動後，迎來了晚餐時間，也許是因為菜色都是燉排骨、雜菜、煎肉餅等剛起鍋的食物，一切都熱騰騰且美味，鄭利善邊吃邊不斷地讚歎好吃，申瑞任對此甚是滿意，提出希望鄭利善下次再來的邀約。

正餐時間結束，迎來短暫的休息時間，兩層樓的住宅被高聳的圍牆包圍，不用擔心從外面被看見，可以不用壓低連帽上衣，自由自在地走來走去。不知不覺間，季節進入了仲秋，庭院裡的楓樹也美麗地上色，這趟散步非常愉悅。

散步到一半時，鄭利善看見庭院角落的樹木下方有個巨大的凹槽，感到有些驚訝，而申瑞任則用欣慰的神情說那是申智按小時候用腳踢出來的痕跡，鄭利善不發一語地點著頭，申智按則是故作冷靜地引領大家到其他地方。

散步過後，餐桌上再次放滿食物，一些簡單的點心餅乾、各式各樣的起司、還有各種水果，就在鄭利善欽佩的時候，申瑞任已經從地下室走了上來，懷裡還抱著一瓶葡萄酒說道。

「我尋求了韓峨璘的意見。」

申瑞任是個愛酒人士，因此和同樣喜愛酒的韓峨璘很聊得來，經常會聊起各種和酒有關的話題，甚至還聊到了上次派對鄭利善喝的香檳，申瑞任說自己因此準備了與當時喝的香檳類似的葡萄酒，並將酒放進餐桌上的冰桶裡。

「哇，居然能在這裡看到這麼昂貴的葡萄酒……」

韓峨璘一邊讚許一邊開心地說著幸好有加入今天的飯局，對鄭利善來說，愛酒人士的基準就是韓峨璘，因此看到她這麼開心，鄭利善也確定這瓶酒一定很好喝。

此時，史賢在身旁用悄悄話詢問鄭利善會不會累，鄭利善笑著回答自己沒問題，似乎是有好好吃飯，精神狀態非常好，而且他只是不會喝酒，並非討厭喝酒。

就這麼自然地來到了飲酒的時間。

申瑞任拿來的葡萄酒真的很好喝，在場的人一杯接著一杯，很快地就換了一瓶新酒，餅乾上放有起司，還有清香的水果做搭配，吃起來非常美味，不知不覺間，鄭利善開始覺得喝酒其實滿有趣的。

一邊喝著酒，對話的主題也不斷變換著，韓國數一數二的公會主角們齊聚一堂，自然而然地聊著公會營運的事情，也簡單地談起兩個公會間的合作。

他們決定兩個公會互相進行聯合訓練，並且每月定期進行一次獵人之間的較量，適當的競爭能幫助獵人們更加專注於訓練，也能得到能力提升的正向結果，因此他們一同安排了這項計畫。話題就這麼進行著，忽然之間提起了某人的近況。

「聽說不久前史允江獵人醒了……」

幾個月前獵人資格被停止後，史允江原先預計被送往法院，卻在途中突然吐血昏倒，住進了韓白醫院，院方為了確認史允江是否有潛在疾病，於是進行了縝密的檢查，卻沒有發現任何問題，史允江的器官幾乎全都壞死，只能靠著呼吸器過活。

偶爾醒來也會馬上昏迷，就在幾天前，他完全恢復意識，不過也只是醒了過來，他的器官依舊是壞死狀態，幾乎無法走路，連說話都很困難，因此出庭時間也不斷延後，最近許多人關注著史賢會採取什麼行動，申瑞任點出這件事並悄悄詢問。

「你打算去找他嗎？」

「這個嘛……有必要花時間在已經沒有關係的人身上嗎？」

史允江已經不再高高在上，他失去所有權力，他的人脈也全都背棄了他，就算開庭受審，以他現在的狀態也無法入獄，必須繼續待在醫院。眼下的情況，史賢沒有去找他，就表示著全然的漠不關心，也指向了未來史允江將會漸漸地從人們的記憶裡被抹去。

「韓白醫院也說他們忙不過來，我只是在想要不要幫他搬到一個空氣清淨的地方。」

史賢用溫和的語調說著，申瑞任點點頭，那些都是他們兩人之間的私事，對於公會營運來說，最優秀的選擇就是無論如何不要製造不必要的騷動，韓峨璘在一旁喃喃自語說著「流放……」，但是對話已經轉往另一個主題。

對話的主題突然之間變成空氣清淨的地方，申瑞任對幾個月前韓峨璘去旅行的地方很感興趣，因此延續了話題，在這群人之中最常出國旅行的人就屬韓峨璘，大家都津津有味地聽著她所分享的故事。

而當申瑞任和申智按再次去地下室拿酒的時候，韓峨璘忽然詢問史賢：「這麼說來，Chord不去國外嗎？據我所知，這次突擊戰全數清除後，好像有很多人來聯絡我們耶，秋天或春天很適合去旅行……」

「妳的意思是，妳想要一大群人出國旅行嗎？」

「什麼？也不是，就是，也不能說你錯！」

史賢溫和的回覆讓韓峨璘難為情地提高音調，全數清除以古代世界七大奇蹟為主題的突擊戰之後，擁有那些古蹟的國家都有聯繫Chord，因此韓峨璘內心也感到有點興趣，但是她完全沒有從史賢或鄭利善的嘴裡聽見那方面的事，她有點，不對，是感到非常好奇。

於是乾脆直截了當地親口詢問，史賢的嘴角勾出了微妙的微笑。

「出國的事情……我有考慮過，可能會往後延，狀態不錯的話就會進行。」

到底是什麼狀態？韓峨璘有些詫異。史賢確認著身旁鄭利善的面色，因為鄭利善在不知不覺間已經歪著頭打盹了，史賢用手背輕壓鄭利善有些發紅的臉頰，並詢問他是不是睏了，鄭利善立刻瞪大眼睛，驚訝地說著自己沒睡著，那個反應讓史賢低聲笑了出來，並告訴鄭利善睡著也沒關係。

史賢提議要不要現在就回家，像是在安撫鄭利善一樣，他試著抬起鄭利善的身體，韓峨璘呆滯地看著眼前的畫面，史賢極其溫柔地對鄭利善伸出手，臉上的笑意也無比溫馨，就像是在對待一個輕輕一碰就會破碎的對象，無論如何都小心翼翼地捧著那個柔弱的存在，史賢的行為讓韓峨璘最終發出了短暫的嘆息。

韓峨璘這才領悟剛才史賢說的「狀態」，指的是鄭利善的狀態，史賢的那些行為也陌生得令人害怕。曾經對史賢來說，他人的狀態只是他評估的條件之一，不可能成為「基準」，而在不知不覺間，鄭利善的狀態已經成為史賢考慮事情時理所當然的基準。

史賢催促著鄭利善起身，並對韓峨璘說。

「我本來要等到公會長回來，但是她還沒回來……我先離開了，幫我好好跟她說一聲。」

「唉唷，我知道了，走吧，快走。」

韓峨璘揮著手要他們趕快走，雖然她知道史賢和鄭利善在交往，但是每次看到史賢這樣照顧人，她還是會大受衝擊，只能趕快讓這個畫面從視線裡消失。

明明這麼明顯，隊員們怎麼會不知道？他們只差不會在辦公室摟摟抱抱而已，牽手根本已經是習慣行為，還是大家其實都知道，只是在否認這件事？就像自己之前一樣，因為是史賢，所以一直刻意避開那個正確答案？

不過得知正確答案之後，史賢真的就像個陷入愛河的人，韓峨璘突然一陣哆嗦，怎麼會有跟史賢這麼不搭的形容詞……

她下意識地思考著S級修復師可以修復到什麼程度，因為鄭利善目前是全世界唯一的S級修復師，並沒有被準確判斷能力的極限，所以韓峨璘認為，鄭利善一定擁有那種能把不可能化為可能，能夠從無到有進行創造的修復能力。

韓峨璘邊嘆著氣邊轉移視線。

鄭利善在回家的路上，直接枕著史賢的肩膀睡著了。

他在上次的派對上，喝了幾杯酒還很清醒，原本以為自己的酒量稍有進步，現在看來似乎是因為當時的環境讓他感到緊張，今天鄭利善只喝了兩杯就湧上醉意，而且在這之前他還大量地使用能力，因此醉得更快。

再加上今天的餐會讓他非常自在，都是自己熟悉的人，讓他更加快速地放鬆。

「嗯……已經到了嗎？」

而鄭利善睜眼的時候，他們正在搭電梯，史賢為了扶著走路搖晃的鄭利善，緊緊地握著鄭利善的肩膀，明顯感受得到他的身體就在背後，鄭利善在不知不覺間早已熟悉這個緊貼著自己的溫度，更往史賢的懷裡湊近了些，身體因為醉意有些發軟，心情也因此很愉悅。

「到了，明天早上不用上班，好好睡吧。」

史賢低聲笑著，輕輕戳了眼前的臉頰，鄭利善明顯喝得很醉，平常蒼白的臉龐變紅的樣子有點可愛，細嫩鬆軟的臉頰被撫摩著，鄭利善發出了「嗯」的聲音，儘管微微皺眉，但是完全沒有逃避史賢的手。

一到家走到臥室，鄭利善就像卸下緊張一樣踉蹌了一下，史賢微微放低身體，托住鄭利善的背部和腿橫抱了起來，不知不覺間，鄭利善連被這樣抱著都能感到自在，額頭在史賢的肩窩輕輕磨蹭著。

今天修復博物館讓鄭利善很欣慰，放鬆的晚餐時間讓他很高興，再加上喝酒讓他醉得很開心，現在鄭利善可謂處於非常幸福的狀態，所以老實說，各種情況和醉意綜合之下，他感受到了自己對史賢的極大愛意。

這導致了鄭利善做出平常不會有的行為，他主動吻向史賢，雖然是蜻蜓點水的親吻，但是對鄭利善來說，這是需要極大勇氣的舉動，他以喝醉為由，環抱著史賢的脖子，一口一口地親吻著嘴唇周圍，史賢稍有停頓，而後笑著回應他的親吻。

時而舔弄著下唇，時而開玩笑地輕咬著上唇，不知不覺間，鄭利善微張著嘴像是在等待史賢的進攻一般，兩人的舌頭纏繞，甜蜜地親吻著，鄭利善漸漸感受到肚臍周圍緊張發癢，他現在已經接受這種名為興奮的快感了。

所以他更加用力地抱住史賢持續親吻，感受到背部碰到了柔軟的棉被，混雜著醉意和興奮，鄭利善用泛紅的臉龐，以及有些期待的眼神看向史賢……

「這樣你會很累，睡吧。」

史賢就這麼把自己放在床上，幫自己蓋上棉被，鄭利善有些呆滯，而後委屈地掀開棉被，史賢詫異地低頭一看，說著知道了並抱起了他。

接著鄭利善被那雙手帶去洗了一身澡。

「……」

最終鄭利善穿著白色浴袍回到臥室。一開始史賢要他刷牙，把牙刷塞到他手裡，鄭利善感到荒唐地待在原地，史賢說知道了，還親自幫他刷牙，最後還擅自幫他洗澡，鄭利善真心想問史賢到底知道什麼。

鄭利善不樂意地坐在床邊，史賢親自用毛巾擦著鄭利善的頭髮，他的動作過於溫柔，讓鄭利善心裡的那份委屈馬上消除，不知道從什麼時候開始，鄭利善很容易因為史賢而心軟，而喝了酒的現在更是如此。

洗過澡而稍稍消去的微醺再次襲來，鄭利善暫時煩惱過後，悄悄地握住了史賢的手，雖然他是第一次做這種誘惑人的事，但是他決定繼續用醉意當擋箭牌，把自己的嘴唇埋進對方的手掌心裡。

「……」

此時，史賢的行動戛然而止，鄭利善得到了某種微妙的滿足感，三番兩次地在手掌上輕啄，對於史賢仍然無動於衷的反應感到有些受傷，鄭利善維持著嘴唇停留在手掌上的姿勢，抬頭望著史賢。

兩人對視的那一刻，史賢的黑色瞳孔裡似乎蕩漾著濃烈的情感，就這麼托起鄭利善的臉頰親吻，史賢其中一個膝蓋撐在床上，放低身體深入地吻著，鄭利善自然而然地往後躺下，過程中還因為不想跟史賢分開，直接摟住史賢。

「你今天怎麼那麼可愛。」

史賢猛烈地吻著鄭利善臉龐的每一處，明明是自己先主動，鄭利善卻莫名覺得害羞，臉頰脹得通紅，史賢低聲輕笑後，再次湊上雙唇。

每次和史賢接吻，鄭利善都無可奈何地任由史賢擺布，因為躺著而更加深入的舌頭讓鄭利善不斷扭動身體，將鄭利善受史賢牽引的事實一覽無遺地顯露出來，原先涼爽的身體馬上變得燥熱，手指伸入微濕的髮梢之間讓鄭利善感到陌生並微微掙扎。

不過史賢出乎意料地並沒有讓兩人的身體相貼，在保持一點距離的姿勢下親吻，只要微微碰觸到對方的身體，就會讓鄭利善心急如焚，焦急地想要再更靠近一點，就在鄭利善環抱著史賢的脖子一陣哆嗦的時候，史賢忽然撐起上半身並往下一看，因為在兩人身體碰觸時，他感受到了鄭利善身下的反應。

「你這麼快就興奮了，利善。」

史賢低聲笑著並將手伸進浴袍裡，鄭利善的性器已在不知不覺間直挺挺地硬了起來，史賢理所當然地包覆住並像是安撫般地上下撫摸，鄭利善甚至沒空為自己的反應感到難為情，只能隨著史賢的動作發出呻吟。

史賢接著往下移動身軀，雙腳跪下放低身體，鄭利善知道那個行為代表著什麼，微微顫抖著併攏大腿，但是史賢溫柔地輕輕將其撐開，就這麼低下了頭。

「啊呃，嗯……」

史賢一下子用舌頭舔弄著厚實性器的尖端，一下子更加低下頭，深深地含住了性器，鄭利善對於和史賢進行的所有行為都會感到不知所措，而當史賢為他口交的時候更是如此，也許是因為兩人第一次的性關係就是從口交開始，又或者是史賢的舌頭過分靈活，每次口交總是讓鄭利善更快射精。

像是梳理著前端的舔弄，以及扭動著頭部將性器全數含入口中並吞吐，史賢不斷反覆著這些動作，伸進喉嚨深處並被緊緊包覆時，那股濕潤的壓迫感和熱氣讓鄭利善蜷縮著腳尖並發出呻吟，一下子全身各處都變成敏感帶，鄭利善反射性地扭動著腰部，史賢直接抬起他的臀部並含得更加深入。

「嗯，呃，哈，啊，等一下……」

下身被牢牢抓住，鄭利善無法掙脫，上氣不接下氣地哀求著史賢放手，但是史賢並沒有退開，最終鄭利善再次進入快要射精的階段，馬上就要噴發的感受讓他無法克制地踢腿掙扎，試圖推開史賢。

「我，呃，快要射……了……」

「射進，我嘴裡。」

史賢維持含著性器的動作回答，發音甚至有些漏風，那個嗓音讓鄭利善感到害羞，同時卻又更加興奮，大腿不斷顫抖著，最終無法戰勝這股刺激，雙腿緊緊夾住史賢的頸部，在全身蜷曲之後，就維持著這樣的姿勢射精了，被抬高懸空的下半身無力地顫抖著。

「哈啊……」

伴隨著無力的嘆息，鄭利善應聲躺在枕頭上，此時史賢放開性器退後，鄭利善發現史賢的嘴裡什麼也沒有，發出了混雜著難為情和羞赧的嘆息，並用雙手遮住自己的臉。

「到底為什麼要吞下去……」

自己欲哭無淚地說著，史賢卻愉快地笑了出聲，鄭利善莫名有點討厭史賢，移開遮住臉龐的手並看向他，卻目睹他正要起身，雙腳伸直站著並整理身上浴袍的行為，讓鄭利善覺得史賢似乎就要這樣離開了。

鄭利善頓時無法理解並愣在原地，而史賢真的就這麼向後走去，慌張的鄭利善撐起上半身，開口詢問史賢現在在做什麼，史賢再次輕推鄭利善的肩膀要他躺下，過於溫柔的舉動讓鄭利善再次任由史賢擺佈地躺下。

「你喝醉了，而且今天很累，睡吧。」

史賢還說了既然射精了，應該能夠好好睡一覺，但鄭利善根本沒有聽進去，他緩慢地眨了眼睛……最終在史賢完全離開床之前，急忙起身抓住了史賢，準確來說是抓住了史賢的領帶，扯著領帶主動親吻。

鄭利善知道史賢之所以會選擇離開，最根本的動機還是考慮到自己的狀態，但是不管他的動機是什麼，站在鄭利善的立場，自己都已經誘惑兩次了，史賢還是選擇離開，這讓鄭利善甚是不滿。

心中的遺憾如潮水般湧來，於是生疏地主動索吻，而史賢就像是接受他的鬧脾氣一樣，輕輕地回應著親吻，鄭利善感受到史賢嘴裡殘留的腥味便稍有停頓，史賢微微笑了出聲，而後輕輕啄著鄭利善嘴唇上方，似乎是要他不用勉強。

「……你到底為什麼要走？」

「你現在很醉。」

「喝醉就不能做嗎？」

「……」

史賢突然找不到答案，靜靜地坐在鄭利善身旁，鄭利善撫弄著史賢的領帶，用失落的語氣說著：「你早就計畫好只要做到這一步嗎？因為你覺得讓我射一次之後，我就會睏了？」

「……」

「為什麼，為什麼每次我都要任由你隨心所欲地擺布？」

「……利善，你就是最讓我無法隨心所欲的人，你這樣說我很委屈。」

原本靜靜聽著鄭利善說話的史賢，輕聲笑著回答，這句話似乎再次指向客觀的事實，鄭利善稍有停頓，但是內心委屈的情緒並沒有消失，史賢試圖抱緊鄭利善安慰他，不過當他身體一湊近，卻感受到自己的胸口突然被推了一把。

「……嗯？」

史賢就這麼仰頭躺下，他緩慢地眨著眼，其實他大可以撐住不動，只是他選擇服從鄭利善的推倒，但他沒有想到自己就這麼向後躺下，頓時露出詫異的神情，而鄭利善爬上史賢的肚子上，用不知何時解開的領帶綁住史賢的雙手。

鄭利善隱約知道自己現在趁著醉意做了很衝動的事，但是不管原因為何，他都不想錯過此刻，從一開始就是對史賢的愛意呼之欲出的一晚，儘管現在是憑著一股不服輸的心情挽留史賢，無論那股情緒是什麼，鄭利善現在極其努力地試著綁住史賢的手腕。

「利善，你現在是要把我綁起來嗎？」

「對。」

史賢躺在床上，微微抬頭向鄭利善詢問，鄭利善當然知道這種綑綁對史賢來說一點用都沒有，他也知道只要史賢願意，一秒內就可以讓手腕上的繩結消失，但他還是固執地捆綁著史賢，並回答史賢的問題。

史賢壓抑著笑意繼續詢問：「為什麼？」

「不要摸我。」

「……什麼？」

「你要是碰我，那接下來一週，不對，半個月內我們都分開住。」

「……」

史賢終於沉默了，鄭利善說的這麼堅決，史賢也無可奈何地露出為難的表情閉上了嘴，鄭利善這才露出滿意的笑容。

鄭利善將史賢被綁住的雙手高高舉起，有條不紊地開始解開襯衫的鈕扣，史賢身穿黑色襯衫，原本是一身毫無異樣的衣服，現在要主動幫對方脫下，鄭利善莫名感受到一股禁慾的感受而稍微猶豫了一下，但是鄭利善再次下定決心，一顆一顆地解開鈕扣。

襯衫鈕扣就這麼被全數解開，衣角向兩旁攤開，勻稱的肌肉表露無遺，鄭利善微微躊躇，接著緩緩地將手放到史賢的胸口上，指尖碰到結實的胸肌，沿著斜線往下拂過連綿起伏的腹外斜肌，史賢靜靜地維持被綁住的姿勢，可以看出只要是鄭利善的手掃過的地方，史賢都會微微地發出顫抖。

那副模樣讓鄭利善得到了超乎想像的滿足感，史賢直愣愣地看著鄭利善輕聲微笑，雖然史賢的表情看起來有些不滿，鄭利善卻因此更加怡然自得地低頭看向史賢。

接著鄭利善低下頭，輕輕地試著咬了一口史賢的頸部，如同史賢之前說過的，只要用力吸吮就會留下暗紅色的痕跡，鄭利善為了留下痕跡努力地舔弄著後頸，鄭利善的髮梢因為低頭而拂過史賢的頸部，史賢發出了微微的嘆息。

「嗯……」

「怎麼了，你討厭這樣嗎？」

「不，不討厭……只是再這樣下去，我好像會做出你討厭的事，所以我在忍耐。」

原先非常享受的鄭利善立刻冷靜下來抬起上半身，不過也只是身體反射性的反應，他還是很想讓史賢感到為難，於是又撫摸了幾次史賢的腹肌，等到史賢再次嘆息的時候才退開。

鄭利善的動作向下遊走，解開了史賢的褲子鈕扣，並延續這股氣勢，把史賢的內褲褪去，看見隨之彈出的巨大，讓他無法忍住呼吸，那是近距離看會大受衝擊的尺寸，充血腫脹的模樣有些驚人，鄭利善頓時感到慌張，故作冷靜地說著，聲音還帶有一點顫抖。

「你都硬成這樣了，為什麼還要走？」

「……利善，你這樣問我原因，我又會覺得很委屈了。」

史賢的回答讓鄭利善無話可說，因為是自己抓住並推倒要離開的史賢，雖然驚訝地看著眼前史賢的性器，但是他知道那個東西進入自己體內時，會帶來多大的刺激，他有過那麼多次經驗，那些記憶強烈地烙印在腦海裡，鄭利善反射性地感受到腹部傳來震動的快感，因為醉意而泛紅的臉龐更加通紅，鄭利善稍有停頓，而後向上移開視線。

史賢似乎知道鄭利善在想些什麼，從容地笑著說道：「要幫你擴張嗎？」

「……」

看見史賢瞥向自己被綁住的手腕還說出這句話的態度，鄭利善緊閉著嘴不回答，取而代之的是從床頭櫃拿出潤滑劑，鄭利善從來沒有自己擴張過，雖然沒什麼信心，但是他清楚如果毫無擴張便讓這個尺寸的性器進入，後悔的只會是自己。

所以鄭利善跪在史賢的膝蓋之間，將潤滑劑擠在手上，隨著他張開雙腿的動作，白色浴袍自然而然地鬆開，鄭利善微微吸了一口氣之後，便直接往後庭放入一根手指。

「呃，嗯……」

儘管充滿魄力地放入，鄭利善卻馬上一陣哆嗦，全身緊張了起來，也許是因為放入自己的手指，相對上較有心理準備，但是異物感仍然很明顯，鄭利善急促地呼吸著，皺著眉放入了第二根手指。

啊呃，鄭利善再次發出痛苦的聲音，並往前壓低上半身，他的髮梢碰到史賢的胸口，不知不覺間，史賢撐起上半身看著他。

「一邊呼吸……慢慢放鬆，解除緊張。」

史賢盡可能地用沉著的語調說著，但是可以看見他手臂的肌肉抽動著，似乎下一秒就要撕爛手腕上的領帶，前臂上的青筋顯而易見，如實地顯露出他忍耐得多辛苦。

一看見那雙黑色瞳孔裡映出的濃烈性慾，鄭利善便沉浸在勝利的快感中，同時感受到身體因為興奮而發燙，呼出來的氣息裡也漸漸帶有一股潮濕的熱氣，光是四目相接，就讓鄭利善有種要被史賢毫無保留地吃乾抹淨的心情。

鄭利善維持著和他的對視，緩緩地動起了手指，儘管試圖忍住呻吟，但是很難同時專注於兩件事情上，還是從顫抖的嘴唇中滲出了鼻音。

在兩人視線交疊之下，整個空間繚繞著奇妙的熱氣，起初因為感到陌生，鄭利善只能緩緩動著手指，他漸漸地加快速度，回想著史賢是如何幫自己擴張，生疏地模仿著腦海裡史賢的行為。放入手指，用手指一點一點撐開內壁，再往體內深入，因為羞赧而蜷縮的大腿，受到刺激而大幅顫抖著，膝蓋一分開便再次使其貼合，不斷反覆著。

過程中史賢的眼神始終鎖定在鄭利善身上。

鄭利善不知道該擴張到什麼程度，而且就算是史賢之前幫自己擴張的時候，真正插入時他還是會大吃一驚，所以在鄭利善覺得擴張得差不多之後，他便抽出了手指，而實際上只是因為史賢的視線讓他興奮到想要趕緊進入下個階段。

史賢當然也抱持著同樣的想法，他看著鄭利善坐上自己的大腿，用極其忍耐的語調說道。

「保險套呢？」

「抽屜裡面沒有……」

「呼，客廳的收納櫃應該有……」

「我去不了，那裡。」

心急的鄭利善根本沒空去一趟客廳，他打斷史賢說話，扶著史賢的肩膀，就這麼試圖插入，鄭利善在史賢的性器上抹滿潤滑劑，將性器塗抹得極其光滑，握著根部並緩緩地往下坐，全身都處於焦躁難耐的狀態。

混雜著醉意和興奮，鄭利善渴望著更加強烈並舒服的刺激，看見史賢皺眉為難的表情，還有使勁忍耐著發狠性慾的瞳孔，這一切都讓鄭利善非常滿意，因此好奇地急著看到史賢接下來的反應……

「哈……呃！」

龜頭插入的同時，鄭利善猛烈地顫抖著並停下了一切動作，原先化成一灘水的理智突然恢復，儘管用雙眼確認過、用雙手撫摸過，做好一切心理準備，但是面對直接插入身體所帶來的衝擊，醉意似乎也跟著一掃而去。

鄭利善雙手抓著史賢的肩膀渾身顫抖，史賢強忍著慾望說道：「呼……放輕鬆。」

嘆息中戰戰兢兢地承載著忍耐，鄭利善過於緊張地出力，讓內壁縮緊銜住性器，史賢的忍耐也似乎快到極限，強行壓抑著想要推倒鄭利善猛烈進攻的衝動，史賢親吻著鄭利善的頸部和肩膀。

鄭利善在史賢的頭上發出哭聲，深呼吸後便緩緩地再次放低身體，光是龜頭插入就讓全身酥麻地顫動，鄭利善沒有信心能完全放入那根聳立的圓柱。

好不容易讓龜頭完整插入，鄭利善心想已經過了腫脹的那關，維持這個狀態抱住史賢的頸部抽泣，雖然整件事情都因自己不服輸而起，但是他沒想到會這麼痛苦，而且坐在上方試著插入的體位，讓鄭利善更加感受到身下的巨大，鄭利善淚眼汪汪地啜泣著。

「呃嗯，呃，啊……」

「怎麼哭了？你這樣不就顯得我是壞人嗎？把我放倒的人是你耶。」

「啊呃，嗚，你太大了，好壞……」

鄭利善雖然想哭，但還是再次試著挪動身體，跪著的雙腿顫抖得像是下一秒就要癱軟一樣，他緊握著史賢的肩膀往下坐，卻又吃驚地起身，不斷重複著這些動作。

儘管鄭利善也在努力讓情況有所進展，但是與他的意圖不同，他的每個動作都是在挑戰史賢的耐心，好不容易讓龜頭尖端插入，鄭利善卻吃驚地起身，末端微微拂過就讓他想哭，再次往下坐試圖插入卻又立起身子，這樣的情況不斷反覆著。

雖然的確有一點一點地漸漸深入，鄭利善暗自相信已經放入一半左右，但是實際上卻只有前半部分不斷在洞口磨蹭，而且鄭利善又對這種刺激極度敏感，每當他往下坐，隨著插入越深，就會引起內壁緊縮的反應，史賢只能咬著鄭利善的鎖骨。

而且鄭利善的上半身就在自己被綁住的手前面，史賢的忍耐已經抵達極限，鄭利善身上的浴袍已經完全鬆開，只有腰際的綁繩掛在那裡，肩膀和胸口全然露出。

「哈啊……」

此時，鄭利善也感受到自己已經到了極限，不管再怎麼插入，都找不到這根圓柱的盡頭，他莫名不想認清現實，固執地不往下看，但是每當那個東西緩緩地深入並輾過內壁，鄭利善全身都會起雞皮疙瘩。

也許是因為自己變得敏感，鄭利善甚至感受得到身下那根的充血抽搐，他抱緊史賢的頸部宣洩出激動的呻吟，就這麼生疏地扭動著腰部，緩緩地動作著，史賢用比先前低沉的嗓音說道：「鄭利善。」

「……嗯？」

「呼，你要把人……逼瘋到什麼時候，你說啊？」

「不、不對，那個，名字……」

「現在那個不是重點吧，利善，哈……」

低沉的嗓音就像刻意低吼一樣，比起那個低沉的語調，史賢連名帶姓地喊出自己的名字，這讓鄭利善更為慌張，因為史賢從來沒有這樣叫過自己，而那聲呼喊讓鄭利善比想像中的更加驚訝，並且產生了一股微妙的興奮。

史賢毫無頭緒地喊著自己的名字，像是催促般地啃咬著自己的鎖骨和頸部，這些動作都如實展現了他現在的狀態。

「雖然我一定會敗給你，但是你這樣挑逗我，太過分了吧……」

此時，史賢催促鄭利善湊近嘴唇，鄭利善欣然答應他的要求，下唇卻突然被咬了一口，鄭利善大吃一驚地後退避開，但身下的巨根卻以這個姿勢更加深入，鄭利善大吸了一口氣。

伴隨著衝擊，鄭利善緊緊抓著史賢的肩膀，就在他要撐起身體的時候。

「……唔？」

撲通，鄭利善被放倒在床上，他無法理解這個突發狀況，呆滯地眨著眼睛，眼前的景象突然變成了天花板，直到他撇頭往下看，才頓悟把自己向後拉到床上的東西是什麼。

「你怎麼……可以使用影子！」

「你只說不能用手，沒說不能用影子啊。」

「這到底是怎麼……」

「我已經對你很善良了。」

黑色的影子從鄭利善雙手手腕的下方湧動，接著全然地壓制住他，聽見史賢爽快的回答，鄭利善質問他那是什麼歪理，儘管試著搖晃手腕，但是完全無法掙脫。

史賢悠哉地看著他的反抗並抬起手，輕而易舉地解開了用領帶繫的繩結，鄭利善費盡心力繫的繩結被輕易解開，似乎變得毫無用處，原本鄭利善就不大清楚該怎麼綁人，再加上領帶是絲綢材質，所以本來就較為容易滑開。

雖然他一開始就知道史賢是乖乖「被綁住」，但是如此直接地目睹繩結被解開，鄭利善感到非常虛無，史賢發現鄭利善不安地看著自己撫摸著手腕，臉上浮起了柔和的笑容。

「不用擔心，我不會用手碰你。」

也許是他的忍耐終於超越臨界點，整個空間裡充滿著危險的氛圍，也不管鄭利善是否害怕，史賢用極其享受的神情往下一看，他的手一動，鄭利善的腿部下面就有個影子跟著晃動，並且完全抓住了那雙腿。

一口氣插入性器，鄭利善發出啊的一聲並僵在原地，從稍早之前就持續的興奮從背後、腰間一路向上延展到後頸，那是足以讓頭腦故障停擺的發麻刺激，唯一沒有受影子束縛的腰部晃動著，鄭利善瑟瑟發抖。

「你吸得這麼緊，卻一直慢吞吞地只在前端磨蹭，我再厲害，也忍不了。」

「呃、嗚，啊啊……」

「你說啊？你是想測試，我的忍耐程度，到哪裡嗎？」

每當史賢換氣時，都會以驚人的氣勢搗入體內，一下子襲來的刺激讓鄭利善向後仰並抽泣，史賢一口一口咬著頸部留下痕跡，脖子上的熱氣讓鄭利善無法清醒，在手腳都被困住的情況下，一股刺激毫不停歇地從其他地方襲來。

「如果對你體貼或用力操你都要被當成壞人，那我寧願是後者。」

史賢故作委屈地說道，雖然語氣就像是個失落的人，但是不斷往體內撞擊的動作卻無比激動，那股令人發麻的刺激就像是要貫通全身一樣地占領大腦，混雜著尿道球腺液和潤滑劑所發出的噗滋聲從身下不斷發出，聽起來更加濃稠。

此時，鄭利善無法保持清醒，想要抱著史賢，但是手腕被綁住而無所適從，史賢的手也以若即若離的觸碰方式，停留在鄭利善的身體上，僅僅留下非常狹窄的距離，輕輕地撫過身體上方，在乳頭上空繞圓停留，緩緩向下撫過肋骨在腰際徘徊。

像是碰觸到卻又沒有觸及的奇妙觸感讓全身發癢難耐，鄭利善無法忍受刺激，不斷顫抖著腰部，當他的腰際向上挺起時，史賢的手也稍微往上退開，快要碰到卻始終未曾觸及的行為讓他更加心急如焚。

鄭利善渴望著每次史賢撞擊自己時快要捏碎自己腰部的手勁，還有即使如此卻還是不斷壓制力氣，小心對待自己的種種行為，他想要感受那雙手，因此鄭利善清楚知道史賢現在的所作所為都是為了什麼，最終他還是必須抽泣著允許史賢。

「啊呃……手、用手，不要用，呃，影子……」

鄭利善搖著頭請求史賢解開影子，史賢明明聽得清楚，卻還是再次確認「你說我可以用手碰你嗎」，鄭利善胡亂點著頭並不斷啜泣，史賢馬上浮現悠哉的笑容，解開影子並輕輕撫摸著鄭利善的腰。

那雙手一碰觸到自己，鄭利善就射精了，把額頭埋進史賢的肩膀裡，雖然全身都在顫抖，但是鄭利善伸手抱緊史賢的背部，感受到鄭利善哀求的行為，史賢低沉地笑了，並抱緊了他，不斷撫摸著他的腰間、手腕、胸口、他的一切。

「我看你也滿喜歡在被影子束縛的狀態做耶。」

「嗚，呃，啊……」

「你被綁住的時候更興奮耶？你喜歡被綁住的狀態嗎？」

史賢用溫柔的動作輕撫著鄭利善，再次詢問他是否喜歡被綁住，並不是單純為了捉弄鄭利善，史賢是真的感受到鄭利善被綁住的時候，比平常都還要敏感，才會提出這個問題，史賢很常用這種方式詢問自己對於體位的喜好，鄭利善嘟囔著回答。

「被綁住的狀態……啊，我其實不討厭，呃，但是我不喜歡，影子。」

「被我用能力綁住，讓你這麼難過嗎？那我以後不會用了。」

「不，重點是……這樣我感受不到溫度……」

「……」

「因為手，或是身體……很溫暖……」

鄭利善感到很難為情，句尾都有些模糊帶過，不過他似乎很喜歡史賢的溫度包覆著自己的身體，緊緊抱著史賢的背，感受到有些尷尬地離開，最終再次回來抱緊他的那雙手，史賢微微嘆息。

而這一刻，鄭利善感受到史賢的身體用力壓著自己，兩人更加靠近，在他發出慌張的聲音之前，史賢的手臂從膝蓋下方伸到身後，包覆著自己的背，就這麼抱起鄭利善，原先以為是擁抱而準備回應的鄭利善，身體突然被抬至空中，發出了大聲的呻吟。

「啊呃！啊、深，呃，好深……」

鄭利善呻吟到快要喘不過去，雙手緊緊搆著史賢的背，史賢起身往床的旁邊移動，儘管鄭利善知道為了防止自己摔下去，史賢的手穩穩地撐在身下，但是他當下過於驚訝，只能緊緊抓住史賢，而且被他這樣舉起，性器似乎又進入更深處，鄭利善喘到快要無法呼吸，每次插入都感受到性器更加腫大。

但是鄭利善還沒來得及習慣體位更換，史賢又開始直搗體內，這個姿勢讓鄭利善只能緊緊摟住史賢並不斷哭泣，一湧而上的刺激讓腳尖不斷蜷曲、雙手顫抖，最終胡亂揉著史賢的襯衫抱緊史賢的背，過度的刺激讓鄭利善的眼裡流出了淚水。

「都沒辦法，完全插進去，怎麼會想要，從上面來。」

史賢不斷撞擊著腰部並詢問鄭利善，但是鄭利善無法分神回覆，只能不斷哭泣並猛搖著頭，雖然他自己說出喜歡被綁住的狀態，但是他沒有想到會變成這種情況，再加上史賢啃咬著自己的耳垂，像是在責怪稍早的事情，鄭利善真的很委屈，他用盡了所有努力，錯就錯在史賢尺寸異於常人的性器。

不過這個姿勢讓他無法推開史賢，又無法從那股溫暖中脫身，最終只能鄭利善只能抱緊史賢的頸部並抽泣，在他差點哭到岔氣時，令人一陣哆嗦的快感開始找上門來。

史賢就像是在舔舐著發紅眼角邊的淚水，吻著眼角溫柔地詢問：「怎麼又哭了？我都只照著你喜歡的方式做耶。」

當然，只有嗓音是溫柔的，身下撞擊的行為極其狂野，讓鄭利善無法好好回答，極度的快感讓他無法振作精神，沉醉在刺激裡的大腦只對快感有所反應。

維持著被抱起來的姿勢，鄭利善不斷哭泣，面對一直詢問理由的史賢，只能毫無頭緒地回答著喜歡，用嘴唇完全鬆開的發音不斷重複著這句話，額頭在史賢的肩窩裡摩擦，史賢像是一心盼望得到這個答案的人，低沉地笑了出聲，連耳邊的氣息都讓鄭利善渾身顫抖。

「唉，我以後都會想要把你弄哭了，怎麼辦……」

史賢接著湊近嘴唇，鄭利善反射性地回應他的吻，感受到身下更加深刻的插入，鄭利善原先想要回答無法再進來了，但是那些話語全都在史賢的嘴裡消失殆盡。內壁蠕動著接受了那份巨大，當性器要抽出時，像是要挽留一般跟著一起往外翻折，而當性器再次插入時，又像是不想錯過一般緊緊鉗住，感受到史賢混雜著低聲嘆息的興奮，鄭利善更加戰慄地緊繃身體。

「嗯，呃……啊！」

令人發麻的刺激不斷擴散到頭腦無法運轉，全身近乎融化，更加深入的抽插造成更加迎來高潮的感受，呼吸也變得無比散亂。

在快感的最後，鄭利善終於抵達了頂端，儘管是無聲的聲音，但是大力喘息的呼吸，以及抓緊史賢卻又不斷顫抖的行為，都展現出他感受到了讓他甚至無法好好換氣的高潮。

他在最後一刻發出了如哭泣般的嘆息，把頭埋進史賢的肩窩裡，此時史賢也也在體內射精並抽出性器，白色的混濁液體滴落到地板上，液體從穴口流出的感覺令人戰慄到起雞皮疙瘩。

在尚未消去的熱氣裡，鄭利善感受到神智有些朦朧，因為是在疲憊狀態下進行性關係，鄭利善馬上就累了，不對，其實很難稱之為馬上，因為他們做了很久，鄭利善也算是撐到了自己的極限，而那個極限讓鄭利善滿足到想哭，現在已經沒有力氣撐住了。

全身無力的鄭利善感到後悔，意識朦朧地癱在原地，史賢抱起他往床鋪走去，換了姿勢躺下之後，穴口隨即流出更多液體，鄭利善難為情地蠕動身軀，史賢一口一口親吻著鄭利善臉上的每一處。

鄭利善閃過一個念頭，以為史賢是為了哄睡自己才移動到床上，卻感受到自己的兩個腳踝被史賢握住，並放到他的肩膀上，鄭利善用慌張的神情看著史賢。

他根本不在乎鄭利善的視線，悠然地輕咬著鄭利善的腳踝和腿。

「那個……我有點，累了……」

「那就睡吧。」

「什麼？可是，現在下面這個……」

「我本來已經要回去了，是你挽留我的，那我當然要負起責任照顧到最後啊。」

「……」

面對突然把自己說得很委屈的史賢，鄭利善無話可說，因為實際上真的是自己挽留才會發生這一連串事情，現在確實很難因為自己累了就把他推開，而且想到過去這些日子承受過史賢的體力，他絕對不是射一次就能滿足的人。

但是在那樣的情況之下，他還叫鄭利善睡覺，自己會繼續做，這讓鄭利善感到無比荒唐，一股不容小覷的害羞湧上，不知道該表現出怎樣的反應，滿臉通紅地嘟起嘴巴，史賢輕輕地吻了上去並說道。

「我不會強迫你一定要醒著，如果做到睏了就睡吧。」

「根本就……睡不著吧？」

「那最好。」

「……」

史賢馬上在雙腿之間找好位置，鄭利善茫然地僵在原地，在感受到身下的插入後，全身瑟瑟發抖，因為史賢將性器再次推入滿是精液的後庭而發出的抽插聲音極度刺激，隨著三番兩次緩慢地抽動，還能看到精液在史賢的性器抹得油亮的樣子，更讓鄭利善感到不知所措。

鄭利善猶豫不決地握著自己腰肩上的那雙手，更顯欲拒還迎，最終吃力地詢問：「呃，啊，早上不是還要上班嗎？」

他們很晚回家，現在已是凌晨，鄭利善下午再去上班也沒關係，但是史賢似乎說過早上有事要去公會一趟。

鄭利善眼見史賢又要開始一波猛攻，擔心他是否忘記上班的事便提及這點，而聽到這句話的史賢笑得極為歡樂，隨著他笑到彎腰，鄭利善的耳邊也傳來史賢的氣息。

「對，所以我只會做到那時候。」

那時候？鄭利善雖然覺得史賢的回答有點奇怪，但是兩人的距離極度靠近，身下的插入也越來越深，鄭利善最終發出呻吟並放棄思考，他無法拒絕那股從下腹湧上的刺激，只能心想著再做一次就能睡覺，便答應了史賢。

而那天，令人遺憾地，鄭利善體悟到了S級獵人就算徹夜未眠，也能保持清醒。

（完）

✦ 番外四 ✦

冬天（上）

冬天來臨。

今年的冬天來得很早，從十一月就吹起冷風，氣溫驟降。在四季當中，鄭利善最喜歡冬天，所以自從他感受到空氣中那股寒冷的氣息，就變得更常外出，不僅會到公會大樓附近走走，也會爬上頂樓靜靜地吹著風。

而鄭利善表示，自己喜歡冬天的理由只是覺得吹著冷風，精神就能保持清醒，Chord 隊員們雖然有些詫異，但也覺得只要鄭利善開心，那也沒什麼不可以，並藉著鄭利善對冬天的喜愛，常常和他一起出門散步。

然後鄭利善就感冒了。

感冒是極度常見的病狀，但是儘管鄭利善表示是非常輕微的感冒，隊員們卻非常嚴肅看待這件事，各自後悔並反省著為什麼沒有阻止鄭利善去散步，為什麼鄭利善說喜歡就拉著他一起出門。

在A級以上的獵人們組成的隊伍，身為非戰鬥系覺醒者的鄭利善理所當然地是隊員的保護對象，他漸漸覺得這種氛圍已經形成一股自己變成隊內吉祥物的文化，否則隊內氛圍不可能走向這種過度保護的方向，在隊員們的眼裡，自己一定是弱不禁風、風吹就倒的那種人。

「只是感冒啦。」

因此，鄭利善故意充滿工作熱情地出面進行修復，他的職責是在 Chord 清除副本後，對受災地區進行修復，史賢說公會裡的修復組會代替他完成，告訴他不用工作沒關係，但是只要鄭利善表示自己想做，史賢總是說不過他，所以鄭利善還是負責這次修復。

就這麼在隊員們充滿擔心的視線中，鄭利善再次說明自己只是得了感冒……

「天啊，修復師！」

卻還是昏倒了，因為使用了能力，精力暫時性地減少，鄭利善無法忍住暈眩感，幸好是在全數修復建築物之後才昏倒，史賢立即衝去抱住鄭利善往前倒下的身體。

從那天以後，鄭利善被關在家裡，必須乖乖待滿三天。

鄭利善連兩天都處於高燒狀態，讓前些日子的疑似過度保護都有了明確佐證，的確是因為身邊的人過於擔心自己，鄭利善故意裝作沒事，卻忽略自己真實的身體狀況，最終他只能躺在床上難受吭聲，由史賢親自照顧他。

接近年底，儘管史賢清楚公會很忙，卻還是不離開鄭利善身邊。鄭利善覺得這也許是史賢所採取的新型警告方式，史賢親自為他量體溫、煮粥，甚至在旁邊盯著鄭利善吃完。

在那之後，不只是感冒藥，史賢還給了他公會販賣的最高級的精力恢復藥水，鄭利善覺得除了自己，絕對不會有別人得個感冒就吃那麼多昂貴的藥，但還是乖乖吃下了。等到鄭利善吃完全數的藥之後，史賢以百思不得其解的語氣說道：「為什麼生病？」

「什麼？」

「你明明有好好吃飯，營養也都維持均衡，基礎體力也不是爛到透頂的那種，為什麼吹個冷風就會生病？」

「……那個，我也不知道該說什麼……」

聽見史賢鬱悶地追究，鄭利善真的無話可說，戰鬥系覺醒者的體力和一般人比起來相差許多，只要是B級以上的戰鬥系覺醒者，就不大會得一些感冒小病，因此鄭利善可以理解，對S級的史賢來說，感冒而臥病在床這種事非常奇怪，再加上史賢從小小年紀就以S級的身分生活，對於這種小病自然也更加感到陌生。

鄭利善內心覺得有些羨慕，並向史賢說明，感冒是非常常見的病狀，而且也不是流感，所以很快就會康復，儘管這些都是史賢早就知道的資訊，但是看著史賢望向自己的眼神，鄭利善只好用安慰的語氣說出這些。

儘管那雙黑色瞳孔裡映照的關切和他很不搭，卻是鄭利善最近常常看見的情感，他不知道正確的理由為何，但是史賢確實常常用這種眼神，靜靜地看著自己。

接著史賢緩慢地握住鄭利善的手並說道。

「利善，你太虛弱了。」

「……那是因為身邊都是A級獵人，才會顯得我很虛弱，大部分人都跟我差不多。」

「就算我做好萬全準備，要是你忽然又這樣生病……」

「……」

「我又會感到不安了。」

小聲的喃喃自語在耳邊清晰地響起，也許是因為感冒而精神恍惚，或是喜歡那句話所帶來的震撼，鄭利善靜靜地反芻著這份感受，接著笑出了聲。

看見鄭利善因為自己擔心而笑了出來，史賢把頭埋進了鄭利善的手裡，懇切地期盼：「不要生病。」

就這麼睡了一下後醒來，史賢卻理所當然地還在床邊。

已經是鄭利善待在家裡的第四天下午，前幾天些微殘留的體熱在早上終於完全消失，鄭利善一起床就感受到通體舒暢，正準備逃離這張床的時候，又忽然停下一切動作，因為史賢坐在床邊的椅子上，撐著手臂趴睡。

「……」

看見史賢安靜的模樣，鄭利善的眼睛緩慢地眨著，鮮少見到史賢睡著的樣子，鄭利善感到有些新奇，並且不想錯過這一刻，甚至屏住呼吸。

史賢的外貌非常精緻且美麗，雖然總是面帶笑容，但是那抹笑容卻微妙地讓他顯得有些鋒芒。不過像現在這樣閉著眼睛，史賢給人的氛圍明顯柔和了下來，陽光從史賢歪斜的頭部旁邊灑了進來。

凝視著陽光斜斜地拂過眼下乃至嘴唇……鄭利善緩緩地伸出手，知道史賢對人的動靜很敏感，害怕吵醒他，鄭利善更加小心翼翼地伸手靠近。

觸碰到臉頰的手輕輕地撫過那條陽光造成的分隔線，食指從眼尾下方開始，一直往下撫摸到嘴唇上方，指尖感受到臉上的溫度，鄭利善莫名覺得有些異樣，是因為陽光照到臉上的那個部分，才會溫暖嗎？鄭利善甚至浮現了許多毫無頭緒的想法。

誰都無法看見史賢放鬆下來的模樣，現在盡收自己眼底，這讓鄭利善感受到了奇怪的滿足感，鄭利善的手躊躇了許久……小心翼翼地觸碰了那個嘴唇，鄭利善覺得羞赧，趕緊收起手並轉身，想著要從床的另一邊起身。

「啊……」

但是正當他準備這麼做的時候，後方那雙手伸直並緊緊摟住他的腰，史賢抱住了鄭利善，像是被拉走一樣坐在史賢的腿上，鄭利善好不容易讓受驚嚇的心臟鎮定下來，才開口詢問：

「你、你醒了……」

「為什麼不摸了？」

「……什麼？」

「看在我故意裝睡的誠意上，應該要繼續摸下去吧？」

「……」

耳邊的嗓音非常溫柔，史賢把頭埋進鄭利善的肩窩裡說著，更能感受到剛醒的人身上那股特有的、有些懶洋洋的溫暖，鄭利善覺得他說的話很荒唐，卻又因為後頸傳來讓他瑟縮的氣息，莫名一陣顫抖。

「你……什麼時候醒的？」

「你的手一碰到我的時候。」

鄭利善知道自己撫摸史賢臉龐的時間不算短，所以感到非常難為情，甚至對於史賢從醒來到剛才的毫無動靜感到神奇，而且自己最後觸碰的那個地方是……

「通常被摸嘴唇的時候，只要乖乖被摸，不是都會得到一個吻嗎？」

「奇、奇怪，我幹麼對睡著的人做那種事。」

「那我現在醒著，可以親一下吧？」

面對史賢理所當然地詢問，鄭利善愣在當場，荒唐和害羞的感覺如潮水般湧上，鄭利善握著史賢抱住自己腰間的手，轉身看向他。

與那雙黑色瞳孔對視，剛才歪斜地拂過眼角下方的陽光，現在完全覆蓋住史賢的眼睛，這副景象讓鄭利善稍微屏住呼吸，史賢看著自己露出帶有微笑的眼神，這個舉動所代表的意義很明確。

「……」

怎麼看都是要索吻的眼神，最終鄭利善在一聲苦笑之後輕輕地給了史賢一個蜻蜓點水的親吻，視線朝下、靜靜待著的史賢對鄭利善傳送了「這就結束了嗎？」的眼神，但是鄭利善裝作沒看到並起身。

當然這次的起身也在預備動作時就停止了，史賢再次抱住鄭利善的腰，深入地接吻著，鄭利善微微掙扎過後，最終只能環抱住史賢的頸部，回應著這份親吻。

在甜蜜的接吻過後，史賢到處摸著鄭利善的臉確認是否還有發燒，雖然鄭利善不知道到底為什麼要這樣量體溫，但是鄭利善清楚自己早在某一刻開始，就習慣了史賢的這些行為，儘管臉頰被揉得讓他覺得自己似乎變成一塊糯米糕，但他還是乖乖地交出自己的臉頰。

「完全退燒了。」

「對啊，現在應該已經完全康復了。」

其實從昨天就沒什麼大礙了，只是史賢硬要自己再多休息一天，鄭利善只好配合他多躺在床上一天，不過真的就像史賢說的，好好多睡了一天，身體也變得舒暢許多，鄭利善久違地回復為放鬆的心情。

來回走在寬敞的客廳裡，就像是在散步一樣，忽然之間，視線被窗外的天空吸引，早上睡著時天還有點灰暗，現在看見了天空灰暗的理由，那些從彩度低的天空裡微小但真實落下的，正是白色的雪花。

「下雪了！」

鄭利善往陽臺走去，用驚訝的語氣說著，儘管從漸涼的風可以得知冬季來臨，但是親眼看見雪花落下才切實感受到季節更迭。也許是現在才剛開始下雪，鄭利善驚歎地看著像雨滴般落下的雪花，史賢從後方靠近，往鄭利善的身上披了一件厚實的毛毯，鄭利善聽見史賢溫柔地告訴他，窗邊很冷要注意身體。

鄭利善很享受這個當下，微微靠在史賢身上並說道，今天身體完全康復，自己興奮的理由還有一個。

「我們去看展覽的時候，也會下雪嗎？」

「預報說雪下到傍晚之前，到時候應該下完了。」

今天正是要去參加奇株奕畢業製作展覽會的日子，奇株奕從今年下半年就開始忙著準備畢業作品，除了攻略副本以外的時間都很難見到他，最近奇株奕也傳來生存報告，表示自己終於完成畢業作品了。

奇株奕也拜託他們一定要來展覽會，隊員們協調各自的時間，決定在傍晚一起去一趟，Chord 是非常引人注目的隊伍，因此他們故意選在展覽會場快要關門時才去拜訪。

聽說租了首爾繁華街區的畫廊當作展覽會場，既然是以美術聞名的大學，學校也正式地辦理畢業展覽會，鄭利善暗自期盼著今天的到來，因為奇株奕說過這次的畢業作品，是源自於古代世界七大奇蹟突擊戰中，自己看見鄭利善修復建築物所感受到的情感。

起初聽到這個故事的時候，鄭利善感到非常慌張，還想著作品主題有可能更換，沒想到奇株奕真的以這個主題開始著手製作，並且對製作過程徹底保密，鄭利善完全沒有看到過程，這一點也讓鄭利善內心更加期待著今天的到來。

因此，鄭利善興高采烈地和史賢一起吃午餐，再次看著窗外的風景時，電話突然響起。鄭利善泡了暖和的熱可可，看著窗外，正要享受寧靜祥和的時光，突然聽見自己的手機鈴聲在臥室裡響起，鄭利善詫異地走進房間確認手機畫面，是奇株奕的電話。

「……嗯？」

——幾個小時後就要見面了，是打電話來確認我會不會去的嗎？因為我幾天前昏倒，他擔心我今天沒辦法去嗎？

鄭利善糊裡糊塗地接起電話……

「嗚嗚——呃嗚，呃呃，修復師！嗚嗚嗚嗚嗚。」

「……奇株奕獵人？」

「呃嗚嗚嗚嗚——怎麼辦，呃嗚，嗚嗚嗚——」

鄭利善聽見了奇株奕傷心哭泣的聲音，慌張地重新拿好手機詢問發生什麼事了，但是奇株奕只是不斷哭泣，聽見電話另一頭哭成一片淚海的聲音，看來奇株奕並不是一個人，其中幾個人似乎還說著「拜託快點叫他來」。

「發生什麼事了？你怎麼了？」

「嗚嗚嗚——修復師，你現在，呃嗚，好點了嗎？」

「啊，我好多了，感冒已經完全好了，你到底怎麼了？」

「嗚嗚——那你可以來嗎？我，我在這裡，嗚嗚嗚嗚！」

「什麼？你，你在哪裡？我先過去，我會過去，你冷靜一點。」

奇株奕極度懇切地哀求鄭利善過來一趟，嚎啕大哭地找著他，鄭利善慌張地趕緊從衣櫃裡拿出外出衣服，此時史賢走進房間裡詢問發生了什麼事，鄭利善露出了我也很想知道的表情。

「呃嗚嗚嗚——修復師，快點，拜託你快點來。」

奇株奕哭到險些喘不過氣，和他在一起的人們也全都在哭，鄭利善只能盡快準備出門。

▲

鄭利善和史賢一起出發，並找到了奇株奕哭泣的原因。儘管史賢主動詢問，但是依然無法和奇株奕進行有效溝通，最終史賢詢問別人，沒花多少心力就馬上掌握情況。

展覽會場前面有副本生成了。

儘管那只是C級副本，偏偏在畫廊門口生成，而且副本生成前兆到形成入口之間的時間過短，雖然獵人協會為了釐清異常情況，馬上聯繫畫廊，但是從畫廊到科系、科系到學生們的轉達仍然花上了許多時間。

再加上副本發生在清晨，昨晚學生們因為終於展出畢業作品而開心到很晚才睡，所以應對措施更加延遲。雖然畫廊裡的人們先搬運了幾個放在裡面的作品，但是絕大部分的作品都被捲入副本生成的前兆之中了。

學生們睡醒之後，就看見展覽會場以及自己幾個月來費盡心血製作的作品全數消失的情況，儘管副本很快就被清除完畢，但是入口消失的地方變成了廢墟，學生們在畫廊前面嚎啕大哭，拜託奇株奕趕緊呼叫鄭利善。

「呃嗚嗚，嗚嗚，修復師！」

鄭利善和史賢一抵達畫廊門口，奇株奕就衝了過來，待在倒塌建築物前方的學生們也顫抖了一下，似乎馬上就要奔向這裡，卻好像無法靠近，只能遠遠地發射著懇切的眼神。

「奇株奕獵人。」

奇株奕光速衝過來，似乎就要抱住鄭利善時，史賢立刻站在鄭利善面前擋住了奇株奕的靠近，雖然奇株奕在電話裡泣不成聲，根本沒有好好對史賢說明情況，但是實際看見史賢似乎也讓他打起精神，急忙立正站好。

奇株奕仍然啜泣著，鄭利善尷尬地微笑，走近奇株奕並拍拍他的肩膀，下車時本來想要戴上連帽上衣的帽子，但是馬上跑過來的奇株奕讓鄭利善沒有時間戴上帽子，再加上看見奇株奕整張臉都哭腫了，鄭利善心疼得只記得必須優先安慰奇株奕。他花了好幾個月，歷經千辛萬苦製作的作品，卻因為副本爆發而毀於一旦，一想到這些當然會想哭。

「沒關係，我這不是來了嗎？」

因此，鄭利善說著平常不可能說出口的話，努力安慰著奇株奕，而那句話帶來了超越想像的效果，一聽到他那麼說，奇株奕喘著粗氣看著鄭利善，眼裡還噙著淚水，胡亂點著頭，眼眶裡的淚水應聲落下。

「對，呃嗚！修復師來了！」

幾乎像是在喊口號一樣，後方的學生們也跟著鬆一口氣並擦著眼淚，還喊出了救世主、救援者、光芒等等詞彙，鄭利善雖然變得有些難為情，但是看見奇株奕鎮定下來，他暫且當作自已說出這句話還是有意義的。

「你真的沒事了嗎？」

「對，我的感冒已經完全好了。」

當鄭利善準備出面時，史賢再次真摯地詢問，其實史賢對於鄭利善病才剛好，就要動身前來進行修復一事，露出了非常不滿的眼神，剛才在車裡也都露出不悅的表情，但是鄭利善看見學生們聚集在自己面前，無法忽視他們迫切的心情。

很快地，鄭利善站在殘骸前方。

鄭利善轉動著眼珠，似乎是在估算規模，而後緩緩地向前伸出手，放在半倒塌的大理石柱子上，接著仔細確認建築物的情況，儘管他對這座畫廊的認識只有剛才在來的路上急忙看過修復圖，幸好畫廊只有一層樓，還算容易背起來。

此時，象牙色的大理石開始浮在空中，比一個人還高的巨大殘骸就像羽毛般輕盈地飄浮著，當上方的殘骸都浮起，一點一點地看見被壓在下方的畫作，也聽見了後方傳來此起彼落的驚呼聲。

過程中，鄭利善沉穩地釐清各個殘骸該回到的地方，他的修復能力是能讓受損的物體倒轉時光回到受損之前，雖然單純使用能力就能修復，但是如果能確切掌握能力作用的對象，也能達成更加快速且正確的修復。

鄭利善莫名感受到了必須做到最好的壓力，暫時閉眼發出了微微的嘆息，而當他睜眼的同時，颳起了與方才相反方向的風。

所有殘骸浮至空中，看見了畫廊的地板，就像是在產生裂痕的地板上重新油漆一樣，鄭利善細細打量著現場，乾淨俐落地將地板重新黏合，此時原先倒塌的梁柱也一個個豎立起來，飄浮在空中的殘骸也飛向那些缺口處自行貼合。

和天花板顏色相同，無法分辨的壁面殘骸也理所當然地被推往旁邊分門別類，築起原先的牆壁，人們的視線一致往上看，在梁柱立起的同時，牆壁也堆好了，讓人不自覺發出驚呼。

裂開的牆壁自然而然地重新黏合，彷彿是大雪堆出了一片新的平原、一片閃閃發光的雪地，而實際上現在天空也正下著雪。

鄭利善隻身站在廢墟前面，將這片土地修復回原本的美術館，看上去就像是天上下凡的救世主，他身穿白色的大衣，看起來更加神聖，儘管只是一件平凡的衣服，但是和現在的天氣與眼下的情況綜合起來，讓他增添一股莊嚴。

風一下子以順時針方向襲來，接著又颳起逆時針方向的風，吹亂了鄭利善的褐色頭髮，過程中他的視線也鎖定著前方，淺褐色的瞳孔裡閃爍著光芒。

畫作開始一個個浮起回到快速修復好的壁面上，後方的學生們接連發出讚歎，屏住呼吸，鄭利善擔心畫作因殘骸而受損，在調整位置上花了一些心思。

在畫作全數掛上牆壁之後，鄭利善也快速地修復天花板，飄浮在旁邊與上方的殘骸拼湊出白色的天花板，人們漸漸高仰著頭。鄭利善是從天花板的底端一路往中間修復，人們的視線也隨之移動。

修復完正前方的天花板之後，鄭利善立即豎起各方位的牆壁，最後修復了入口處，這間畫廊原先就是效仿神殿的建築型態，因此門口的部分極為壯觀。

接著畫廊一帶吹起了一陣熏風。

那是與冬天沾不上邊的暖風，也代表鄭利善完成了修復，鄭利善最後縝密地環視建築物後，緩緩地轉過身來。

在白色雪花落下的風景裡，鄭利善隻身站在宛如神殿的畫廊前方，緩慢地眨了眼睛，他記得奇株奕就站在自己身後，轉頭卻不見人影，他將視線往下移動……

「呃嗚嗚嗚，修復師！」

「哇啊啊！」

「天啊……這太不可思議了。」

鄭利善看著跪在地上哭泣的奇株奕，學生們的歡呼聲喧鬧地響起，大家對於親眼看見曾在影片裡看到的修復過程，都感動得大力鼓掌，還有幾位學生甚至雙腿無力地癱坐在地上。

鄭利善感到有些難為情，現在才壓低連帽上衣厚重的帽子，每當他以Chord修復師活動時，儘管周圍都會有一群人圍觀，但是在突擊戰之後，這還是第一次受到如此熱烈的歡呼，奇株奕的同學們和他非常相像。

鄭利善為了接近奇株奕，往前走了一步，卻稍微踉蹌了一下，似乎是因為用盡精力，稍微有些暈眩，史賢立刻站在他旁邊攙扶著他的肩膀。

鄭利善習慣性地靠在史賢的懷裡深呼吸，說著自己沒關係便迅速站穩，但是史賢緊緊握著那雙手說道：「不，你應該要休息一下。」

史賢的語氣堅決，鄭利善還沒來得及反應，就被史賢拉走，儘管他慌張地施力掙扎，在史賢面前卻毫不管用，最終鄭利善像是被推進車裡，茫然地看著車門被關上。

鄭利善隔著車窗看著史賢和奇株奕對談，臉上掛著一絲微笑，接著向後靠著椅背，雖然這段時間以來已經進行過許多次修復，但是鄭利善還是不禁覺得今天的修復，將會成為尤其特別的回憶。

雪花紛飛之下的美術館，如畫一般地映照在淺褐色的瞳孔裡。

▲

鄭利善又睡著了。

從史賢走回車子這邊時，鄭利善的精神就有些恍惚，史賢摸著他的臉頰要他睡覺，鄭利善就真的睡著了。

再次醒來已經是兩小時以後的事，雖然現在才下午三點，但是雪已經停了，睡著時雪似乎下得很大，地面上已經積了許多雪，車子似乎是移動到美術館後方的停車場，周遭相當安靜，象牙光澤的美術館周圍皆是雪白色，營造出一幅夢幻的風景。

「哇……」

鄭利善看著車窗外的景象發出讚歎，史賢詢問他身體是不是沒事了，鄭利善回答剛才只是暫時性的暈眩，現在真的沒事了，非常清醒。

「建築物內部也有確實修復嗎？我有沒有搞錯作品的順序……」

「他們說全部都完美地修復成原本的樣子了，連作品本身都修復得完美無瑕。」

史賢的這句話讓鄭利善放心地鬆了一大口氣，最後沒能仔細確認建築物內部，自己一直很掛心，聽到同學們表示修復完善，真是太好了。看見鄭利善不斷瞥著窗外，史賢開口詢問：

「你現在想去參觀展覽嗎？」

「啊……」

鄭利善發出低聲的歎息，原先預計傍晚和Chord隊員們一起進場參觀，但是白天的畫廊實在太漂亮了，再加上雪高高堆起的模樣也很美麗，如果等到傍晚，似乎就看不到像現在一樣的景象了。

他的視線帶有一些不安的期待，打量著畫廊周圍，他知道畫廊裡一定有人潮，但是又覺得如果是和史賢一起進去，周遭應該不會過於擁擠，也應該不會有人群聚集，鄭利善稍微猶豫了一下……最終點了點頭，他想要確認畫廊修復後的模樣。

當鄭利善正要和史賢一同往畫廊裡面走，奇株奕馬上衝了過來。

「修復師！」

他的表情變得豁然開朗，雙手握著鄭利善的手不斷道謝，奇株奕表示一睡醒就聽說某個展覽會場崩塌的事，心想著是哪棟建築物這麼晦氣，一發現是自己畢業作品展出的地方，馬上發出了哀嚎聲，所以看見鄭利善來，真的就像看到救世主一樣，奇株奕不斷說著他的感激，鄭利善露出尷尬的笑容。

鄭利善忽然發現畫廊裡的人比想像中還多，從進入的路線就人山人海，他驚訝地詢問。

「人很多耶，你好像說過展覽第一天人潮都會比較少……」

「啊，這都是託修復師的福！」

「什麼？」

「你修復這間畫廊的事情傳開了，人們才會蜂擁而至，大家都是衝著修復師來的！」

鄭利善因為古代世界七大奇蹟大大提升知名度，人們也對他修復的建築物顯露出極大的關注，所以有許多人專程前來參觀鄭利善修復的建築物。

似乎是因為這次修復的建築物剛好是展覽會場，所以有更多人前來朝聖，奇株奕興奮地告訴鄭利善，有許多人打算在傍晚撥空來畫廊。

「咳，我是以在突擊戰中，看著古代世界七大奇蹟被修復完成的感動而創作，現在修復師修復了展出我作品的展覽會館，在這個世界上，沒有比我更成功的粉絲了，我改寫了成功粉絲的歷史！」

此時，奇株奕的同學們悄悄地走到他身後，對鄭利善表示感謝，有幾位還說自己是粉絲，請鄭利善握手簽名，奇株奕大聲嚷嚷著要大家別讓修復師感到有壓力，幸好這股事態只有停留在握手。

像是大受影響一般，和同學們相互問候的鄭利善有點，不對，是抱著非常難為情的感受，低頭看著自己的手，「粉絲」這個詞彙對他來說過於陌生，古代世界七大奇蹟引發了全世界的關注，儘管他知道對於全數清除突擊戰的進攻隊伍來說，人們的關注是善意的，但是他覺得人們對於自己似乎有比較多的評論。

雖然他不大會上網搜尋人們的反應，但是每次修復完成後拿起手機，就會發現 Chord 和自己的名字登上即時搜尋排行榜，難為情的他並沒有點進去看，不過他覺得有時候修復地點周遭聚集的人群中，總有人會呼喊著自己的名字。

從以前作為修復師活動時，就有人聲稱是自己的粉絲，派對會場上也有人表示很認真看過他所有影片……是那種概念嗎？鄭利善隱約想起以前朋友們對S級獵人的關注，似乎較能夠理解了，這麼看來，自己也聽說過S級獵人實際上也有著許多粉絲……

鄭利善突然用奇怪的表情望向史賢，他也有粉絲嗎？儘管是個突如其來的疑問，但是鄭利善莫名有些嚴肅地看著史賢，而史賢歪著頭與自己對視，這個行為讓鄭利善頓時有些呆滯。

「……」

嗯，確實是會吸引粉絲的外貌，鄭利善快速地被說服。

鄭利善理解史賢會有粉絲的同時，卻仍然覺得自己有粉絲這件事非常陌生，居然有人會喜歡自己……鄭利善莫名有些害羞，再次把連帽上衣的帽子壓低戴好。

心想著幸好是白天來，鄭利善和史賢一同走進畫廊。

如同鄭利善所想，儘管人們會一瞥一瞥地偷看著他們，卻不會多加靠近，甚至還保留了足夠遠的距離，讓鄭利善能夠放鬆地欣賞畫作。

像這樣欣賞美術作品還是第一次，鄭利善覺得非常新奇，其實他沒有什麼分析藝術的能力，所有畫作都讓他覺得很神奇，但他還是認真地觀察著畫作，後頭的學生們卻度過了意外緊張的時間，還有人喃喃自語，表示這個情況比給教授確認作品時還要緊張。

而後，有人走向鄭利善，大部分的人都與鄭利善和史賢保持了五公尺左右的寬敞距離，有一位卻一下子湊近，縮短了距離。

「哎唷，利善！」

「……泰植大叔？」

那是鄭利善認識的人，元泰植。他是過去一年來幫助鄭利善得以一邊隱身，一邊安靜進行修復活動的人，也是鄭利善最近偶爾會聯絡的大叔。

上次被爆出有關第二次大型副本的爭議時，大叔也不斷收到各方聯繫，慌張地打電話給鄭利善，後來大叔覺得鄭利善應該也很驚慌，跟鄭利善道歉，是自己太著急了，大叔是過去四年來努力照顧鄭利善和朋友們的人，鄭利善當然理解大叔只是受到驚嚇。

「哇，沒想到會在這裡見面，我剛好經過這附近，看到這裡很多人，又聽說是你修復的建築物，就想說來看看，剛好看到你在這裡！」

泰植大叔本來就是話比較多的類型，鄭利善面帶微笑回應著對話，史賢退後了兩三步，大叔稍微看了他的臉色，而後小聲地向鄭利善詢問：「你現在過得還好吧？」

「大叔，你知道你每次聯絡我，都會問這句話吧？」

「那是因為我很久沒有跟你見面啦……」

鄭利善略開玩笑的一句話讓元泰植尷尬地搔了搔後腦杓，雖然他是鄭利善隱身時少數保持聯繫的對象，但是這段期間以來其實沒有見過幾次面，當時鄭利善對於和他人見面極度抗拒，不想在任何外部場合露出自己的臉。

「你去年來找我，要我幫忙找工作的時候，我超驚訝，只要想起那時候……」

第二次大型副本發生意外後，元泰植約有半年時間和鄭利善失去聯繫。直到某天突然接到一通陌生電話，竟是鄭利善打來的，原本只打算用電話敘舊，是在元泰植的懇切請求下，兩人才在外頭見過一次面。

時隔半年見到鄭利善，讓元泰植感受到了某種衝擊，因為儘管鄭利善本就屬於氣色較差的長相，但是當時鄭利善的臉色蒼白到幾乎沒有一絲生氣，就像一具移動的屍體，他用那副面無血色的臉龐，說著自己需要錢。

就算鄭利善是大部分大型公會都會想邀請入會的存在，但是他不想被任何人注意到，因此請求大叔派給自己最能夠安靜完成修復的案件，甚至低下頭對沉默不語、僵在原地的元泰植說，自己一定會好好表現。

元泰植非常心疼鄭利善年幼時失去家人，接著還失去了形同家人的朋友，所以告訴鄭利善自己願意借錢給他，並表示自己還住在以前的地方，會提供剩下的房間給鄭利善，向他提議可以來自己家裡住一段日子，但是全數都遭到鄭利善拒絕，與其說他是為了活下去而採取行動，不如說他看起來更像在尋找去死的方案。

因此元泰植幫鄭利善找案子的同時，也總是擔心著他，因為他看起來就像是某天忽然斷絕聯繫也不奇怪的人，元泰植會擔心也是理所當然。

所以當元泰植今年年初接獲ＨＮ公會、Chord隊長——史賢的聯繫時，儘管一方面心想著「到底為什麼」，另一方面也覺得非常慶幸，因為如果是這種程度的誘因，應該是能說動並且帶走鄭利善。

雖然元泰植不知道史賢到底是開出怎樣的條件才說動鄭利善，讓他願意行動，但是元泰植守著鄭利善參與突擊戰的所有過程，並暗地裡給予加油和支持，看到他最近都和Chord的人們玩在一起，元泰植欣慰地說：「至少在最近的影片中，你的臉色看起來開朗許多。」

「……是這樣嗎？」

「對啊！咦？你最近在談戀愛嗎？」

元泰植突然拋出這句話，並豪爽地大笑，雖然沒有從鄭利善口中聽見回答，元泰植依然抱持著爽朗的心情笑著，接著拍了拍鄭利善的肩膀。

「幸好你看起來過得很好，利善。」

鄭利善聽見元泰植說自己以前看起來真的不像活人後，閃神地眨了眼睛，大叔的這句話聽起來就像是壓抑著哭泣，元泰植用力握著鄭利善的肩膀，直視著他。

對於鄭利善來說，沒有什麼過去的緣分可以延續到現在，不對，眼前的元泰植幾乎可以說是唯一一位，而那樣的人，一個知道鄭利善所有過去的人，緊緊握著他說道：「希望你以後也能繼續好好活著。」

大叔的嗓音聽起來突然有些懇切，鄭利善的視線微微往下移動，曾經對於元泰植的擔心感到負擔，甚至覺得自己沒有資格接受，但現在……鄭利善在漫長的沉默之後，與元泰植對視並露出了笑容。

「我會努力。」

元泰植接著表示自己有事，便離開了畫廊，大叔的眼角雖然有些發紅，但是鄭利善裝作不知道。

他再次和史賢走在一起，一一欣賞著畫作，最後看見了占滿整面牆的一幅畫作。

「……」

最後一幅展示的畫作，正是奇株奕的作品。

以橫向為長邊的那幅畫作，用燃燒了奇株奕的藝術魂來形容，可謂是極為貼切。從左邊至右側末端，依照突擊戰入場順序，畫有古代世界七大奇蹟的建築物，天空看似暗紅，也有點像深夜中那般黑暗，還有一部分是明朗的晴空，色彩像水波般毫無阻礙地連接。

而在畫作的右側下端，有著某人小小的背影，那個人影身上散發著金粉，像波浪般傾瀉到整幅畫作，似乎不是用水彩繪製，而是撒上了真的金粉，看起來確實閃閃發光。

不用奇株奕說明，鄭利善都能知道那個人影是誰，穿著連帽外套模樣的小人正是自己，這讓鄭利善低聲笑著，身旁的史賢開口詢問：「怎麼樣？」

「嗯，老實說……很像神話故事。」

確實很像是在宗教書籍中，或是某種宗教建築物的壁面上發現的畫作，似乎感受到那股信仰，鄭利善再次綻放笑容，雖然早就聽說奇株奕以自己的修復為主題進行繪製，但是這幅畫作讓鄭利善驚訝，該有多深刻的感觸才能繪製出這樣的作品。

比起單純的負擔，鄭利善更加感受到了一種生疏的喜悅，也許是因為畫作很美，又或者是因為自己讓某個人擁有了這些體驗，讓鄭利善感到格外欣慰，儘管不知道那份喜悅來自於哪裡，都不影響鄭利善變得非常雀躍。

隔著走廊盡頭那扇大玻璃窗，看見一片潔白的積雪，光是這樣就美得像一幅畫，以及陽光在雪地上反射，微微透進畫廊裡的這副景象，也讓氣氛變得夢幻，鄭利善站在陽光的分界線上，靜靜地看著畫作。

「時間過得真快呢。」

自言自語的聲音在寧靜的空間裡響起，此刻鄭利善忽然想起自己第一次接到來自Chord邀約的「未來」，奇株奕在初夏時分邀請鄭利善來參觀自己的畢業作品展覽，當時鄭利善沒有給出答覆，因為那時候的他對未來完全沒有任何描繪。

但是那個未來最終還是成為了今天，走向鄭利善。

這讓鄭利善的心臟如鼓一般振動，雖然從突擊戰結束那一天起，鄭利善總會意識到這個事實，但是這一天讓他尤其深刻地感受到自己活著，原以為自己的生命會結束在那幅畫作裡，而現在自己卻站在這裡。

鄭利善靜靜地反芻著這個感受，史賢忽然開口問：「你喜歡的話，要不要買下這幅畫？」

「什麼？」

「買下來掛在辦公室裡吧，放模型的架子前面，那面牆還空著。」

聽見史賢理所當然地接下去說著，鄭利善非常慌張。走進 Chord 辦公室，中央會議室右方的架子上陳列著仿製古代世界七大奇蹟突擊戰所進入的建築物模型，那是先前突擊戰結束後另外製作的紀念品，大的模型擺放在辦公室裡，小模型則全數分送給隊員們。

鄭利善的家裡也有擺設那些模型，現在史賢竟然說要買下這幅畫掛在辦公室裡，鄭利善第一時間想起了 Chord 辦公室極度整潔的模樣，慌忙之中開口詢問。

「在辦公室裡放這麼多東西，不會變得很亂嗎……？」

「辦公室空間很寬敞，不會因為放了幾樣東西就變亂。」

「……那麼、那個，有沒有可能奇株奕獵人不願意賣？」

「那就喊出一個他願意賣的價格。」

「……」

自己說出的所有問句都被史賢一一反駁，鄭利善的神情有些複雜，最終嘆口氣道：「我希望能先……聽聽隊員們的意見。」

「大家應該都會贊成吧，利善，你覺得呢？」

「……就是說啊……」

面對這個問題，鄭利善無法給出否定答案，他憑空想像出隊員們理所當然地熱烈贊成的情況，甚至還聽得見隊員們歡呼的聲音，鄭利善發出了死心的笑聲。

接著鄭利善走向作品旁邊的一張小桌子，桌上有一個筆記本，根據他進場時聽到的說明，這個筆記本的概念類似於芳名錄，前面幾頁有奇株奕的同學們率先留下的字句，鄭利善悄悄地打量了一陣子，最終找到空白的一頁並攤開。

鄭利善苦惱了許久，最終將自己當下的心情整理成一個詞彙，雖然從他看見畫作的那一刻起，心中就浮現了非常複雜的情緒，但是那股情緒的方向非常明確，他在白色的筆記本上，用黑色的原子筆緩緩落下。

謝謝。

鄭利善默念並反芻著自己寫下的字，接著抬頭看向眼前的畫作，光是單純看著這幅畫，就清晰地回想起古代世界七大奇蹟突擊戰的所有記憶，鄭利善覺得自己的人生以這個突擊戰為分水嶺，清楚地區分成進入突擊戰的前與後。

鄭利善靜靜地凝視著畫作，陽光落在他的身旁。

在那個地方，以及這裡。

鄭利善都存在著。

（完）

✦ 附錄 ✦

獵人們：
獵人與 SO 市民們（7）

本章為虛構的網路討論區與社群留言。
即使略過本章也能理解小說內容。

主旨：我是ㄍ一大學的學生，ㄓㄉㄕ來了ㄒㄒㄒ

今天是即將畢業的學長姐們舉辦畢展的日子嗚，但是聽說早上突然發生副本，建築物倒塌，一切都非常混亂ㄒㄒ ;; 學長姐們全體崩潰大哭，苦苦哀求ㄑㄓ一學長聯絡ㄓㄉㄕ過來一趟，最終他真的來了……

我本來只是半個捕手，親眼見證ㄓㄉㄕ在我面前修復之後，我跪下了………………………真的看到雙腿無力ㄒ我好像知道為什麼ㄓㄉㄕ目擊文裡面都會說自己看到神了……

我現在好激動，已經先申請加入太陽捕手粉絲俱樂部了，我還要做什麼 ?? ㄒㄒ

避免有人說我放假消息，放上我的學生證當作認證……〔.jpg〕

留言

#1

首先，跟我交換身體就好

↳ 從第一個留言就很強烈哈哈哈哈哈哈哈哈

↳ 好羨慕成功見到本人的粉絲ㄒㄒㄒㄒㄒ，拜託你分享你看到的視角ㄒㄒㄒ

#2

哇，早上看到畫廊倒塌的報導，原來那是廣益大學畢展會場嗎 ???? 抖抖抖抖，太扯了，沒有修復影片嗎？

↳ 22222，那個畫廊是以美麗聞名的 .. 急需修復影片

↳ 333，因為是私人修復委託，所以沒有派攝影機跟拍嗎ㄒㄒㄒ我

找了很久都沒有影片ㅠㅠㅠㅠㅠㅠ

↳（w）我有拍了一點，但是我手很抖 ... ㅜ

↳↳ 沒關係，我也邊發抖邊看就好 o(((^ω^)))o

↳↳ 自動調整完全沒問題

↳↳ 發瘋哈哈哈哈哈哈哈哈哈哈哈哈哈哈哈哈哈哈哈哈哈哈哈哈哈哈哈哈哈哈哈

↳↳（w）難為情 ..
https://wetube.com/FiugQngLz

↳↳↳ 太猛了ㅠㅠㅠㅠㅠㅠㅠㅠㅠㅠㅠㅠㅠㅠㅠ

↳↳↳ 雪之__精靈__鄭利善 .gif

#3
看最近鄭利善的影片，內心都會暖到不用開電熱器呵，大省一筆電費

↳ 元曉大師[2]也強烈贊同的光利 sun 效果

↳ 在下雪的地方進行修復，真心覺得好神聖嗚嗚嗚嗚

↳ 鄭利善（種族：天使）

↳ 真的……不覺得鄭利善跟我一樣是人類ㅠ完全ㅠㅠ根本就是救世主利善降臨人間ㅠㅠㅠ

#4
鄭利善不是 C 級嗎？

.

.

.

注釋② 元曉大師：韓國歷史上新羅時期的禪師，畢生致力將王室貴族所信奉的佛教，轉為普及民間的大眾化佛教，是學術造詣深厚的思想家。

因為無形文化財登錄的分類在 C 級⋯⋯

↳哈哈哈哈哈哈哈哈哈哈哈哈哈哈哈，韓國快點把鄭利善登錄為人類文化財——

↳看到第一句有衝動要開罵的捕手請舉手

我有，呵

↳↳嘖 2

↳↳3...... 哈

↳↳4444，ㄇㄉ哈哈哈哈哈哈，被摸透了

↳↳5555555，哈噗哈哈哈噗噗噗哈哈，利善挨罵的文太多了，無法不敏感啊嗚

#5

我要用「鄭利善」來做一首三行詩，請幫我起頭

↳鄭

↳鄭利善在發光

↳利

↳利善，你在發光

↳善

↳「善」耀的發光

↳↳哈哈

↳↳頒發押韻獎給你（起立拍手的梗圖）

↳↳《標準國語大辭典》

光〔ㄍㄨㄤ一〕

1. 燦爛閃耀的光彩

2. 鄭利善

#6

這是即時發文沒錯嗎 ??? 利善現在在做什麼 ????

↳（w）他剛才回來會場了，現在在跟ㄑㄓ一學長聊天 !! ㄕㄒ也在這裡，抖抖，隊長的臉超誇張……我先去加入暗影御史賢粉絲俱樂部再回來

↳↳請分享你的眼球

↳↳↳？你是暗影御史賢吧

↳↳↳你怎麼知道 ....?

↳↳↳ㄇㄉ哈哈哈，史黨都有很獨特的存在感，他們自己都不知道哈哈哈哈哈哈哈哈哈哈哈

↳↳↳默默出現之後，就要別人分享眼球哈哈哈哈哈哈哈哈哈哈哈哈

↳↳↳分享視野（x）分享眼球（o）

↳↳↳重點是請人分享眼球還不忘鄭重

#7

4 和 2 總是形影不離……

↳打電話給利善，結果史賢也一起來，是這個情況吧 ??? 呵呵，他們兩個原本就待在一起耶 ^^

↳4242，親密的 42，關係要好的 42

↳前幾天光利善因為感冒昏倒了……他是不是都黏在身邊照顧他 (͡° ͜ʖ ͡°)

↳古代世界七大奇蹟突擊戰結束後的第一次修復，4 一定也有從背後抱住 2 吧？

↳是真的，2 好像也很習慣了，他們真的是一對吧 ???

#8

希望有勇者去問……問 42 他們兩個到底是什麼關係……

↳ Chord 也有幾場官方活動，怎麼都沒有記者去問這個ㅠㅠㅠㅠ我已經準備好頒發勇敢的記者獎了

↳ 22222.. 但是老實說我可以理解嗚哈哈哈哈，我有一次剛好在 Chord 攻略副本的附近，親眼看到ㄕㄒ，光是遠遠看就好可怕……周遭的空氣完全不一樣，抖抖，要是在他面前說錯話，感覺腦袋有可能跟脖子分家，大家才都不敢問的吧

↳ 上次 Chord 辦突擊戰全數清除派對的時候，好像也有人說過他們兩個的衣服有互相搭配……不知道是不是真的，希望可以發布正式聲明，拜託了

#9

上面那些留言妄想症太嚴重了吧 ?;;

我拿到 PPT 了，我去發布

↳ 同人大學 42 學系金捕手請報告

↳ 分享一下位置——我無法坐視這種事情，我要去偷聽這堂課

#10

聽說史賢最近有副業……

↳ ??

↳ 因為他看著鄭利善的眼睛裡都要滴出蜜來了，所以他最近在做養蜂業

↳ 發瘋哈哈哈哈哈哈哈哈哈哈哈

↳ 暗影御史賢現在漸漸會把史老爺分成〔和光利善待在一起時的老爺／攻略副本時的老爺〕哈哈哈哈哈哈哈哈哈哈

↳ 啊，因為兩種人格不一樣啊；

#11

其實史賢突然變得太貼近人類，我很擔心他戰鬥力銳減，

看了他進入 S 級副本的影片，我總算放心了呵……

↳史老爺就是史老爺……

↳只對一人限定的另一人格，天生就是史老爺沒錯……

↳踩著在地上爬行準備逃走的惡魔觸角，去ㄇ超有史老爺的風格

↳我家哥哥，有夠性感
想做的事，全都去做
神之美貌，有夠帥氣
您的龍顏，散發光芒
左看右看，皆須臣服
前滾膜拜，咕嚕咕嚕

#12

（w）暈，怎麼辦 ;;:;;

↳????

↳????????? 什麼事

↳怎麼了怎麼了 ??

↳（w）我朋友叫我一起去跟ㄓㄉㄕ打招呼，怎麼辦 ;;;; 現在我正在存ㄓ鄭ㄉ利善的傳奇照片ㅠㅠ

↳↳奇怪，人都在你面前了，幹麼還要看手機哈哈哈哈哈哈哈哈哈哈哈哈哈哈哈哈哈哈哈哈哈哈哈哈哈哈哈

↳↳（w）看到真人好像會失明ㅠㅠ

↳↳去打招呼再跟我們分享後記吧呵呵呵呵，記得拍照

↳↳（w）我可能會哭，我先把眼睛摘掉再去嗚，等我回來 !!1!

↳↳新來的捕手……很大膽……非常滿意

#13

這個消息在太陽捕手粉絲俱樂部也傳開了，大家都在喬去

參觀那個畫廊的時間

↳ 太陽捕手的聚會超級頻繁哈哈哈哈哈哈哈哈哈

↳ 利善修復的日子 = 太陽捕手辦聚會的日子

↳「哦，你這次也有來耶 ~~~!」他們應該會邊說著這句話，邊互相打招呼吧哈哈哈哈，聽說他們為了搶到好位置，還會帶野餐墊去提早等嗚嗚哈哈哈哈哈哈

↳ 捕手們都會互加通訊軟體好友再一起去哈哈讚，讓捕手們同心協力的光利善

#14

我最近很常去看利善修復建築物，他看起來氣色很好 ❁´◡`❁

↳ 我上次也有去看他修復博物館 !! 真的是人類文化財產

↳ 哈哈哈哈哈，大概一個月前？電影節建築物不是有倒塌嗎哈哈哈，最好笑的是，ㄓㄉㄕ到的時候，前面剛好有鋪紅地毯哈哈哈哈哈哈哈哈哈哈哈哈哈哈哈，鄭利善嚇傻，為了避開紅地毯一直貼著旁邊走，工作人員還跟他說走在這個上面就好哈噗哈哈哈哈哈哈

↳ 啊，我也有看過那個影片哈哈哈哈哈哈哈，超級完美的 VIP 待遇哈哈哈哈，不知道是不是因為剛好是電影節，還有專業攝影機架在那邊等待拍攝，超好笑哈哈哈哈哈

↳ 運鏡有夠穩定

↳ 利善有點難為情，還用「真的要走這裡嗎 ...???」的眼神看著史賢，史賢做出「^^」的表情要他看著前面走路也超好笑嗚，Chord 的隊員們也都推著利善哈哈哈哈哈，Chord 的大家都對利善很好，絕對不會放過能讓利善發光的機會

↳ 我也有看到，他們兩個在交往

↳↳ 這個人又是怎樣

#15
不過最近真的越來越覺得利善很放鬆ㄒㄒ我看他這樣，我也好幸福……他進入突擊戰那時候看起來真的好累……

↳ 222 ㄒㅅㄒ雖然在突擊戰裡創造了很多次傳奇修復，但我覺得現在好很多……

↳ 33333……古代世界七大奇蹟本來就是很壯觀的建築物，所以當時的修復猛得沒話說，但是看了最近的影片，再跟以前的影片比較的話，可以明顯看出他的個性完全變得不一樣了……第三輪和第六輪他哭的畫面至今還是我的淚點

↳ 說著不要丟下我死去……的孩子ㄒㄒㄒㄒ

#16
你們知道鄭利善說出第二次大型副本的真相這件事，有讓受害者家屬知道嗎？

↳ 嗯嗯……那些資訊本身被當作最高機密保護，但是鄭利善說出真相這件事有傳開

↳ 我的朋友是受害者家屬，聽了之後對ㄓㄌㄕ感到很抱歉……有段時間真的都在咒罵他為什麼躲起來，甚至接近憎恨他ㄒㄒ但是聽他說出真相之後也覺得，換作是自己遇到那種事情，真的會很難開口……我朋友說是自己想得不夠周到……

↳ 22……受害者家屬不是有籌組一個自己的聯合組織嗎？聽說他們有合資寄禮物給獵人協會……請協會轉交給利善ㄒ.. 聽說還有一封道歉信，我都哽咽了

↳ ㄒㄒㄒ如果受害者家屬聽了都有這樣的反應，那當事人當下到底看到了怎樣膽戰心驚的畫面……

#17
小孩：ㄌ……ㄌ……
媽媽：天啊！我的乖孩子是不是要講話了！

小孩：ㄌ……啊……
爸爸：你說爸爸，爸爸！
小孩：利善，你要幸福哦

↳哈哈哈哈哈哈哈哈哈哈哈哈哈哈哈哈哈哈哈哈哈哈哈哈哈哈哈哈哈

↳我為什麼看這個看到哭ㅠ

↳↳你是水桶吧

↳↳你怎麼知道？ㅠㅠ

↳↳接到客服電話你也會哭吧……

↳↳這你又是怎麼知道的ㅠㅠ

↳↳發瘋哈哈哈哈哈哈哈哈，你就很好懂

#18
（w）我去打完招呼回來了 !!!!!!!!!!!!!
希望ㄑㄓㄧ學長不要畢業……嗚

↳撒旦莫名的一敗

↳哈哈哈哈哈哈哈哈哈哈哈哈哈哈哈哈哈哈哈哈哈哈哈哈哈哈

↳哎唷ㅠㅠㅠㅠㅠㅠㅠㅠㅠㅠㅠㅠㅠㅠㅠㅠㅠㅠㅠㅠ太羨慕了ㅠㅠㅠ近距離看到利善的感覺怎麼樣ㅠㅠㅠ

↳快點說說後記ㅜㅠㅠㅜㅠㅠㅜㅠㅠㅠ照片呢 ?!?!?!?!

↳（w）我也想拍照，但是利善說會讓他有壓力，所以只有握手 !! ㅜ不過我朋友跟鄭利善說自己是太陽捕手、是他的粉絲，他很驚訝 ...! 他還不知道他有很多粉絲嗎 ....?? 總之害羞的ㄓㄌㄕ可愛到好想咬一口ㅠㅠㅠㅠㅠㅠ

↳↳暈…………

↳↳哇，暈……利善就算有料到自己有粉絲，應該也不知道粉絲名稱叫做太陽捕手；

#19

聽奇株偶爾說的話，看來利善不大用社群軟體……有一次湊巧從旁邊看到他的手機，幾乎是剛從工廠送出來的手機…………

↳ 發瘋發瘋，聽說他上網也只會查資料，其他什麼都不會看

↳ 那他一直以來都不知道太陽捕手，現在會不會去搜尋啊？抖抖抖

↳ 說的也是，獵人們實際上也不大看粉絲俱樂部，抖抖，只有那些有在看的人會看，其他人都對粉絲俱樂部沒什麼興趣……

#20

粉絲俱樂部告急

↳ 早就說過不要在太陽捕手粉絲俱樂部網站入口，上傳用手寫字體寫的「鄭利善我愛你快進來」哈哈哈哈哈哈哈哈哈哈哈哈哈哈哈哈哈哈哈哈

↳ 把四葉幸運草的背景拿掉ㄇㄉ哈哈哈哈哈哈哈哈

↳ 這根本是爸媽會傳的長輩圖吧

↳ 就算粉絲俱樂部會場因為設計美感被彈劾，也完全能夠認同

#21

暗影御史賢粉絲俱樂部為什麼突然在相關連結欄位貼上太陽捕手粉絲俱樂部的網站連結 ???

↳ 因為ㄓㄌㄕ很害羞，可能不會馬上搜尋自己的粉絲俱樂部→有很高的機率改為搜尋周遭的人→先在暗影御史賢粉絲俱樂部的相關連結欄位貼上太陽捕手的網站連結吧 ^^

↳↳ 啊，史黨們真的名副其實，是史賢的黨羽耶哈哈哈哈哈哈哈哈

↳↳ 粉絲真的會越來越像喜歡的獵人 ^^)7

↳↳哈哈哈哈哈哈哈哈哈哈哈哈哈哈哈哈哈哈哈哈哈哈哈哈哈哈
哈哈哈哈哈哈哈哈哈哈哈哈哈哈哈哈哈哈哈哈哈哈

#22

（和平的大亞帝國）

↳我們只要邊看著他們兩個，邊吃爆米花就好呵呵

◆ 番外五 ◆

冬天（下）

走出畫廊的時候，已是日落時分。

畫展在一、兩個小時之內就參觀完了，主要是史賢最後和奇株奕聊畫作用了比較多時間，史賢似乎是真的想要掛在辦公室裡，他們甚至聊到了價格。奇株奕說如果修復師想要的話，直接掛在辦公室就足夠讓他高興了，但是史賢說奇株奕必須至少要收下創作的費用，毫不囉唆地喊了一個金額。

兩人談論的期間，鄭利善都暈頭轉向地站在後面，等到兩人談話結束，他才能走到外頭，史賢說是擔心會有別人想要買走畫作，所以才先跟奇株奕談好，鄭利善現在漸漸接受自己對於阻止他的消費行為這點上根本無能為力。

史賢和奇株奕聊天的期間，外頭再次下起雪來，就像陣雨一般，下了三十分鐘左右的大雪之後，很快地就停止了，所以當鄭利善走到外面的時候，才能看見一個腳印也沒有的雪地，畫廊的後方並不是主要道路，所以更加人煙稀少。

「哇……」

漸漸變暗的天空中，唯一剩下的一絲陽光在雪地上閃耀著，鄭利善看著眼前的景象發出驚歎聲，史賢走了過來，幫鄭利善整理衣角，還幫他圍起在畫廊裡因為溫暖而暫時解開的圍巾。

「很熱……」

「與其要冷到昏倒，不如熱一點。」

「車子就在那邊而已。」

「走到那邊才准你脫掉圍巾。」

鄭利善用有些不情願的神情，看著圍著自己臉龐的這條圍巾，他知道 Chord 隊員們之間都把過度保護自己的氛圍當作玩笑，他原本以為史賢不會這樣，但是史賢卻用十分平淡且沉穩的態度做一樣的行為，他的神情實在過於理所當然，自己一直以來都沒有發現。

現在甚至只是剛入冬的時節，今天的雪也只是提早來到的初雪，史賢就執意要鄭利善穿上厚重的外套，還幫他圍圍巾，才准他出門，其實本來還有一件長羽絨衣，鄭利善好不容易才阻止史賢強迫自己穿上那件衣服，因為下雪反而會讓天氣變暖一些。

圍巾圍得很高，甚至快要蓋住鼻子，鄭利善不悅地詢問：「你是要把我包起來嗎？」

嘴唇被埋在圍巾裡發出了聲音，看見鄭利善的眼神裡都是不滿的情緒，史賢微微一笑，露出了像是在對待可愛事物的眼神，鄭利善莫名有些難為情地轉移視線，史賢用那種眼神看著自己幾乎是作弊。

鄭利善接著用食指把圍巾下拉到下巴位置，便自言自語地說：「以前我朋友也會這樣對我……啊。」

下意識地說出這句話，鄭利善後知後覺地閉上嘴巴發出一陣哆嗦，他低頭看著地板，苦惱了好一陣子之後，悄悄地看了一眼史賢的臉色，因為每當自己提起朋友的事情，史賢的表情都不大開心。

「這樣啊？」

不過眼前的史賢卻非常平靜，他的表情中看不出一絲破綻，鄭利善小心翼翼地詢問。

「……你不生氣嗎？」

「有什麼值得我生氣的部分嗎？」

「啊，嗯……是啊……」

聽見史賢訝異的反問，鄭利善頓時不知道該說些什麼。仔細想想，實際上史賢從來沒有因為談論到朋友本身而生氣，只有自己不斷回想起和朋友之間的往事的時候，他的表情才會變得冷冽……

鄭利善心想不要再提到朋友了，並將視線移回前方，史賢卻出乎意料地延續了這個話題。

「你朋友怎麼會幫你圍圍巾？」

「什麼？喔……那個時候我雙手都提著行李，脖子上的圍巾鬆開了，朋友說要幫我重新圍好，結果把我整張臉都包起來了……」

鄭利善雖然有些慌張，卻還是一五一十地回答，史賢用非常從容的態度詢問那是什麼時候的事，聽見鄭利善回答是國中時期，史賢只給出了「那你當時一定很矮」這種奇怪的心得，鄭利善不知道該做出什麼反應，只能回覆所有史賢一連串自然延續的提問。

雙手提著的行李是學校放假時，整理置物櫃所清出來的東西，鄭利善還一口氣說了事件的後續，自己的臉被包起來之後，把手上的行李往朋友身上丟，結果被媽媽發現了，還挨了一頓罵，媽媽說應該要樂於助人、善良地生活，如嘮叨般詢問鄭利善為什麼要跟朋友打架，鄭利善自然而然地說出這些事，甚至沒有發現自己笑了出聲，這是時隔許久才得以重新提起的過往。

而露出笑容之後，鄭利善才再次認知到眼下的情況有多奇怪，抬頭看向史賢。

「為什麼……突然問我以前的事？」

「我只是覺得，刻意切割過去，就能解決問題這樣的想法，似乎是錯的。」

「……」

「所以我覺得要好好了解你的過去，如果談起過去會讓你難受，那就不用勉強。」

聽見平靜的聲音，鄭利善停下腳步，史賢站在他的身旁，若無其事地說：「我不方便主動過問，所以選擇等你主動提起，不知道你什麼時候會開口，沒想到在今年結束前聽到了呢。」

緩慢地，鄭利善輕輕地眨了眼，並非強迫他說，就只是像剛才那樣，若是突然想起，就問問看他能不能說說當時的故事，那樣的語氣聽起來非常平和，並不是為了安慰鄭利善所以故作溫柔，儘管史賢的態度就像是平常搜集資訊那樣，但是那卻讓鄭利善感受到自己的心臟鮮明地跳動著。

認知到史賢的變化是來自於自己，鄭利善感受到一股微妙的喜悅，同時這也給了鄭利善大大的安心，鄭利善開始覺得自己不管說什麼都沒關係，內心深處那條緊繃的神經似乎也就這麼放鬆了。

「……其實，我有時候會想起朋友們。」

「你和他們這麼長時間相處在一起，想起他們也是當然的。」

「我沒想過會聽到你說這樣的話……」

「嗯，這是一定會發生的事實，相處的時間越長，當然會留下更多的記憶，所以我會繼續陪在你身邊。」

鄭利善的表情頓時有些微妙的變化，就像是得知了一個史賢的新小把戲，鄭利善靜靜地待在原地，史賢接著說下去。

「重要的是去瞭解你想起朋友的時候，會有怎樣的心情。以前你都會陷入愧疚的情緒裡，我才會故意讓你遠離愧疚對象所在的場所，在你的身邊多加入一些新的刺激。」

這麼一來即便回想起過去的記憶，也能漸漸減少愧疚，史賢坦承了自己對此也有所考量。

史賢的行為實際上有發揮效果，但是當時一心尋死的念頭在鄭利善的心裡就像是強迫植入一樣，最終事情並沒有照著史賢的計畫走。

史賢也清楚這一點，沉著地向鄭利善詢問：「所以利善，你現在想起過去的事情，會有怎樣的心情？」

鄭利善略微沉默，史賢也毫無催促之意，靜靜地站在前方，鄭利善微微動著嘴唇好一陣子……將自己的故事娓娓道來。

「我不會想起過去某個特定事件，而是想起某個和朋友待在一起的平凡時刻，想起爸爸媽媽……」

「主要是在什麼時候會想起他們呢？」

「好像沒有特定的標準，我也沒有刻意要想起他們，但是某一刻就會突然想起來，平常過日子時，就是，就這麼……會想起過去總是待在我身邊的人。」

「……」

「接著這些人又在某一刻忽然消失。」

鄭利善的視線下移，雖然完全不像是快要哭泣的表情，但是潔白的臉龐上可以清晰看見如斑點般的情感，那是從好久以前就跟隨著鄭利善的情感，比愧疚還更率先束縛著鄭利善的那份情感……

「所以有時候我覺得一切都會再度消失，為此感到不安。」

用極其平淡的嗓音吐露了自己的不安，沒有顫抖，也沒有哽咽。因為這是從約十年前就伴隨著鄭利善的情感，不知不覺間早已理所當然地成為情感的基底，儘管他覺得幸福的當下，也會感到不安，有時候甚至連這份幸福本身都會讓他變得心慌。

他從半年前就開始接受諮商，現在有漸漸穩定下來，但是始終無法解決那股朦朧又茫然的不安，對於自己擔心的對象來說，這份不安的情感極度不合理也非常不理性。

「現在在我身邊的人只有Chord，這支隊伍也不可能陷入意外……」

鄭利善清楚地記得史賢曾經說過，Chord以前進入過無數副本卻從來無人死亡，而且帶領隊伍的史賢不只沒有死亡，甚至是一位鮮少受傷的人。

鄭利善緩緩地握起史賢的手，才剛碰觸到指尖，史賢就緊緊地握住那雙手，試圖讓那股溫度清晰傳遞過來的行為，讓鄭利善輕輕一笑。

「即使我非常篤定這股溫度絕對不會消失，但是不安的情緒還是緊緊跟隨著我。」

那是一抹帶著微微自嘲的笑容，過去的意外讓他對於也許會失去S級獵人而感到不安，鄭利善對於史賢，對於Chord每次進入副本，當然都篤定他們能夠成功清除，但是與此同時，內心某一角總會無法控制地感受到涼意。

他已經經歷兩次發生機率微乎其微的意外，父母死於史上最初的S級副本，朋友們則死於史上最初的連續副本，會不會哪天又要經歷哪個意想不到的「最初」呢？這才是鄭利善不安的原因。

現在過得越快樂，鄭利善的潛意識裡就會更加不安，一切會不會又像幻象一樣消失？會不會又在某個瞬間失去一切？好不容易把人生的碎片拼湊起來過活，甚至第一次有了「我想活下去」的想法……

「……要是連你都消失了，該怎麼辦？」

「利善。」

「如果沒有你，我甚至死不了。」

哽咽的情緒湧進對話的空白之間。如果史賢死了，鄭利善想要跟著一起死，但是這行不通，所以如果再次發生那種「最初」的意外，倒不如一起被捲進去，考慮到自己仍然有獨自被留下的機率，鄭利善甚至想過，如果能把無效化能力裝進某個地方保存起來就好了。

但是在內心深處吹起悲慘的風聲之前，鄭利善就被史賢擁入懷裡。

被拉入懷中的鄭利善在那個擁抱裡微微掙扎，最終把額頭埋進他的肩窩裡，發出了啜泣聲。雖然沒有流眼淚，但是鄭利善看起來比邊哭邊流淚的人還要難過，鄭利善被緊緊抱進史賢的懷裡。

「我也不想這麼不安。」

面對絕對不想失去的人，像是在對讓自己活下去的最後防線哀求一般，鄭利善緊緊抱住史賢的背部，史賢則緊緊回抱著鄭利善，直到懷裡的顫抖漸漸平靜，在這個擁抱裡感受到史賢的溫度，以及低沉渾厚的心跳聲，深深烙印在鄭利善的腦海裡。

史賢輕輕拍著鄭利善的背並說道：「我以後會更常給你安全感，我絕對不會死，也不會某一天忽然消失，那股不安跟了你多久，我就會待在你身邊多久，不對，我會陪你更久。」

史賢說出了以他來說毫無頭緒的一番話，安慰的語氣卻又令人感受到他的驚嚇，鄭利善發現此刻的史賢非常慌張，史賢數次撫摸著鄭利善的背，那隻手微微地顫抖著。

「那股不安是來自於過去的記憶，我會努力讓你相信現在絕對不會再次發生那種事，漸漸地讓你的不安不要再跟著你，我會讓你完全處於安全狀態，讓那些不安甚至無法產生……」

「……」

「拜託你不要去考慮死亡的可能。」

史賢堅決地告訴鄭利善，不要因為假設自己死不了而感到難過，也不要設想自己需要再次努力尋死。從某一刻起，鄭利善覺得並不是自己在他懷裡請求，而是他苦苦哀求著自己。

儘管鄭利善試圖往後挪身離開那個懷抱，但是史賢沒有放開他，以比先前更大的力道，緊緊抱住鄭利善。

「利善，我不會再讓你失去任何人事物。」

那不是說出客觀事實的態度，而是近乎懇切的誓言。

最終鄭利善放棄離開那個懷抱，而是選擇抬頭看著史賢，但是映入眼簾的瞳孔讓鄭利善有些恍惚，因為那雙黑色瞳孔裡裝滿了不安，這反而讓自己快要喘不過氣。

兩人就這麼抱著彼此，互相安慰了好一陣子，直到察覺畫廊另一端的動靜，鄭利善才發出一陣哆嗦並後退，幸好那個動靜沒有往畫廊後方這邊走來，寬敞的停車場依舊只有他們兩人，周遭非常寧靜。

不知不覺間，天色暗了許多，鄭利善拉著史賢，心情有些害羞，因為兩人處於擁抱的狀態，必須用更加靠近的狀態走路，但是誰也不想分開，他拉著那雙手前進。

史賢靜靜地跟著鄭利善走，正要上車的時候，史賢靜靜地說道：「聽說有那種……一輩子都不會被抹去的記憶。」

「看來你不懂啊？」

「不，我知道那是什麼。」

鄭利善有些淘氣地反問，史賢卻淡然地否認，他沉默了一陣子……接著用他一如既往的平和態度，告訴鄭利善什麼是一輩子都不會被抹去的記憶。

「我偶爾會夢到你死了。」

「……」

「有時候夢到你已經死了，有時候則是夢到你又在我眼前墜入海裡，但是我沒辦法抓住你，而且每次做了這種夢醒來的時候，我都會看著你好久好久，你睡著時的氣息很輕淺，為了聽見你的氣息，我都會憋氣。」

鄭利善緩慢地眨了眨眼。只要動一下睡著的鄭利善就能馬上確認生死，但是陷入無法理解的懼怕，史賢甚至不敢輕舉妄動，只能靜靜地尋找著鄭利善輕淺的呼吸聲。

鄭利善覺得這一切聽起來非常陌生。

史賢有時甚至會害怕，自己好不容易找到的氣息，會不會是他想像出來的幻覺。

鄭利善不知道該說什麼，只能微微抽動著嘴唇，史賢輕輕笑出聲來，告訴鄭利善，說這些並不是希望得到什麼回答。

「利善，我只是想告訴你，我能夠理解你因為過去的事情而感到不安。」

鄭利善忽然想起那些他曾經見過的、史賢朦朧的眼神，之前只覺得詫異便不去多想，原來那些時候他在感到害怕，就連這次自己小小的感冒，史賢也日日夜夜地擔心著。

鄭利善稍有躊躇，而後小心翼翼地握住史賢的手，緊緊包覆住那雙幫坐在副駕駛座的自己繫上安全帶、正準備要抽開的手。

史賢靜靜地低頭看著鄭利善，接著微微一笑，在手上落下一吻。

「我會努力不再讓你感到不安，會持續讓你相信不會再失去身邊任何人事物……所以，你也要幫忙撫平我的不安。」

平穩的聲音聽起來像是提議，又隱約聽起來像是央求。

鄭利善以為自己和史賢結合的時候，史賢的不安就已經完全消失了，因為他總是表現得泰然自若，鄭利善當然會這麼以為。但是當史賢坦承這份不安，將它擺在鄭利善面前時，鄭利善才驚覺不只是自己，原來史賢也同樣地感受到了這份情緒。

而面對史賢望向唯一能解除這種困境的人的眼神，鄭利善最終微微笑出了聲，因為史賢那句要互相幫助對方不被不安吞噬的話，聽起來格外可愛。

鄭利善開玩笑地說：「那我們要不要來打賭？看誰能更快讓對方感到足夠的安全感。」

「這次你應該會輸。」

聽見史賢沉穩的回答，鄭利善微微皺眉，並嘟囔著史賢從一開始就懷疑自己，太過分了。

鄭利善稍微煩惱過後，修改了打賭的內容。

「我要改成誰能更快相信眼前的事實。」

「那應該是我輸。」

「啊，你什麼時候變成悲觀主義者了？」

鄭利善感到荒唐地發出嘆息，毫無猶豫就說出口的答案，那個篤定說出的答案竟然指向意外的方向，這讓鄭利善無言地苦笑。

史賢一點也不在意，逕自向鄭利善伸出了手，輕輕搓揉著鄭利善因在外面行走而發熱通紅的臉頰，感受到臉頰上傳來清晰的溫度，史賢說道：「我希望打賭的標準是你，這樣就算我輸了，你也會因為贏而高興。」

鄭利善頓時愣住，史賢輕輕地在鄭利善的臉頰上落下一吻便退開，接著到他發動車子出發，鄭利善都像被石化一般，甚至無法呼吸，過了許久才用手掌用力壓住自己的兩頰，並轉移視線。

猝不及防的一句話，讓鄭利善的心臟劇烈跳動，鄭利善怎麼也想不透，為什麼史賢可以悠然自若地說出這種話，心臟像發瘋似地強烈撞擊，鄭利善甚至必須深呼吸。

鄭利善的視線忽然被腳印吸引，那是在潔白的雪地上，往美術館後方延伸的腳印，在日落時分，白天最後一縷陽光和夜晚的黑暗相遇的那一刻，他們的腳印格外清晰。

剛從建築物離開的時候，兩人的腳印還有一段距離，而從中後半段開始，兩人的腳印越來越近，接著在這裡重疊。

鄭利善馬上就發現這裡是他被史賢抱住，兩人互相渴望抱著對方的地點。

「……」

對於總是走在布滿荊棘路上的鄭利善來說，留在潔白雪地上的腳印非常陌生，內心深處開始有股奇怪的悸動，漸漸溫暖地擴散開來。

他品味著這份感受，將兩人一同走出的痕跡盡可能地盡收眼底。

夜晚的影子覆蓋在那些痕跡之上，一個接著一個，緊緊跟隨。

（完）

✦ 特別番外（一）✦

春衣

陽光刺眼地灑落的時刻。

和煦的暖風襲來懶洋洋的氣息，吹起了站在窗邊那個人的髮梢，柔順的褐色髮絲受陽光照射而閃閃發光，淺色的瞳孔看似散發著金色光芒，他在寧靜的氛圍裡緩緩眨了眨眼，環視整個空間。

平和的季節，鄭利善站在春日的陽光底下，終於開口，一聲長嘆打破了長久的沉默。

「唉……」

鄭利善心煩意亂地再次環視周遭，儘管已經確認過好幾次，眼前所見的事實還是讓他驚訝得無能為力。

現在鄭利善所在的地方，是更衣室。

季節進入春天，漸漸到了衣服要換季的時候，他為了尋找輕薄的衣服，仔細翻找著衣櫃，最後察覺了一件事實。

他的上衣幾乎都是連帽上衣，外套也都是有外套的，這當然不足為奇，起初就是因為對於他人的視線很有壓力，所以才選擇這些衣服。衣櫃的一側有正式活動會用到的幾件西裝，另一側則全部都是輕便的衣服，兩側的服裝風格相差甚遠，但這些也不至於令人煩躁。

鄭利善緩緩地用手掃過衣櫃裡的衣服，現在才領悟到這件事本身就很令人驚訝……

他終於發現自己的衣服全部都是沒有顏色的。

鄭利善對於引人注目這件事感到很有壓力。

他從小就是安靜且內向的個性，雖然對於成為別人目光焦點會感到緊張，但是他大概是在十七歲的時候，才開始覺得這讓他極度有負擔，那是在第一次大型副本發生意外後，社會上極為動盪紛擾的時候。

接著在第二次大型副本的意外發生後，他就消聲匿跡地獨自生活，強迫自己避開別人的視線，那是近乎懼怕的反應。

自然而然地，鄭利善只會挑選那些毫不顯眼、灰暗的深色衣服來穿，黑色、灰色，不然就是深藍色……

既然是自己選擇的衣服，現在才發現皆是深色，這件事本身讓鄭利善有些訝異，一件一件買的時候沒有察覺，是因為整體看起來過於黯淡才令人感到驚訝嗎？但是自己明明很常進出更衣室。

也許是因為春天乍到，人們的衣服顏色也漸漸變亮，才會更加感受到自己的格格不入，鄭利善和平常一樣來到HN公會大樓的四十二樓——Chord辦公室，環視四周，所有人的服裝確實都變得輕薄且鮮亮。

雖然身邊最親近的人幾乎都穿黑色西裝，但那是因為他有許多公務在身……

鄭利善的腳步徘徊，接著走向中央那張桌子詢問：「那個，奇株奕獵人。」

「修復師！我早上買了香蕉牛奶，剛好有買一送一的活動，你要喝一罐嗎？」

「……嗯，好啊。」

「這罐給你，插吸管喝吧。」

鄭利善意外得到了一罐香蕉牛奶，坐在奇株奕的隔壁位置，拆開吸管的包裝袋，喝了一口之後，悄悄地觀察奇株奕的服裝。

白色短袖圓領上衣上方印有藍色及暗紅色的複雜圖樣，黑色的短褲加上牛仔外套，反戴的藍色鴨舌帽顯現了他活潑的形象。

鄭利善歷經一陣苦思之後詢問，雖然他絕對沒有自信挑戰和奇株奕相同的穿衣風格，但是奇株奕是自己在Chord唯一的同齡友人，他需要奇株奕的建議。

「奇株奕獵人，你都是怎麼買衣服的？」

「什麼？我嗎？我都在網路上買，或者是去店裡買。」

「是百貨公司嗎？」

「就是走進任何一間眼前所見到的服飾店，不過修復師怎麼會突然問這個呀？你要買衣服嗎？」

「啊，我有在想……」

「那要不要一起去買？我不想工作……不對！是只要是為了修復師，要我付出多少時間都可以！」

聽見奇株奕不小心說出真心話，鄭利善的表情變得有些微妙，但是比起這個，對於奇株奕會走進路上隨便一間平凡的服飾店買衣服的這件事更讓他驚訝，是因為奇株奕到去年為止都還在念大學，所以反而更能享受人們的視線嗎？

對於能自在走在街上的奇株奕，鄭利善感到有些新奇也有些羨慕時，有人從後方靠近並戳了一下自己的肩膀。

「他跟利善修復師不僅身型不同，穿衣風格也不一樣，他去的服飾店應該沒有適合利善修復師的衣服。」

說話的人正是Chord之中對時尚最為關注的韓峨璘，實際上也聽說她除了在寶石上的花費之外，消費總額第二多的就是衣服了，每當公會舉辦正式活動，都會被網路報導刊登為最佳時尚成員，她平常就很懂得如何穿衣服，甚至頻繁收到知名品牌的時裝秀邀請函。

似乎是一聽到有人在聊服裝話題就往這裡走過來，韓峨璘打量著奇株奕和鄭利善，並進行了一番分析。

「雖然你們兩個身高差不多，但是手和腿的比例不一樣……因為奇株奕的腿比利善修復師還短。」

「放尊重點。」

「你們兩個的個人色彩不同，而時尚的核心正是在於整體給人的氛圍，雖然臉蛋好看的話，不管是什麼衣服都能完美消化，但是穿著適合自己的衣服還是會略勝一籌，利善修復師整體給人一種沉穩的氣質。」

「啊……」

「就算奇株奕你適合運動風，但是沉穩的風格真的跟你一點都不搭。」

「不好意思，我好像從剛才就一直被針對耶。」

「啊，我想像了一下，真的不怎麼樣耶？你要是穿那種衣服來，我就不准你進出這裡。」

「我根本沒穿過耶？」

奇株奕大聲嚷嚷表示異議，韓峨璘連一眼都不看他。

「其實我一開始認識奇株奕的時候，他也不大會穿搭，是我推薦了很多穿搭樣式給他，他才有現在這個程度。」

「是這樣嗎？」

「是真的，我還記得進來Chord之後，史賢都會幫我們訂製一套正式活動上穿著的西裝，但是他竟然在那套乾淨俐落的西裝上，別上一朵那麼大的胸花。」

「呃啊，那是我的黑歷史！」

「史賢看到以後，笑著幫他拿掉了，雖然力道幾乎是拔起來丟掉的程度……」

看見韓峨璘用手比出的大小，鄭利善驚訝地發出低聲的嘆息，奇株奕耳根通紅地發著牢騷，鄭利善煩惱著該不該說出自己在第一次派對時，其實有想過直接穿連帽上衣出席，當然只是想想而已。

收到韓峨璘主張一起去的提議之後，鄭利善移動到公會大樓的最高樓層，因為今天「他」有個會議要討論與其他公會的交流事項，所以早早就出門了，兩人還沒見到面。

鄭利善抵達會長辦公室所在的公會大樓最高樓層，小心翼翼地打開門，裡頭的兩個人同時轉頭看向他。

「利善。」

「現在很忙嗎？」

「沒關係，進來吧。」

發現鄭利善來訪的史賢，臉上立即浮現了笑容，他沒有否認現在很忙碌，只是放下手中的資料，要鄭利善趕快進去。

鄭利善還是往辦公室裡面走，接著和史賢身旁的申智按簡單以眼神打個招呼。打過招呼之後，申智按自然而然地往外走，鄭利善頓時覺得她是不是知道史賢和自己的關係，雖然除了韓峨璘之外，自己沒有跟任何人提過……

鄭利善收起雜亂的思緒，馬上說道：「我要和韓峨璘獵人、奇株奕獵人一起出門一趟。」

「要去哪裡？」

「我不知道準確的位置，我們要去買衣服，韓峨璘獵人說她有一間推薦的服飾店，我打算跟著她走……」

儘管這只是用訊息報備也行的小事，但是今天早上沒能見到史賢，鄭利善下意識地覺得應該要來見他一面，兩人有過親密關係後，史賢連一些芝麻綠豆的小事都會當面說，而自己似乎也漸漸養成了這個習慣。

史賢好像也察覺了這件事，露出了柔和的微笑，從錢包裡拿出了信用卡。鄭利善察覺這個動作所代表的意義，向後退了一步。

「我自己有錢。」

「沒錯，我家利善賺了很多錢。」

「對啊，所以……」

「我去不了，不能用我的錢買嗎？」

鄭利善頓時愣在原地，史賢緊緊抱住了他，似乎是覺得單手環抱著腰很空虛，史賢還在鄭利善的臉頰上落下細碎的吻，鄭利善慌張地舉起手阻止史賢。

「我的錢也是 Chord 給的，最終一樣是公會長的……」

「那可不一樣，公會的錢不是我個人的錢，對吧？」

「……」

史賢說的沒錯，鄭利善啞口無言。

讓鄭利善感到慌張的，並不是因為史賢拿出的信用卡是黑卡，而是史賢拿出信用卡這件事本身就讓他非常驚訝，難不成自己說要去買衣服，在他聽來像是在伸手討錢嗎？

煩惱並反省自己的發言時，史賢自然而然地和鄭利善往前阻擋的那隻手十指緊扣。

「我也想參與你在做的事，但是今天很忙沒辦法一起，我該有多傷心啊，所以就讓我的信用卡陪著你吧。」

「……這種事不至於需要傷心吧。」

聽見絲毫不搭的說詞，鄭利善給出了模糊的反應，但是史賢泰然自若地搖搖頭，再次開始親吻著鄭利善臉龐的每一處，似乎是打算等到鄭利善收下信用卡才打算放開他，兩人的腰緊緊貼在一起。

鄭利善最終敗給心潮浮動的感受，爆出笑聲，逼不得已地收下信用卡，史賢的臉上立刻浮現滿足的笑容，鄭利善不禁覺得史賢和傷心這個詞彙真的相隔甚遠。

▲

一行人抵達百貨公司。

即使是平日上午，人潮依然擁擠，鄭利善下意識地觀察著周圍，因為 Chord 堅守著韓國國內第一名進攻隊伍的威名，所以他們三人吸引了不少視線，雖然那些人潮沒有直接靠近他們，但似乎都在悄悄地散播訊息，導致望向他們的目光越來越多。

不過站在他身旁兩側的韓峨璘和奇株奕，彷彿已經很習慣人們的注視，不介意周圍的情況就逕自行動。

「利善修復師先自己挑衣服看看吧，雖然我知道你平常的穿衣款式……但是這次是你主動開口說要買衣服，應該是有想要嘗試的新風格吧。」

「呃，我不知道自己適合怎樣的衣服。」

「不適合的話我會跟你說，就先挑挑看吧，我要先知道你想要嘗試的風格，才有辦法幫你往那個方向搭配。」

韓峨璘眉開眼笑地往櫃位裡面比劃著，光是來買衣服這件事，似乎就讓她感到雀躍，她的表情變得開朗許多，鄭利善則面露尷尬地開始一件一件觀察。

以前確實有和史賢一起在百貨公司買衣服的經驗，因為突擊戰簽約確定加入 Chord 後，為了讓鄭利善的精神狀態穩定下來，史賢告訴他必須離開「那個家」，並強制帶他來買新衣服。

當時史賢雖然有交代他放輕鬆挑衣服就好，但其實當時的自己渾身不自在，只想盡快挑完衣服走人，所以史賢就這麼看著自己，依照平常的穿衣習慣，挑了暗色系、能夠遮住臉的衣服和連帽上衣，然後只用了一副早就知道的眼神叫自己多挑一點，並沒有多說什麼。

當時買的那些衣服就這麼穿到現在……

鄭利善這次破釜沉舟，一定要買一些不同風格的衣服，不要買單調或是深色，而是選擇稍微明亮、多元的風格……

即使如此下定決心，鄭利善的手和視線依然下意識地往連帽上衣靠近，因為穿了那一類的衣服多年，自然而然地就會先從連帽上衣開始看起。

「那種程度應該是靈魂被連帽上衣綁住了吧……」

「安靜點。」

奇株奕竊竊私語，韓峨璘出聲喝斥，但其實韓峨璘看著鄭利善挑的衣服，也是好不容易才把「我知道利善修復師大概有四件跟現在這件類似的衣服」這句話吞了回去，她用非常複雜的眼神環視櫃位。

雖然自己說出要了解鄭利善想挑戰的風格，但是這樣下去似乎沒有進展。儘管鄭利善應該也知道自己有類似的衣服，不過長期以來都穿著同一風格的衣服，理所當然地會先注意到自己熟悉的款式，因為想像自己穿上那些衣服並不會感到尷尬。

韓峨璘察覺到鄭利善的視線終於偶爾飄向明亮色系的衣服後，她才笑得開懷。

「利善修復師，現在是春天，所以你想穿顏色亮一點的衣服，對吧？」

「確實如此，但是我不知道自己適不適合明亮的風格……」

「我覺得一定很適合利善修復師，我有看中幾件衣服，你要不要穿穿看？如果你喜歡我推薦的衣服，那麼往這個風格找就可以了。」

面對韓峨璘溫柔的提議，鄭利善有些難為情地摸著自己的後頸，他也覺得自己不大會挑衣服，真心感謝韓峨璘給他一個方向。

鄭利善用感動的眼神看著她，卻發現站在後方的奇株奕陷入了沉思，他輪番看著韓峨璘和鄭利善，面帶無以名狀的複雜表情。

鄭利善歪著頭，奇株奕深吸了一口氣，接著忍住呼吸……而後握緊拳頭，彷彿是要鄭利善加油的信號，鄭利善見此有些詫異，率先回答韓峨璘。

「妳要推薦衣服給我，我當然感激不盡。」

「好啊，好，就先交給我處理吧。」

韓峨璘的表情開朗許多，奇株奕的表情卻比剛才更加黯淡，不過鄭利善沒空仔細看，就被韓峨璘帶走了。

而後沒過多久，鄭利善就懂了奇株奕的表情代表著什麼意思。

韓峨璘明明是用輕鬆的語調提議「我有看中幾件衣服，你穿穿看」，她補充單看衣服和實際穿在身上還是會有所差異，所以主張如果對某件衣服感到陌生時，就要先穿穿看，於是就開始一件一件地試穿……

然後就這麼過了四個小時。

韓峨璘挑的衣服大部分都很適合鄭利善，她對時尚有著極好的眼光，神準地找出鄭利善能夠駕馭的衣服，但是高眼光的她自然不容易滿足於現況，鄭利善就像個娃娃一樣被帶著走，到處試穿衣服。

「利善修復師的身材比例很好，幫你搭衣服很有趣。」

「慢慢開始覺得修復師不像人，而是像人體模型了……」

每次走出更衣室，韓峨璘都會拍手叫好，同時卻帶有微妙的可惜，她表示想幫鄭利善找到完美合適的衣服，再次確認著周圍，奇株奕在旁邊露出了懼怕的眼神，儘管鄭利善已經非常疲累，卻無法開口要韓峨璘停下來。

因為韓峨璘的表情非常興奮，再加上……他自己也覺得新的穿衣風格很陌生也很神奇。

鄭利善原先覺得自己完全無法駕馭奇株奕的牛仔外套，但是韓峨璘挑的那件淡色牛仔外套卻意外地不錯。不僅如此，他還試穿了版型寬大的飛行外套，俐落的米色外套、類似西裝的外套……等等，韓峨璘解釋，只要穿上不同的外套，就能改變衣服給人的氛圍，因此提出多種樣式的搭配，讓鄭利善嘗試。

其實就算鄭利善對這些衣服有所好奇，也不會認真想要穿上，多虧有韓峨璘，自己也算是穿過這些不同服裝了，所以鄭利善懷抱著感恩的心，乖乖地跟著她走。

不過他無法控制自己的疲累，在漫長的購物快要結束時，鄭利善甚至不想換下最後一件試穿的衣服，就這麼癱在原地，他已經累到沒有力氣脫衣服，決定結帳後直接穿回家。

白色襯衫的衣領上鑲著簡單的黃色刺繡，版型較寬的米色尖領針織衫，褲管呈現一字型落地的深藏青色長褲，這套衣服無可挑剔地非常適合鄭利善，他無暇在意眼下是否有東西能夠遮住自己的臉，就這麼靠著椅背坐下。

單純跟著外出的奇株奕似乎也有些疲累，癱倒在鄭利善旁邊，整張臉貼在桌子上，只有韓峨璘頂著活力充沛的臉孔走向兩人並說道。

「這裡的義式冰淇淋很好吃，是在義大利很知名的品牌，我前陣子有去過。」一接過她遞來的杯子，鄭利善機械式地表達感謝，他們已經結束購物行程，在百貨公司裡的甜點店。

奇株奕看見眼前的食物似乎又提起精神，快速起身興奮地吃著巧克力義式冰淇淋。

鄭利善則全身無力地接過杯子，呆滯地調整呼吸之後拿起湯匙，才剛把一口樹莓義式冰淇淋放進嘴裡，鄭利善立即瞪大眼睛，這是他發現美味食物時偶爾會出現的反應。

「好吃吧？我說的沒錯吧？」

「沒錯……真的很好吃，入口即化，不對，冰淇淋本來就會融化……」

鄭利善似乎很累，語無倫次地稱讚著義式冰淇淋，韓峨璘見狀便大笑出聲，奇株奕發出不甘心的聲音，碎念著自己被韓峨璘比了下去，因為Chord內部仍然進行著瞭解鄭利善喜好的非正式任務。

韓峨璘看著奇株奕，露出了贏家的微笑，此時鄭利善快速地清空裝著冰淇淋的杯子，在冰淇淋專門店吃的義式冰淇淋和一般的冰淇淋有著截然不同的味道，口中富有彈性的冰淇淋口感讓他感到新奇，甜度適中且爽口的滋味讓他更加喜歡，不知不覺間，他的臉上充滿了生機。

「看來利善修復師真的很喜歡。」

「修復師，這裡可以外帶。」

「真的嗎？那我全都……」

看見鄭利善從懷裡掏出信用卡，壯烈地說出這句話，韓峨璘再次大笑出聲，似乎是因為在疲累的狀態下吃了甜食，讓人吃起來更加美味，韓峨璘提議先買幾個口味就好。

「你今天忙著試穿衣服應該很累吧，我好像讓你太辛苦了。」

「沒有啦，多虧有妳，我才能試穿這麼多種類的衣服。」

鄭利善真心地表示感謝，原本想來買衣服只是源於一股微小的衝動，卻試穿了比想像中還要多元的衣服，而所有衣服自己也都很滿意。

他們坐在四人桌，剩下的那張椅子上堆滿了數個購物袋，鄭利善用眼睛巡視購物袋，再次感到非常神奇，全都是和平常截然不同的穿衣風格，既陌生又興奮。

趁著此時此刻的溫馨氣氛，韓峨璘似乎了解鄭利善的反應所代表的意思，順勢和悅地笑著提議：「下次也一起去買衣服吧。」

「……」

「怎麼樣？」

「……好、好啊，我當然很感謝……」

鄭利善的回答有些時間差，奇株奕在一旁大笑。

▲

回到家了。

上午出發去百貨公司，到家卻已經是日落時分。

鄭利善一進家裡就筋疲力盡地呆坐在沙發上，過了一陣子才開始整理戰利品，先把最重要的義式冰淇淋放進冰箱，下一個要處理的是衣服……

「……先稍微休息一下……」

雖然剛才已經休息過了，但是鄭利善還是努力地忽略那些購物袋。

他坐在餐桌前，開始再次吃著那些外帶回來的義式冰淇淋，儘管沒有幾個小時前第一次吃的時候的那種衝擊，但是依舊非常美味。

就這麼品嚐著義式冰淇淋，睏意有些湧上的時候，鄭利善聽見了「嗶」的聲音，玄關門被打了開來，雖然隱約知道是史賢回來了，但是鄭利善還是呆坐在餐桌前。

「利善？」

史賢用有些低沉的聲音確認鄭利善是否在家，他的鞋子放在玄關，廚房的燈開著，但是自己喊人卻沒有反應，因此聲音裡帶著一些著急的情緒。鄭利善看到快速靠近的史賢，才終於打起精神。

「啊，你回來了啊？」

眼神失焦的鄭利善和史賢對視並微笑，看見微笑逐漸在他潔白的臉龐上蔓延，史賢也笑得開懷，鄭利善看見自己之後彷彿從放空中回神的反應，讓史賢感到非常滿意。

「看來會議很晚才結束。」

「對，看來利善你也逛街逛到很晚。」

史賢瞥了一眼沙發旁邊堆滿的購物袋之後說出這句話，鄭利善聽了以後尷尬地笑了，他馬上要史賢坐在面前的位置。

「我在百貨公司裡吃了這個，因為太好吃了，所以我外帶了一些，你吃吃看。」

「這樣啊？」

鄭利善準備起身去拿另一根湯匙，但是面前的史賢理所當然地張開嘴巴，這讓鄭利善的行為處理機能頓時故障，史賢偶爾做出的這種過於泰然自若的舉動，屢屢都會讓自己感到慌張。

鄭利善在兩、三次的停頓之後，好不容易才餵史賢吃了一口義式冰淇淋。

「嗯，口味偏甜。」

「因為這是樹莓口味……啊，你不太喜歡甜食吧？沒關係，我還有買其他口味回來，我拿別的給你嚐嚐。」

「不用，我想要多吃一點。」

史賢平常不喜歡嘴裡留著甜味，因此通常喜歡吃清淡簡單的口味，如果用咖啡來舉例，史賢都喝濃縮咖啡或是美式咖啡，而鄭利善則常喝甜甜的拿鐵或是星冰樂。

回想起兩人口味上的差異，鄭利善自覺推薦錯誤，但是史賢再次張開嘴巴，鄭利善雖然有些尷尬，但是這次能比較自然地餵他吃，史賢的臉上慢慢地浮現微笑。

鄭利善接著繼續說著在百貨公司裡發生的事。

告訴史賢自己被韓峨璘帶著到處逛，並介紹了自己買回來的衣服，雖然現在沒有力氣換穿，但還有體力拿給史賢看。過程中，史賢趁空要鄭利善餵他吃冰淇淋，並在一旁稱讚鄭利善真會挑衣服。

「一開始對於選衣服感到很陌生，試穿了多樣化的衣服之後，我也認識了很多新的穿搭風格，嗯……雖然我每次挑了衣服，韓峨璘獵人都有叫我再想想看……」

「試穿之後發現不怎麼樣也不是壞事啊，這樣一來就能避免再選擇那類的衣服了。」

「……不是因為我選的衣服不用看就知道不怎麼樣嗎？」

「我只知道韓峨璘獵人的眼光很好。」

鄭利善再次悶悶不樂地說著，但是史賢的回答非常圓滑，接著輕輕撫摸著鄭利善的臉頰，那個舉動非常溫柔。

「挑戰新事物的時候，本來就是在錯誤中學習，那並不是壞事，你能夠保有多方嘗試的好奇心，反而是件好事呢。」

史賢笑著和鄭利善對視，這讓鄭利善最終小聲地笑了出來，其實一開始就不覺得那番話很讓人氣餒，只是自己選擇了開玩笑的回應方式，而史賢的回答非常有他的風格，他似乎更加在意內在層面的事，也露出了笑容。

史賢很喜歡聽到鄭利善想做某件事、對某件事有所好奇，總會隱約地引導鄭利善多方嘗試，積極地支持鄭利善去挑戰感興趣的事物。起初鄭利善主動要求的事情並不多，史賢的這番舉動因此更加明顯，他持續試圖引起鄭利善的關注、興趣和好奇心。

鄭利善饒有興致地說道：「我原本很在意百貨公司裡人們的目光，但是逛到最後我完全忘記這件事，雖然很大一部分是因為被韓峨璘獵人拖著走……」

「越是在意目光，越會覺得那些目光更加明顯。」

「沒錯，而且我身邊的兩個人都很有名，所以我也放棄了，不想管那些目光了。」

韓峨璘身為S級獵人，近十年來都非常活躍，奇株奕則是以魔法師中稀有的多重屬性獵人而聞名，鄭利善的釋然來自於他判斷和這兩個人走在一起，吸引目光是無法避免的事。

實際上鄭利善和 Chord 共事以來，這種思考方式也讓他漸漸習慣人們的目光，反正身旁的所有人都赫赫有名，那些目光並不是完全集中在自己身上，光拿史賢來說，既是被選為韓國獵人代表，更是韓國排行第一公會的領袖……

儘管尚未自在到能夠無視那些目光，但是跟以前比起來，確實已經好上許多，鄭利善再次領悟到這個事實，露出了有些燦爛的笑容。

「今天很有趣，中途在百貨公司吃飯，不只買衣服，還邊逛邊看了很多東西……」

「看到你那麼高興，我更覺得今天沒辦法一起去很可惜了。」

雖然是玩笑話，卻還是讓鄭利善停頓了一拍，他數次蠕動著嘴唇，似乎有些難為情地下移視線並回答：「其實……我也希望你能一起逛街，下次再一起去吧。」

雖然暈頭轉向地被韓峨璘帶著走，但是因為自己總是和史賢相處在一起，今天好幾次無意中感受到史賢的空缺，像是不自覺地往旁邊一瞥，又或是換好衣服走出更衣間的時候，自然而然地尋找著史賢的身影。

後頸似乎有些發熱，鄭利善想要再去拿一個義式冰淇淋來吃。

但是在他離開位置之前，就被史賢一把抓住並抱進懷裡，像是把鄭利善禁錮在懷裡一般，史賢在鄭利善的臉上各處落下輕輕的吻，鄭利善的臉龐一下子就脹得通紅。

「利善，你為什麼會越來越可愛？」

「不要問我奇怪的問題……」

「還換了一件可愛的衣服。」

似乎很享受鄭利善害羞的反應，史賢笑出了聲，細長的手指捋著鄭利善的襯衫衣領，其中一側鑲有鵝黃色繡線所織成的太陽，雖然圖樣簡單，卻能成為整件襯衫的重點。

「這件是誰挑的？」

「嗯，我拿起來看了一下，韓峨璘獵人和奇株奕獵人都說這件很適合我，強制我穿上，韓峨璘獵人說她想到不錯的服裝搭配，又拿了幾件針織衫過來……」

購物的後半部開始，韓峨璘會提供兩、三個選項。一開始鄭利善完全沒有挑衣服的敏銳度，韓峨璘直接下指令，看見鄭利善漸漸適應之後，就讓鄭利善自行做出選擇。

當然，韓峨璘心中已有既定的答案，如果鄭利善試圖選擇非正確答案的選項，韓峨璘會悄悄地把其他東西往後放，雖然很荒唐也很好笑，但是越到最後，鄭利善也漸漸習慣，甚至培養了挑衣服的眼光，儘管是因為韓峨璘，強制把正確答案放在顯眼的地方。

說完這段故事，史賢後退一步，打量著鄭利善全身上下的衣服，史賢一直都是能夠提供客觀評論的人，鄭利善莫名有些緊張地站直身體。

雖然只有幾秒，但是鄭利善卻感受到了有如過了數十分鐘的寧靜，史賢的嘴角勾起了一抹笑容。

「很適合你，這套衣服跟利善給人的氛圍很搭。」

「……是這樣嗎？這跟我平常穿的衣服完全不一樣耶。」

「是，你平常都穿暗色系、版型寬大的衣服，加上你的膚色較白，看起來臉色更加蒼白，整體也給人內向的氛圍，現在這身衣服更能突顯你給人沉穩和柔和的印象。」

「嗯，那之前的衣服很糟糕嗎？」

「沒有啊？很可愛。」

「……暗色系、版型寬大的衣服，不適合被稱作可愛吧？」

「光是你問我這個問題，就很可愛了。」

鄭利善認真地苦思，史賢到底是從什麼時候開始，隨時把可愛掛在嘴邊，自己似乎……沒有對他撒嬌過，鄭利善尷尬地悄悄避開視線，胡亂摸著自己的後頸。

不過害羞的同時，內心某一處還有種被羽毛搔癢的感覺，這個反應並不是來自於史賢說自己可愛，而是聽見史賢說這些衣服「適合自己」，所感受到微妙的滿足感，因為史賢只會說經過事實考證的話，也就代表著在他眼裡，自己的狀態看起來相當不錯。

認知到這一點之後，鄭利善這才意識到另一件事，今天早上自己突然在意起衣櫃裡狀態的原因，以及想要挑戰新穿衣風格的真正目的，並不單純是因為季節更替……

「看來我是因為想在你面前展現好的一面，才會想去買新衣服。」

鄭利善呆滯地喃喃自語，在百貨公司裡看見韓峨璘和奇株奕的讚歎，卻沒有感受到這股心情，但是史賢的一句話，卻讓自己產生了滿足感，躍躍欲試地躁動著，開著的窗戶外吹來的春風似乎就要填滿上。

接受了這個事實之後，鄭利善更加喜悅，低聲笑著並看向史賢，接著再次觀察自己的衣服，史賢說這身衣服適合自己，這讓鄭利善對這身新買的衣服更加滿意。

心裡忽然浮現一個念頭，希望史賢也會喜歡其他衣服，鄭利善抬頭說道：「要不要我去換穿其他衣服……」

話音未落，就有一股甜蜜的香氣碰上嘴唇，那是樹莓的香氣，利用嘴巴張開的縫隙自然而然地湧入甜香，鄭利善不禁一陣哆嗦，史賢往前一大步，深深地親吻著，鄭利善不自覺地向後仰頭。

舌頭交疊的聲音在腦海裡令人暈眩地響起，熱氣環繞在相互碰觸的身體之間，挑逗著躁動的心情，搔著內心的羽毛似乎增加為數十、數百根。

原先以為只是蜻蜓點水的親吻，結果卻超乎想像地更加濃烈、更為綿延。

史賢固執地上前親吻，一手包覆著鄭利善的後頸，開始挑逗著下顎線和頸部，噴灑的氣息讓鄭利善反射性地搖晃腰部，史賢馬上用另一隻手握著鄭利善的腰部，手指纏繞在腰間。

衣服下襬被往上推起，史賢的手部動作讓鄭利善感到慌張，儘管試圖摸索史賢的手臂，但是史賢輕咬一口鄭利善的耳垂，打量著鄭利善的頸部線條，噴灑在肌膚上的氣息帶有一股鮮明的熱氣，鄭利善的臉龐脹得通紅，此時史賢突然抱起鄭利善，讓他坐在餐桌上。

嘴唇在鄭利善的耳邊挑逗，溫柔地說著悄悄話。

「我不想弄髒新衣服，要不要先脫掉？」

儘管是非常溫柔且柔和的語調，但是鄭利善的臉上浮起一絲荒唐和委屈，自己只是說了一句「想在你面前展現好的一面才買衣服」，結果對方卻想要脫掉這件衣服。

鄭利善陷入衝擊，嘴巴開合著卻連一句話都說不出來，史賢笑得開懷，折起眼角而露出的笑容，真的過分色情得讓人想找他算帳。

「不然乾脆重買一件新的，明天立刻一起去買衣服也不錯。」

話音一落，史賢馬上低頭開始動作，這讓鄭利善大驚失色，最終他抓著史賢的肩膀，只能用哭腔說出自己願意現在脫掉衣服，史賢微笑的氣息令人發癢地徘徊在鄭利善的後頸上。

一股濃烈的甜美香味撲鼻而來。

（完）

✦ 特別番外（二）✦

有效的打賭

Chord 324。

既是全員皆為A級以上的獵人隊伍，也是代表HN公會的進攻隊伍，創隊至今不過幾年時間，就能夠被稱為韓國第一進攻隊伍，最根本的原因就是他們高效率的攻略。

以隊長史賢出眾的分析能力為基礎，再加上進攻隊伍全員每天貫徹訓練，各自將能力發揮到最大值，活用在最佳的攻略方針上，一直以來皆是以這樣的方式進行攻略，因此即使進入副本的次數可能比不上成立許久的進攻隊伍，但是清除副本所累積的功勳卻不亞於任何隊伍。

而且Chord首次進入就能成功清除副本的機率很高，在眾多優勢之中，尤其以能夠達成「快速攻略」而聲名遠播，不只在韓國，Chord在全世界也被廣為熟知為能夠最快清除副本的進攻隊伍，甚至還因此得到Fast-Chord的綽號。

鄭利善偶爾發現極力稱讚Chord的報導時，就會再次認知到自己所屬的隊伍有多麼偉大。

Chord是獵人部門報導的熱門話題，Chord清除了難度極其凶險的副本，他們在副本中展現了怎樣的表現，目前為止清除了幾個副本，首次進入就清除副本的機率是多少，受傷機率又是多少等等……

Chord的受傷機率大致在百分之十上下，如果將一般進攻隊伍受傷機率約為百分之二十至三十這點納入考量，Chord確實是以非常安全的狀態進行攻略，其中重傷率更低，鄭利善有時候會反覆告訴自己這一點。

「這次副本等級是A級，應該不會太刁難吧？」

「當然、當然，利善修復師還是會在每次行前擔心我們耶，哈哈。」

羅建佑仰天長笑著回答鄭利善，把掛在身上的守護型道具一個個拿出來給鄭利善看，像是在告訴鄭利善不用擔心。

此時此刻，Chord正準備前往攻略下午兩點發生的A級副本，因為副本發生在距離HN公會很近的地方，所以馬上協議交由HN公會負責。公會內部的一級進攻隊伍昨天才剛攻略A級副本，因此這次決定由Chord出面處理。

Chord每個月最少會進入副本兩次，光是鄭利善正式加入Chord之後看到大家進入副本的次數，就遠遠超過十次，但是每次鄭利善都會詢問隊員們是否安好，狀態是否出現異常。

Chord前往攻略副本時，鄭利善就會獨自留在辦公室裡，之前倒塌的古代世界七大奇蹟突擊戰，是少數非戰鬥系的修復師一同進入副本的例外，在突擊戰結束之後，鄭利善就沒有再進入過副本。

因此隊員們也都知道，獨自留下來的鄭利善在擔心些什麼，總是告訴他一切安好，要他安心，對獵人們來說，每次行前都會有人關心自己，反而更加感到新奇。

「修復師！我這次會好好露一手再回來！你要好好看我表現哦！」

「你這樣小題大作，絕對會受傷……」

聽見奇株奕的輕浮，韓峨璘給予了冷淡的反應，那句話讓鄭利善露出了尷尬的笑容，接著留住奇株奕，輕聲細語且真摯地說：「我知道奇株奕獵人有多厲害，但不能因為自己執意出手而受傷，知道嗎？」

「修復師……」

似乎是感受到窩心的感動，奇株奕用淚眼汪汪的眼神看著鄭利善。韓峨璘搖搖頭，輕拍鄭利善的肩膀兩、三次，而後往外面移動。

史賢最後走過來和鄭利善告別，所有隊員都先行離開辦公室了，史賢自然而然地在鄭利善的額頭落下一個告別的吻。

「我走了。」

「一定要小心。」

「Chord 幾乎不會遇到危及性命的事。」

「但還是……」

「利善，你跟著我們一起進入副本的時候，好像沒有這麼擔心……看來你在分開的時候，才會產生不安感。」

感受到鄭利善抓著自己的衣袖，史賢低沉地笑著說道，實際上鄭利善過去進入突擊戰時，就算對副本本身的陰影還在，也不會害怕在那裡受過的傷。

姑且不論鄭利善對於自己的傷口感到麻木，當時他之所以不會過於擔心，是因為 Chord 在副本裡的模樣令人感到非常踏實，S級副本屬於壓倒性的難度，根本無暇去想其他事情，而且看見隊員們對於攻略那種副本相當熟稔的模樣，也讓鄭利善感到安心。

鄭利善依舊清晰記得隊員們在突擊戰裡的模樣，但是即便理解現在的不安來自於「獨自」留下，心裡某一處卻還是有著一股冷冽的恐懼。

史賢似乎知道那一點，再次在額頭上落下深深的一吻並說道。

「不要擔心，我絕對不會讓任何人死。」

堅決的語調讓鄭利善微微一笑，但是史賢轉身離開辦公室時，鄭利善的表情卻依然隱約浮現了不安的神色。

雖然這種事已經經歷過許多次，但是每次內心都會湧上一股不安。說也奇怪，他明明比誰都還要信任Chord，卻還是感到心慌，鄭利善心想這應該是自己過度敏感的反應，搖了搖頭。

▲

Chord至今以來成功清除了無數個副本。

起初就是以攻略A級以上副本為主的特殊隊伍，既然能夠被稱為韓國「最精銳」的進攻隊伍，他們的實力自然不在話下，從草創時期就按部就班地累積實戰經驗，時至今日全數清除了被選為世界上最困難、以古代世界七大奇蹟為主題的突擊戰。

因此他們都抱持著一股踏實的自豪態度，約五年來的攻略過程中皆毫無死傷，這是讓隊員們更加自豪的原因。

但是這次在攻略A級副本時，Chord卻遭遇了意外的難關，那只是低階怪物，卻在隱身和速度方面有著驚人的實力，讓這次的攻略變得非常困難。

韓峨璘不悅地說：「看來我們遇到了A級副本中的最高層級副本……」

魔王甚至會使用分身術，因此難以找出魔王的本體，以魔王的危險程度來說，這個副本充分有資格被測定為S級。

尋找隱身的怪物變得相當棘手，讓這次攻略花費了許多時間，而在快要用滿十小時的時候，副本戲劇性地被清除，而最大功臣就是……

「隊長！」

「奇怪，那個……瘋子！」

就是史賢。

他為了逮住魔王，犧牲了一側的肩膀和腹部，他沒有躲開魔王，反而為了拉開距離，讓對方那把伸直的刀，直直地刺進他的身體，並以此拖住了怪物。

這個怪物的特性是讓手臂變形為刀刃進行攻擊，怪物試圖砍下史賢的整隻手臂，但卻沒有成功，怪物索性尋找其他弱點。

儘管血流不止，史賢卻沒有一絲動搖，準確地將短刀刺進魔王的脖子下方，砍下頭顱，他的手沾滿了自己和怪物的血，一片狼籍。

在過去所有攻略當中，這是史賢受傷最為嚴重的一次，其中刀刃直接刺穿腹部最為嚴重，被抓住的怪物甚至發狂掙扎，讓史賢傷口的範圍擴大到驚人的程度，儘管攻略一結束，治癒師就聚在一起為他治療，但是卻連止血都不容易。

而攻略過程的所有畫面，都透過協會電視臺的攝影機即時播出。

Chord 回到辦公室的時候已是深夜，他們在天亮時出發前往攻略副本，一直努力到半夜才退場，每個人的臉上都寫滿了疲憊，一邊整理著道具，一邊不斷表示內心的驚訝。

「我不知道隊長會受這麼大的傷……」

「隊長一直血流不止，太嚇人了。」

「血都流成那樣了，卻還是抓著怪物直到最後，我覺得隊長很厲害，卻也覺得很恐怖。」

隊員們在你來我往地聊著的同時，史賢非常泰然自若地去了一趟恢復室。

副本剛被清除的時候，史賢因為失血過多難以行動，但是治癒系的魔法和藥水讓史賢好了許多，儘管恢復室勸告他這幾天要避免走動，甚至被治癒師們用驚愕不已的眼神注視著，史賢還是覺得這次副本清除得很順利。

如果當時放走魔王，一定又得在副本裡面多浪費幾個小時，乾脆扛下那些傷口，拚死抓住魔王，比起讓隊員們受傷，不如讓恢復能力較好的自己承受，才是最能減少傷害的辦法。

意即，史賢在那個當下，做出了自己能做到的也最有效率的選擇。

雖然隊員們全都下班了，但是鄭利善辦公室的燈還亮著，史賢走了過去，進門之前再次仔細確認自己身上有沒有沾到血的地方。

門打開了，史賢走進辦公室，露出了微笑。

「利善，你可以先回家。」

「你的傷口還好嗎？」

鄭利善立刻走向史賢，似乎在史賢進門之前，鄭利善都在辦公室裡踱步，他潔白的臉孔在電燈之下更顯蒼白，史賢知道鄭利善有看攻略影片直播，盡量用最為平靜的語調說話。

「我沒事，恢復室說觀察幾天就可以了，你不用太在意。」

「……你叫我不用在意嗎？」

「因為我的恢復能力很好，只是第一時間血流得太多，但現在已經止血了。」

史賢自然而然地準備抱住鄭利善，但是鄭利善卻後退了兩步，他緊閉雙唇，沉默了好一陣子，很明顯是在思考該怎麼開口，史賢沉著地等待著。

鄭利善艱難地開口說道：「一定要打得……那麼激烈嗎？沒有其他辦法了嗎？」

儘管是故作冷靜的語氣，心中那一絲顫抖卻無法隱藏。

史賢靜靜地望著鄭利善，像是在轉達客觀的分析結果般說道：「當下如果錯過那個機會，會引發更大的問題。我們在副本裡已經耗上許多時間，隊員們都累了，要是放走魔王，不知道什麼時候才能再次抓到它，還會增加團隊的損傷，那是我當下逼不得已的選擇。」

「……」

「必須要有一個人扛住負傷抓著怪物，我當下判斷由身為S級的我出面最有效率，我的恢復能力很好，後遺症也比較少……」

A級和S級雖然只差了一個層級，但是兩者之間的實力差距卻遠遠大於其他層級，不僅如此，身受怪物攻擊的同時，還得準確地刺穿怪物的脖子，史賢的判斷是基於自己的恢復能力和保持理智的能力。

戰線拉長將提高隊員們受傷的機率，這個分析也不是隨便說說，雖然不會發生有人死亡的情況，但是一個不小心可能就會發生意外，史賢選擇了能夠完成任務的最佳路徑。

史賢說著這些的同時，鄭利善的臉色依舊蒼白，史賢勾起了平時那抹笑容，這段時間以來鄭利善都很擔心且在意Chord的攻略，史賢覺得趁著這次機會，好好讓他看看S級恢復能力也不是壞事。

攻略副本的過程中，受傷也是在所難免，也許讓鄭利善快速熟悉會比較好，史賢根據這些判斷，開口勸道：「利善，副本已經順利解決，你不用擔心……」

話說到一半，因為鄭利善的眼淚而停止。沉默不語、面無表情、靜靜待在原地的鄭利善，最終露出了這樣的反應。

「……」

鄭利善知道史賢要說的是什麼，如果數年來帶領Chord的隊長判斷這是有效率的做法，那麼他的決定就是正確的，實際上也因為他的果敢行動，才沒有讓攻略延長戰線，得以安全結束，副本是個時間拖得越久，越不知道會發生什麼事的地方。

史賢從幼年時期就學習如何戰鬥，一滿二十歲就以獵人身分在這個世界裡活躍表現，對他來說，身為非戰鬥系的自己沒有資格再多說什麼，再加上之前一起進入突擊戰的時候，也親眼見證過史賢的即時判斷能力有多麼出眾，只在副本之外看著影片的自己，無法指責他的判斷是錯誤的。

鄭利善全都知道，不論是史賢出眾的判斷能力，還是優秀的恢復能力，身上的傷大概十天內就能癒合，過了一個月後，幾乎連疤痕都不會留下，這些鄭利善都親眼看過好幾次了。

但是鄭利善還是希望他不要受傷、不要流血，這是對情人的擔心，但更多的是……

「……看來我又自己嚇自己了。」

獨自留守辦公室看著直播，鄭利善一直都很擔心，看見史賢受傷的那一刻，眼前一片漆黑，明明自己人在副本外面，卻覺得那股血腥味在鼻尖處繚繞，明明受傷的不是自己，卻雙手發抖，全身變得冰冷。

害怕自己親近的人就此消失，在自己無能為力的時候他就這麼死去，鄭利善擔心的是這個，即便他理解史賢所說的一切，但是這份擔心屬於理智無法解決的情感問題。

他所經歷過的失去都留下了鮮明的痕跡，即使想要覆蓋那些記憶繼續活下去，往事也會在某一刻突然浮現，瞬間將他拉入深淵，鄭利善已經受夠這種情況，覺得自己真是可笑。

甚至就連史賢自己對於這種程度的傷口，也露出了若無其事的反應，他總是保持沉穩的態度，一切都只是自己的過度反應，這讓鄭利善再次哽咽，史賢為了讓自己放心，說了好幾次沒事，但是自己卻依舊被過去的記憶綁架，這讓鄭利善非常鬱悶。

「……我都理解，對不起，是我太雞婆了。」

鄭利善低著頭擦拭眼淚，才擦掉一些，眼淚卻像洪水一般湧上，只好用手背胡亂揉著眼睛，雙手有些神經質地顫抖著，鄭利善不想讓史賢看見如此醜陋的自己。

「你應該很累了吧，我還把你留下來這麼久，快休息吧，我先回家……」鄭利善一邊快速地朝門口移動，一邊說出這句話，但是在他握住門把之前，手臂就被向後拉走。

史賢從後方緊緊抱住了他。

「是我判斷錯誤。」

「我說這些不是要你妥協……」

「不，我做錯的是我和你之間的打賭。」

「……嗯？」

鄭利善的臉上頓時寫滿詫異，打賭？到底是什麼……

「我們不是打賭過，不要再讓彼此不安，要做到讓對方安心嗎？我說了要讓你相信自己再也不會失去任何人事物，但是我搞錯判斷的基準點了。」

下起初雪的那一天，史賢在美術館前面說過這句話，因為鄭利善喃喃自語著某一刻又會失去一切的那副表情太過與世隔絕，預設自己會喪失所有的神情過於沉穩。

為了挽留總是獨自被留下，對於失去一切感到麻木的人，才做出了那樣的約定。即使留在人世間，卻好像一切都不在他身邊，那副模樣讓人覺得他就像個雖然都會飛走的存在，史賢抱緊他，說著自己再也不會讓這種事情發生，那是近乎誓言的約定。

鄭利善想起當時的對話，發出一陣顫抖，他抱著史賢的手臂搖搖頭。

「不，是我太常過度不安，才會……」

「不讓你感到不安是我的職責，一開始就應該安全地進行攻略，即便要多花一些時間。」

「但是這麼做的話，大家都會更累，也會提高受傷的機率，已經花很多時間攻略了，抓到魔王就不放手，這很合理。」

「如果因為疲累就受重傷，那是訓練的問題，一定會等到下一次機會，再不然，直接離開魔王房，重新準備好再進去也行，總之確實是我判斷錯誤。」

史賢堅決的語調讓鄭利善的臉上浮現微妙的困惑，眼下的情況莫名其妙地變成一場奇怪的對話，自己在說服史賢這是妥當的攻略判斷，而史賢卻不斷反駁。

「那樣的話會花上太多時間啊。」

「但是有辦法讓所有人都不受傷，也能減少你的不安。」

「……不要為了我承擔不夠有效率的做法，是我過度反應了。」

「不，不讓你感到不安是我的目標，既然有其他能夠達到目標的做法，就不能斷定那個做法沒有效率。」

「……」

鄭利善非常慌張，史賢不斷喃喃自語自己光顧著快速清除副本，反而沒注意到更重要的事，這讓鄭利善不知道該怎麼回答。

他猶豫了幾次之後，握住了史賢的手臂，想要看著對方的臉說話，因此正準備後退一步，史賢卻從後方緊緊抱住他，把頭埋進懷裡，用力不讓他離開，鄭利善驚訝地停止動作，戰戰兢兢地擔心著史賢的傷口會不會裂開。

而後史賢用不安的語調喃喃自語：「我做錯了，不要轉身離開我。」

「……我只是說我要回家……」

「我還沒有標記，如果你就這樣走掉……我會覺得好像再也見不到你了。」

鄭利善頓時露出了混亂的神情，他該怎麼理解史賢這句「再也見不到你了」？雖然他很想相信不是自己想的那樣，但是他仍然覺得緊緊握住自己的那雙手不大對勁。

「首先，我不會因為這種事情就做出極端的選擇……」

「但你還是有可能離開我身邊，或是受夠這種感到不安的事情。」

鄭利善頓時停止動作，實際上他剛才的確有那種受夠的感覺，不過那是受夠自己的多慮，他從來沒有受夠史賢的一舉一動，但是史賢連不安的癥結點都很在意，鄭利善對於他出乎意料的細膩考慮感到驚訝，明明他在副本裡是能做出果決行動的人……

鄭利善回味著史賢的這句話，突然頓悟了一件事。

「對耶，沒有標記的時候，是可以離開的。」

「不行，不能離開，你想都別想。」

「這是你自己說的……」

眼下的情況莫名好笑，鄭利善輕笑出聲的時候，史賢用低沉的聲音嘟囔著：「利善，我……不想讓你受傷。」

「……嗯？」鄭利善覺得自己聽到了一句非常奇怪的話，雖然無法理解這句話正確的意義，不對，是不想理解，但是自己腰上的那雙手臂忽然加重力道，讓鄭利善一陣驚訝，慌張地握住了史賢的手臂。

「你手放鬆，這樣下去傷口裂開要怎麼辦。」

「……」

「不對，我現在不會出去，你先放開，我不會離開，你先冷靜……我們面對面說話。」

那雙徹底緊緊握著鄭利善的手，在聽到他不會離開之後才緩緩退開，鄭利善露出苦笑，和史賢面對面站著，那雙黑色的瞳孔全然地望向自己。

明明稍早之前史賢還堅定地說明自己對今天的攻略，已經選擇最佳的應對方式，但是現在鄭利善看見他瞳孔裡的情感和剛才截然不同，鄭利善又回想剛才究竟發生了哪些事情。

是因為自己哭了嗎？還是真的單純只是因為自己轉身離開？雖然鄭利善覺得應該不是這個原因，但是史賢親口提及這點，這讓鄭利善莫名有些難為情。

鄭利善胡亂摸著後頸說道：「我懂你今天為什麼會選擇這麼做，不用再糾結這件事了，我只是因為你這次傷得很重，所以嚇到了……」

「不，我必須糾結，既然都知道你不安的理由，我還覺得自己的做法是情有可原，那就是我的錯。」

「但沒必要為了我而改變 Chord 一直以來的攻略方針，這樣隊員們也會覺得很生疏。」

「只要訓練他們熟悉改變後的攻略風格就行了。」

鄭利善的心情錯綜複雜，Chord 互相配合所形成的攻略方式應該已經實行約五年左右，如果因為自己而改變，那應該是給大家添麻煩吧？

即使史賢今天的行為同樣讓隊員感到驚訝，但是……

實際上，鄭利善並不害怕改變攻略方式會導致Chord全員受傷，萬一真的受傷，那也是無法避免的事情，史賢也不會指責隊員，更不會認為受傷的原因是隊員的怠慢，獵人的職務是負責面對怪物，他們都有一股使命感，如果自己畏縮，那就會讓人民受傷。

鄭利善回想著這一點，再次搖搖頭。

「不，我來適應才是上策。」

「利善，我希望你說的理解和適應，並不包含死心與放棄。」

「……」

「如果你死心了、放棄了，對於一切事物再也沒有期待……那是最讓我不安的事情，倒不如把你的想法都告訴我，我不是說過我全部都會遵守嗎？」

史賢對鄭利善說過無數次這種話，鄭利善想要的東西，他一定會盡力達成、乖乖遵守，因此鄭利善只要做到一件事就好。

「……利善，你也要好好執行我們打賭的內容，努力不要讓我感到不安。」

在鄭利善所有情感的順位當中，請求鄭利善不要把想死的情感放在自己之前，這就是史賢要求鄭利善要做到的事情。

鄭利善緩慢地眨了兩三次眼睛，最終以尷尬的神情撇過頭去，看著那雙黑色瞳孔直視著自己，內心彷彿波濤洶湧，覺得因為自己的幾句話就擔心不安的史賢很荒唐，同時內心卻又有股激動難耐的奇怪感受，面對史賢這樣的反應，鄭利善覺得自己就像是個壞人。

鄭利善頓時不知道該回覆些什麼，煩惱了一陣子之後，最終不發一語地伸出了手，那是要史賢進行標記的行為，史賢微微一笑。

做完標記之後，史賢還是抱住了鄭利善，感受著對方的猶豫不決，好一會兒後，鄭利善的雙手終於碰觸到史賢的背部，史賢把頭埋進鄭利善的懷裡，伴隨著低聲的嘆息。

看見史賢有如放下心中大石頭的反應，鄭利善莫名有種史賢被自己抱著的奇怪感受，明明他的塊頭比自己還要大。

「……我知道了，我會好好努力，你也不要太勉強自己。」

雖然現在的情況之下，鄭利善也沒有說自己要好好努力做什麼，但是他覺得自己應該這麼回答，而聽到這句話的史賢，終於面露笑容，更加用力地抱緊鄭利善，鄭利善抱著錯綜復雜的心情轉動著眼珠。

無論再怎麼想，他都覺得史賢比自己還要反應過度。

▲

Chord 的攻略方針改變了。

一直以來，Chord 都追求快速的攻略，分析怪物們的行為模式，以最有效率的方式處理，集中鎖定魔王的核，迅速地清除副本，因為進攻隊伍的主要輸出型獵人擅長速戰速決，因此理所當然會採取這樣的攻略方針。

Chord 的受傷機率之所以低於其他進攻隊伍，就是因為隊長命令隊員留意受傷時陣型會散開這一點，比起個人的安全，Chord 把副本攻略的效率視為最優先，再加上所有隊員都有著進入A級副本以上的豐富經驗，並且常常接受民間毫不保留的各種道具贊助，因此受傷的機率也會比較低。

為了追求效率而注意受傷程度，當然也對這件事情做好覺悟，那就是也許會付出極大的代價，這是他們背負著「最精銳」之名，應當抱持的責任感與使命。

但是某一天，史賢對著秉持這種信念的隊員們這麼說：「以後盡量避免受傷。」

為了不受傷，選擇快速地處理掉怪物，如果那個怪物是難以對付的對象，那就無條件保持安全距離。

「就算會花上一點時間，也要用最安全的方式進行攻略，如果要進入必須承受風險的副本，也必須先進行緊急會議，讓傷害降到最低。」

這番話從最近受傷最重的人口中說出來，無疑是非常奇怪的注意事項，而事實上在Chord之中，史賢才是承擔最大風險的人，因為他擁有令人嘖嘖稱奇的恢復能力，而且回溯到最一開始的原因，史賢的個性就是如此。

他們的隊長對於捕捉怪物這件事情非常果決，雖然可能是因為史賢是專攻近距離攻擊的獵人，但是比起一般的獵人，史賢確實更常採取猛烈的攻擊，即便是同隊戰友，也經常看著他的攻略方式而起雞皮疙瘩。

老實說，Chord的獵人們並無法完全相信史賢所言，最近史賢的負傷就讓人非常訝異，因此即便很樂於聽到史賢要他們以後要小心，但是他們卻認為實際上並非如此。

所以隊員們也就忘記了當時史賢的叮嚀……

到了下一次攻略的時候，史賢指示眾人以受傷最少化的方向進行攻略，如果有人明顯陷入危險，史賢便親身出面解救，也增加了要隊員們帶在身上的守護型道具。

面對這種情況，Chord 雖然一開始有些驚訝，卻很快就適應了，因為過去幾年來，史賢要他們注意的就是在副本裡面對突發情況的「隨機應變能力」。儘管史賢當時的叮嚀是關於面對副本裡怪物的攻擊，現在卻剛好也適用於隊長的態度變化。

清除並離開副本後，韓峨璘環視了毫髮無損的隊員們後走向史賢，雖然她已事先和史賢討論過進攻方針，但是她沒想到會進行一場如此安全的攻略。

儘管跟原本清除副本所需的時間相比，多花上了兩個小時左右，不過受傷機率確實有所減少，韓峨璘非常滿意這種變化，同時也對「那個」史賢竟然要大家在攻略中注意負傷，感到非常陌生。

她突然輕描淡寫地詢問：「你最近好像變得比較小心翼翼，有什麼原因嗎？」

「因為有人會擔心。」

「……擔心你嗎？」

「對。」

「……」

韓峨璘的表情發生驚人的變化，從混亂到慌張，最終變成源自衝擊的頓悟，全都寫在臉上，她察覺到是誰這麼擔心史賢，這份擔心讓史賢的態度如此轉變，有著這麼巨大影響力的人，在這個世界上就只有這麼一位。

兩人對話的過程中，史賢一眼也沒有看她，在回去公會大樓的路上，史賢也只是仔細地檢查自己衣服上是否有沾到血。

韓峨璘回想著史賢所說的那個人和史賢之間的關係，只能說服自己這也是情有可原，不斷喃喃自語著：「不過到底為什麼啊……」

當然，這次史賢同樣對那種反應不感興趣。

一回到公會大樓，史賢就走向鄭利善的辦公室，甚至在鄭利善起身之前，史賢就大步地張開雙手走向鄭利善。

「利善，我這次沒有受傷。」

聽見史賢理直氣壯的語調，鄭利善微微笑出了聲。

「嗯，我都有看影片。」

「你還是親自確認看看吧。」

「是也沒有必要這麼做……」

就算協會的攝影機一定有漏拍的部分，不過史賢一直都是很顯眼的人，因此鄭利善清楚看見他的變化，史賢避開了所有攻擊，也讓能夠反攻的機會溜走，因為進行反攻就有可能發生手部撕裂傷，因此史賢選擇了閃避。

取而代之的是透過緊急會議，從治癒師身上取得加速技之後，再次進行攻擊，因此史賢今天一滴血都沒流，順利地完成攻略，鄭利善看了完整的影片，正準備說沒有必要親自檢查的時候，史賢卻依然伸直雙手。

最終鄭利善面帶尷尬的微笑，確認著史賢的身體狀態。手掌、手臂、肩膀……

而當鄭利善靠近時，史賢趁空抱緊了他，鄭利善頓時有些驚訝，最終像是鬆了一口氣一樣地微笑，把頭埋進史賢的肩膀裡，內心因喜悅而震動著，穩定震動的心跳讓他笑了出來。

鄭利善低聲耳語：「……謝謝。」

其實鄭利善原先也認為史賢並不會立刻更動所有攻略方針，甚至擔心自己和史賢的那場對話，會不會莫名成為史賢的負擔……

不過史賢卻絕妙地在追求安全的同時，依然能夠以最快的速度攻擊敵人，而能做到這一點是因為史賢得出了一個既簡單卻很驚人的結論，那就是——只要殲滅敵人，就能毫髮無傷。

即使為了保持安全距離，必須多耗費一些時間，但是相較於其他進攻隊伍，Chord的攻略時間依然比較短。

史賢數年來堅持的戰鬥方式，竟然因為自己的一句話就全然改變，鄭利善感到非常驚訝，卻切實地感到開心，乖乖待在他的懷裡好一陣子……突然疑惑是否有拉上辦公室的百葉窗，因此抬起頭來。

而那一刻，鄭利善和走廊對面的人四目相接，鄭利善屏住呼吸並推開史賢。

面對突如其來的舉動，史賢向後退開的同時，也擔心鄭利善會摔倒，因此抱住了他的腰，過程中鄭利善都低著頭，史賢的視線緩緩看向外面。

「啊，申智按獵人。」

「……剛好你在這裡，協會長來找你了。」申智按走進辦公室淡然地說道，來這裡的路上似乎也正打電話給史賢，她的手裡握著手機。

史賢馬上回覆自己知道了之後，便往外面移動。

「……」

鄭利善想著申智按應該也一同離開了，遮住自己的臉好一陣子，雙腿無力地坐在書桌邊緣，後頸十分燥熱。

啊，她看到了嗎？不對，一定看到了吧。目前為止除了韓峨璘之外，自己和史賢的關係沒有被任何人發現過……鄭利善苦惱地抬起頭。

接著發現了仍然待在辦公室裡的申智按，她似乎是在等待鄭利善抬頭，輕輕地用眼神示意，「鄭利善修復師。」

「啊，不對，那個，等等……」

「我阿姨問你晚上要不要一起吃晚餐。」

「什麼？」

「泰信公會附近新開的餐廳寄了邀請函給我阿姨，她說應該會有你喜歡的料理。」

鄭利善嗡動著嘴唇，勉強用現在難以思考的腦袋遲頓地想了想之後，終於理解申智按在說什麼。這麼回想起來，申智按看見史賢的時候，說了「剛好」史賢也在這裡，就代表她原先確實有話要對自己說。

「那個……什麼時候？」

「她說今天也行，希望是在這週之內見面，你先看過菜單再回覆也行，我把菜單用訊息傳給你，可以嗎？」

「啊，可以，好啊，再麻煩妳傳給我了。」

鄭利善由衷希望自己的回答不要太過尷尬，但是在拿出手機時的僵硬舉動，卻讓手機從手中掉落。

不僅是掉到地上，還滾到有點遠的地方，停在申智按的腳邊，她撿起那支手機。

在鄭利善漸漸成為球體關節人形的時候，申智按的臉上依舊沒有過多的情緒，她既不驚訝也不慌張，這麼回想起來，剛才第一次四目相接的時候也是……

申智按遞過手機並說道：「我早就知道你們兩人的關係了。」

「什麼？怎麼知道的？」

「很難不知道。」

「……」

鄭利善向申智按詢問她是怎麼知道的，卻得到了令人詫異的回覆，鄭利善的神情有些慌張並啞口無言。但是申智按的眼神看起來不像是從史賢那裡聽說的，這讓鄭利善更加混亂。

「我在最近的位置輔佐公會長，當然會知道，我完全沒有想在其他場合隨口說出這件事，你可以不用那麼驚訝。」

「那個……申智按獵人，妳都不會驚訝嗎？」

「……我嗎？哪個部分是我應該驚訝的？」

申智按歪著頭，如果韓峨璘也在，申智按的反應一定會讓她大吃一驚，她應該會搖晃著申智按的肩膀，大聲問她「不過妳又是為什麼啊？」

但是申智按很快就垂下雙眼，似乎在思索著什麼。

她會得知史賢和鄭利善的關係，實際上只經過了極度簡單且理所當然的過程，單純是因為在史賢身邊輔佐他，確認他的行程，所以理所當然會知道他們的關係。

從史賢為了鄭利善租下飯店休息室，包下整間圖書館的時候開始，她就覺得史賢在鄭利善身上付出了許多時間和金錢，一開始她只當作是用心照顧新加入的、狀態多少有些不穩定的覺醒者……

而當付出這麼多時間的史賢，開始變得笑口常開的時候；在公會長的辦公室工作到一半，只要鄭利善來訪，就會馬上空出時間，微笑迎接鄭利善的時候，那和平常有如例行公事的微笑可以說是截然不同。

再加上史賢空出來的日程，全數都用在鄭利善身上，有時候甚至會為了鄭利善調整所有行程，光是拿這次 Chord 攻略方針的改變來說……

因此申智按覺得與其要對他們的關係感到驚訝，不如說是非常理所當然的事，如果鄭利善的神情在這種情況之下變得黯淡，那還有不確定的空間，但是在突擊戰結束之後，鄭利善明顯漸漸變得開朗。

「我覺得這不是什麼需要驚訝的事情。」

「韓峨璘獵人可是受到了極大的衝擊……」

「突然得知的話，那也情有可原……」

申智按的反應讓鄭利善尷尬地微笑，韓峨璘已經知道史賢的行為舉止不同於往常，卻還是無法聯想到史賢和鄭利善的情侶關係，鄭利善無從得知韓峨璘和申智按之間，誰才是一般人會有的正常反應。

「嗯，不過……公會長和你在一起之後，表情的變化漸漸變得豐富，這的確很神奇。」

「……表情變化變得很豐富嗎？」

「對，首先，公會長並不是和人談話時會微笑的人，但是只要聊到和你有關的事，他總會微微一笑。」

「……」

「就算是在開會途中收到訊息，只要是你傳的，他的表情就會立刻開朗起來，我馬上就能知道是誰傳訊息給他，而當天的會議也會以正面的方向結束。」

申智按用非常平穩的聲音說出史賢的變化，不是大驚小怪，也毫無詫異之情，就像是在訴說客觀事實一般，她的語調和平常一模一樣。

鄭利善聽著她說出這些事情，漸漸覺得自己的臉在發燙，這樣聽著史賢一件件改變的事，鄭利善突然覺得如果這樣還不知道史賢和自己的關係，那也許真的有點奇怪。

除了對於其他人或許也知情感到不安，對於透過他人得知史賢最近的變化，鄭利善更加感到新奇，這讓他的心情有些躁動。

臉頰似乎快要變得通紅，鄭利善急忙用文件夾搧風，這個舉動隱約帶有遮住臉龐的意味，但是很遺憾地，申智按看得一清二楚，而且是這個舉動讓鄭利善的意圖更加明顯。

鄭利善認為目前為止都沒有人察覺，這讓申智按覺得很好笑，她久違地微微笑出聲並告訴鄭利善，因為擔心待會的晚餐氣氛，於是先讓鄭利善知道這個資訊。

「對了，我阿姨也知道，我沒有告訴她，她應該是自己發現的。」

「她到底又是……為什麼？」

「公會長不會主動照顧喝醉酒的人，也不會在意用餐過程。」

「……」

沒錯，雖然鄭利善的酒量很小，但是只要和愛酒成癡的申瑞任與韓峨璘一同用餐，都會喝下她們推薦的酒，所以總是由史賢攙扶喝幾杯酒就醉的他，而且用餐的時候，史賢也會在旁邊確認營養必須均衡攝取……

鄭利善一直都覺得這些事情就是理所當然的日常，現在才頓悟這些事情一點也不平凡。臉頰立刻燒得通紅，完全忘記剛才用文件夾搧風、微微遮住臉頰的動作，鄭利善僵在原地。

申智按覺得再這樣下去，鄭利善可能會以憋氣的狀態就這麼保持僵硬，於是後退一步，小小的臉上染上了鮮豔的紅色，不禁令人聯想到小番茄的模樣，她突然懂得史賢為什麼每次看到鄭利善都會覺得很有趣。

如果把這件事也告訴鄭利善，他的臉頰可能會紅到爆炸，申智按進行最後的問候便先行離開，「看來今天晚上……應該很難一起吃飯了，請在明天之內回覆我。」

而她離開之後，鄭利善確認了鏡子裡的自己之後，好一陣子無法抬起頭來，這就是她最後的體貼。

（完）

〔特別收錄〕

紙上訪談第四彈，暢談角色及劇情的創作花絮

Q1：在副本裡老師有沒有最喜歡、印象深刻或感動的橋段？

A1：最讓我印象深刻的場景，應該是第七輪副本，鄭利善從燈塔掉下去的那一刻。最心動的是在第四輪副本，鄭利善看到史賢流血的模樣，相當不安、害怕，而史賢輕輕用一句「我不會死」來安慰鄭利善的場景。

最感動的畫面是小說的最後一幕，鄭利善主動握住史賢的手，然後抬頭仰望太陽，將影子拋在身後，兩人併肩同行的場景。由於在小說的開場，鄭利善陷入陰鬱的情緒，整個人低頭盯著地上的影子，我喜歡這兩幕鮮明的對比。

Q2：以史賢、鄭利善、韓峨璘、奇株奕、羅建佑、申智按這幾個角色為主，老師覺得將他們放到什麼樣的世界觀、題材以及角色身分中，也會很有趣？

A2：無論怎麼說，這些角色皆擁有絢麗的能力，想必很適合活在喪屍出沒的末日世界（笑），畢竟擁有如此特殊的能力，當然需要可以發揮的舞臺。獵人們

會將百姓營救到庇護所，而鄭利善會將庇護所修復完善，確保人們不受喪屍的侵擾！

Q3：如果以日常生活來說，故事中哪個角色的能力，會是老師最想要擁有的？為什麼？以及會如何使用呢？

A3：想要擁有修復能力！可以修復壞掉的物品真的很實用，不過如果像鄭利善擁有S級的修復能力應該會隨時都很疲倦，所以不需要S級，只要D級就不錯了，可以用來修復螢幕摔壞的手機……

Q4：請問老師有沒有比較偏好的遊戲角色類型或職業？

A4：魔法師！以前玩遊戲時，很喜歡遠距離的角色，一方面可以不用直接面對長相噁心的怪物，另一方面可以躲避怪物近距離的攻擊，相對安全，雖然如果怪物使用大範圍攻擊就會死掉……

Q5：這部作品中有沒有什麼讓你寫完後很滿意的情節？寫起來特別開心的情節？以及寫得特別痛苦的情節？為什麼？

A5：寫完最開心的情節是生日的橋段，因為史賢在那之前都覺得鄭利善「很容易」被掌控，結果被反將一軍（笑）。

而最痛苦的情節，則是鄭利善失去朋友們的時候，雖然知道只是虛構小說，但還是很痛心，幾乎是含著淚水在寫。

Q6：有沒有影響您最深（或最喜歡）的作者或作品？為什麼？

A6：我很喜歡艾倫·希姆（Ellen Shim）畫家的漫畫書《轉生動物學校》，故事內容可愛又溫暖，我用APP看了好幾次，甚至買了單行本。至於對作品的影響……這部漫畫的風格非常溫暖療癒，跟我的作品風格差異較大……

（未完待續）

i小說 071

太陽的痕跡4

國家圖書館出版品預行編目（CIP）資料

太陽的痕跡 = A trace of the wonder / 도해늘著 ; 黃醇方譯. -- 初版. -- 臺北市 : 愛呦文創有限公司, 2025.02-
冊 ;　公分. -- (i小說 ; 71-)
譯自 : 해의 흔적
ISBN 978-626-99038-6-3(第4冊 : 平裝)

862.57　　113018048

愛呦文創

原書書名	해의 흔적（A trace of the wonder）
作者	도해늘（Dohaeneul）
譯者	黃醇方
人物繪圖	HIBIKI-響
背景繪圖	Zorya
責任編輯	高章敏
特約編輯	羅婷婷、Yuvia Hsiang
文字校對	劉綺文
版權	Yuvia Hsiang、Panny Yang
行銷企劃	羅婷婷
發行人	高章敏
出版	愛呦文創有限公司
地址	10691台北市忠孝東路四段59號10-2樓
電話	（886）2-25287229
郵電信箱	iyao.service@gmail.com
愛呦粉絲團	https://www.facebook.com/iyao.book
總經銷	聯合發行股份有限公司
電話	（886）2-29178022
地址	231新北市新店區寶橋路235巷6弄6號2樓
美術設計	廖婉禎
內頁排版	陳佩君
印刷	沐春行銷創意有限公司
初版一刷	2025年2月
定價	360元
ISBN	978-626-99038-6-3

愛呦文創

愛呦文創